지역문학총서 **26**

지역 인문학

: 경남·부산 따져 읽기

지역문학총서 **26**

지역 인문학

경남·부산 따져 읽기

박태일 지음

작가와비평

네 번째 산문집을 묶는다. 2010년에 나란히 냈던 세 권,『몽골에서 보낸 네 철: 이별의 별자리는 남쪽으로 흐른다』와『시는 달린다』그리고『새벽빛에 서다』에 이은 것이다. 따라서 이 책 속에 든 줄글은 그들 뒤 2011년부터 2016년까지 여섯 해에 걸쳐 쓴 것이다. 적지 않게 줄글을 쌓은 셈이다.

　일이 이렇게 된 까닭은 바깥 청탁이 이어졌던 데 있다. 1부에 올린 글은 2011년『경남신문』연재물이다. 2부 것은 창원문화재단 기관지『문화누리』에 2011년 12월부터 2012년 1월에 걸쳐 열두 차례 실은 결과다. 그리고 3부를 이루는 글은 2012년 3월부터 2016년 11월까지 다섯 해 동안『국제신문』'인문학 칼럼'으로 썼던 것이다. 거기다 다른 매체에 일회적으로 썼던 몇 편의 글과 좌담이 4부와 5부를 이루었다.

　『국제신문』에서 시작한 글은 처음 짐작과 달리 거듭 해를 넘기며 연재가 길어졌다. 그 사이 담당이 세 사람이나 바뀌었다. 다섯 해 동안 거의 두 달에 한 차례씩 실어 모두 스물아홉 꼭지 글을 마련했다. 시작할 때부터 경남·부산 지역의 인문 교양과 관련한 글로 채우리라 마음먹은 터였다. 그것이 책 뼈대를 마련해 준 셈이다. 그들 3부에 1부와 2부가 거들고 4부, 5부가 끼어든 맵시다.

이 책에 실린 글은 60편이다. 거의 모두 경남·부산 지역이나 지역문화와 관련하여 잘못 알려진 사실이나 고쳐야 할 것, 또는 새로운 앎을 일깨우고자 하는 속살을 지녔다. 그러다 보니 통념이나 고정관념, 인습을 따져 들고 바로잡고자 한 자리가 적지 않다. 목소리도 무겁다. 그런 가운데 드물게 서정적인 글이 몇 편 섞였다. 몸 붙이고 살고 있는 지역 현실을 향한 내 나름의 사랑을 숨기지 않은 방식이다.

책 이름은 중심 됨됨이를 드러내기 위해 『지역 인문학』으로 내세웠다. 인문학은 사람이 사람답게 살아가는 길을 찾고 닦는 공부다. 지역을 단위로 삼은 지역 인문학이 더욱 깊어지고 잦아지기 바라는 뜻을 얹었다. 부제를 '경남·부산 따져 읽기'라 붙였다. 나는 경남에서 태어나 부산에서 자랐고 경남에서 일을 하며 살고 있다. 내게 경남이라는 이름은 울산을 아우른다. 울산이 광역시로 떨어져 나간 1996년보다 앞선 시기의 장소감에 터잡고 살아가는 세대가 나다. '경부울'이니 '동남권'이니 이름을 가져다 붙이지만 내게는 경남·부산이 한결같은 일컬음이다. 순서가 부산·경남이 아님을 놓치지 말 일이다. 그렇다고 이 책의 현실 독자가 경남·부산 지역 범위에만 머물지 않으리라 믿는다. 역외 곳곳, 나라 곳곳에서 자지역을 향한 성찰적 눈길, 지역을 따지고 가로지르는 걸음걸이는 꾸준할 것이다.

책을 묶으며 글을 실을 때 담지 못했던 실물 사진을 여러 자리에 넣었다. 글을 읽는 아기자기함이 더하기를 바란다. 다섯 해나 바깥 시민사회와 소통할 수 있는 말길을 놓아 준 『국제신보』 편집

국 조송현·장재건·정순백 세 분 부국장에게 각별한 고마움을 적
어 보낸다. 창원문화재단 류경일 시인도 일을 거들었다. 뒷날 다
섯 번째 산문집을 갖게 된다면, 그때는 더 나직한 목소리를 지닌
글로 채울 수 있으리라.

2017년 10월

박 태 일

목 차

1부 버릇

버릇

    지갑을 바지 뒤 왼쪽 주머니에 넣고 다니다 오른쪽 주머니로 바꿨다. 처음에는 불편했으나 몇 달 지나지 않아 자연스러워졌다. 지갑 대신 왼쪽으로 옮겨 간 손수건을 꺼내고 넣을 때마다 지녔던 낯선 느낌도 사라졌다. 왼쪽에 지갑을 넣고 다닌 버릇은 몇 십 년 익은 일이었다. 지난 해, 몸 왼쪽과 오른쪽 운동력 차이가 길게는 영향을 미친다는 이야기를 들은 뒤부터다. 나날살이에서야 바뀐 차이가 드러나랴 마는 몸 안이 새로 균형을 잡는 데는 도움이 되리라.

    그러고 보니 버릇을 고쳐 덕은 본 일이 몇 있다. 아홉 시 출근에 맞추어 살았던 나달이 십 년 넘게 흐른 뒤였다. 부산서 마산까지 쫓기는 시간이 적지 않았다. 그런데 새벽에 일어나 출근 시각을 당기고부터 모든 게 달라졌다. 아침에 할 수 있는 일이 그렇게 많을 줄이야. 배우기는 쉬워도 끊기는 어렵다고 했던가. 군대서 배워 십오 년 동안 두 갑 가까이 늘어났던 담배를 끊은 일도 옛날이다. 담배 하나 못 끊는 놈이 무슨 일을 할 수 있으랴, 자존심에 호소한 결과였다.

세 살 버릇 여든까지 간다는 속담은 널리 알려진 것. 이처럼 버릇이 지닌 힘과 두려움을 잘 일깨워 주는 가르침은 없다. 사람은 익은 대로 생각하고 느끼고 행동한다. 사람살이를 아예 버릇 들이기라 할 만하다. 버릇은 스스로 굳히기도 하지만 거의 배운 데 따른다. 관행이니, 정신머리니, 전통이니, 문화형이니 어떻게 일컫든 버릇은 개인에서부터 사회, 나라, 세계 단위까지 걸친다. 우리에게 양복 입기는 근대 시기 짧은 백 년 사이에 굳은 나라 단위 버릇이다.

또한 버릇은 성별, 세대, 직업, 지역에 따라 다르다. 고속도로로 들어서는 들머리였다. "저도 커서 아버지처럼 운전할래요."라는 표어가 붙은 곳이 있었다. 겉으로 웃으면서 속으론 뜨끔했다. 운전 버릇 거칠기가 남 못지않을 나 아닌가. 그러고 보면 내가 지닌 나쁜 버릇으로 말미암아 손해를 입게 될 사람은 궁극에 내 자식이거나 우리가 행복하게 살기를 바라마지 않는 다음 세대다. 그들이 겪을 불행에 견준다면 오늘 내가 잠시 누릴 이익은 하찮을 따름이다.

공인이나 지도층일수록 자기 버릇의 좋고 나쁨, 옳고 그름을 무겁게 살펴 헤아려야 한다. 개인을 넘어 오래도록 영향을 끼치는 까닭이다. 마음씨 쓰는 버릇으로만 보자면 누리기보다 베풀기, 오늘보다 뒷날을 두려워하기, 잘못 들어섰다는 생각이 들면 이내 돌아서기, 쉬운 길보다 바른 길 좇기. 이렇듯 좋은 버릇 쪽으로 나아가는 일이 쉬울 리가 없다. 오히려 그들로서는 예사 사람보다 더 어려울 수밖에. 왜냐하면 그 동안 얻어왔던 이익이 남달랐기 때문이다.

사회나 나라로 볼 때도 집단 건망증이나 왜곡, 정신 지체에 갇힌 지식·정보가 버릇 든 대로 나돈다. 사태가 심각하다. 고정관념으로부터 걸음을 떼지 않으려는 완고와 직무유기는 학계니 언론계가 더하면 더했지 덜하지 않다. 광복 뒤에도 오래도록 잘못 써 왔던 '국민학교'라는 일컬음을 초등학교로 바로 잡은 때가 멀지 않은 1996년이었다. 이른바 '한일합방'이라 일컫는 얼빠진 버릇은 나라 잃은 지 백 년이 된 지난해에 이르러서야 경술국치로 바로 잡히는가 싶었다.

개인이, 사회가, 나라가 발전하려면 좋은 버릇은 권하고 나쁜 버릇은 고치려는 자세와 행위가 두루 추김을 받는 환경을 가꾸어야 한다. 성난 민심이나 법이라는 장치에 맡기기에 앞설 일이다. 버릇대로 자기 담장 안에 머물러 있기는 쉽다. 벗어나고자 하면 당장 불편하다. 용기도 필요하다. 그러나 버릇 든 데 머물러 얻는 편안함보다 거기서 벗어나 얻는 보람은 두고두고 클 것이다. 고통과 불편은 잠깐 겪는 성장통일 따름. 오히려 권할 일 아닌가.

거짓이여 물러가라

『거짓이여, 물러가라』 한 권을 받잡아 안두에 펼친 지가 벌써 석 달을 넘겼다. 진주 가람출판사에서 499쪽 딱딱한 표지에 얹어 낸 책이다. 맨 뒤 저작권지에 파는 데로 경상대학교 구내서점 전화번호를 적어 놓았다. 온 나라에 깔려 많은 이가 더 가까이 다가설 수 있을 바탕을 마련했더라면 좋았을 터인데. 세상에 많기로 출판사요, 흔하기로 책이나, 이 무겁고도 아름다운 책은 대학 구내서점에만 갇혀 있지 않으리라.

『거짓이여, 물러가라』는 짐계 려증동 선생이 쓰신 책이다. 1933년에 태어났으니 올해로 일흔아홉이다. 경상대학교 국어교육과에서 후학을 가르치다 정년을 맞으셨다. 이제까지 펴내신 책이 스무권을 넘어섰다. 『한국어문교육』·『부왜역적 기관지 독립신문 연구』를 거쳐, 『배달문학통사』·『고조선사기』·『한국력사용어』·『전통혼례』·『가정언어』·『배달겨레 문화사』·『배달글자』. 이름만으로도 일깨움이 환하지 않는가. 이번에 내신 『거짓이여, 물러가라』는 앞선 책과 달리 회고록 꼴을 갖추어 새로운 뜻을 지녔다.

선생은 긴 세월 사람이 사람답게 사는 도리를 밝히셨다. 말글에 지면 정신에 지고 정신에 지면 나라 지킬 힘을 잃어버리는 법이라 일깨우셨다. 깨우쳐 주신 바 얼마며, 두고두고 끼칠 바 또 얼마랴. 마흔네 살 젊은 나이로 국어국문학 전국대회에서 역사용어를 바로잡으라 꾸짖은 때가 1976년이었다. 나라 궁궐에 온갖 흉한 짐승을 쳐 넣어 이른바 '창경원'이라 능멸했던 제국 왜로의 간교를 벗겨 '창덕궁'으로 바로 잡게 한 빌미도 선생이 마련한 바다.

1996년이었던가 보다. 미국의 마르퀴즈 작위를 받고 세계인명사전 후즈후 인더월드에 오르셨다. 그때 그들이 이름 차례를

려증동 노랫말집
『배달겨레 노래말』, 형설출판사, 1993.

Jeoung-Dong Ryeo로 적은 책을 보내왔다. 잘못을 짚고 Ryeo, Jeoung-Dong으로 바로 잡아 찍도록 했다. 우리말 로마자 표기법은 말을 상그럽게 만드는 거센소리 적기 규칙을 오래도록 따랐다. 'ㄱ'을 'k'로, 'ㅂ'을 'p'로 적는 버릇은 거기에 뿌리를 둔다. 그것을 바로 잡은 일도 선생이 애쓰신 결과다. 보통 사람들은 부산이 Pusan에서 Busan으로, 대구가 Taegu에서 Daegu로 바뀌게 된 변화를 예사로 생각했을 터다.

일찍부터 우리말 첫소리에 고운 'ㄹ'음이나 'ㄴ'음을 못 쓰도록 만들고, 거꾸로 외래어·외국어는 풀어 둔 게 이른바 두음법칙이다. 제 나라말에 대한 모멸감이 이에 더 없다. 그것을 없애기 위해 애쓰신 지가 오래다. 기어이 성만이라도 려씨를 법으로 보장 받는 데 이르렀다. 그러나 아직까지 두음법칙이 사라질 기미는 없다. 두류산이라는 환한 이름을 두고서 지리산이라 쓰는 어리석음을 꾸짖은 지도 오래다. 선생이 홀로 우리가 쓰는 가정언어의 틀을 바로 잡은 본보기까지 들자면 어찌 필설을 양보하랴.

이번 『거짓이여, 물러가라』에는 지난 시기 만났던 사람, 겪었던 일들 이야기까지 오롯하다. 고스란히 진주 지역지며 겨레 정신사다. 부질없이 넘쳐나는 출판 홍수 속에서 이 책이 얼마나 많은 사람에게 읽힐까. 진주에서 나오는 『경남일보』 누리집을 살펴보았다. 책이 나왔다는 소식조차 기사로 다루지 않았다. 경상대학교는 배달말학회와 배달말교육학회를 갖춘 곳이다. 나라 안밖에서 배달 이름이 환하다. 경상대학교가 짐계 선생으로 우뚝하고 진주가 뒷날 짐계학으로 자랑스러우리라.

사람이든 조직이든 옳고 그름을 따르지 않는다. 안타깝고 슬픈 일이지만 그게 세상 돌아가는 이치다. 제 이익과 손해를 헤아릴 따름이다. 유유상종한다. 그러니 어찌 세상이 바르기를 바랄 것인가. 그럼에도 멀리 보면 사정이 그렇지만은 않다. 사필귀정. 선생이 온몸으로 가르쳐 주신 바다. 눈 맑고 심지 굳은 이에게는 선생의 배움이 두고두고 새로우리라. 세상을 바로 잡고자 한 사람을 일컬어 별이라 했던가. 혼탁한 세상에서 선생 홀로 높다란 별임을 아는 이 얼마랴.

지역자치제의 현주소

쉽게 보기 힘든 일이었다. 지난 5월 27일자 『경남신문』 첫 쪽이 그렇다. 위에서부터 내리닫이 세 자리를 차지한 기사가 눈길을 당긴다. 「황철곤 전 마산시장 법정구속: 공직선거법·정치자금법 위반 혐의…부인은 집행유예」, 「옥진표 전 거제시의원 수뢰혐의 징역 7년」, 「경남이 어쩌다가…전·현직 단체장 등 잇단 비리 연루」가 그것이다. 황 전 마산시장은 징역 1년을 선고 받고 법정 구속됐다. 그가 저질렀다는 공직선거법과 정치자금법 위반 혐의의 속살을 속속들이 알 순 없지만, 둘 모두 지역 건설업체 대표가 얽혀 있다. 그들로부터 선거자금 명목으로 1억 7000만원을 받고, 선거판을 유리하게 이끌기 위해 허위 내용으로 민사 소송을 부추긴 모양이다.

함양군 전·현직 군수가 사흘 간격으로 뇌물수수 혐의를 받아

구속되어, 함양군 전체가 떠들썩하다는 기사가 뒤를 이었다. 전·현직 군수들도 건설 시공업자에게 편의를 제공한 대가로 뇌물을 받은 혐의다. 전·현직 군수가 같이 구속되었으니 함양 군민들이나 출향인들이 느꼈을 어처구니없음은 도를 넘어섰을 듯싶다. 옥진표 거제 시의원 경우 또한 아파트 인허가와 관련해 뇌물을 받은 혐의다. 그러고 보니 이 세 가지 비리에서 공통점은 모두 지역 토건사업을 맡고 있는 건설자본과 결탁했다는 점이다. 아마도 그만큼 토건사업에는 눈먼 이익이 많고, 어두운 구석이 깊다는 뜻일까. 지역자치제가 이루어진 뒤, 지역에서 가장 잦았던 일이 운영 효율이나 비용은 뒷전에 밀어 둔 채 곳곳에서 이루어진 공간 신설이나 토건 공사였다는 사실이 예사롭지 않게 느껴지는 까닭이다.

이렇듯 한날 한 신문 한쪽에 지역자치행정부 장과 의원이 저지른 비리가 셋이나 올라선 참담한 사태는 오늘날 경남의 지역자치제가 놓여 있는 현주소를 고스란히 보여 주고 있는 것은 아닐까. 그러한 비리 사슬이 어디 마산, 함양, 거제에만 걸린 문제랴. 우여곡절 끝에 1991년 지방자치제가 부활하였고 1995년 처음으로 지방단체장과 의회의원을 선출하는 온전한 지역자치제가 자리 잡게 된 지 벌써 스무 해를 내다보는 시점이다. 지역자치제 시행 초기부터 중앙행정부가 쥐고 흔들었던 나라 곳간 열쇠를 지역 토호나 공관리에게 나누어 주는 잘못을 저지르는 일이 될지도 모른다는 우려가 많았다. 그리고 그러한 우려가 현실이었음을 알려 주는 비리 사태, 사건의 세목은 우리는 지난 세월 숱하게 겪어 왔다.

이번 기사로 이름을 신문에 올린 이들이 저지른 비리가 입건,

구속, 선고 받은 내용에만 머물 것이라 여길 어리석은 사람은 아마 없을 것이다. 황 전 시장 같은 이는 마창진 통합 이전 민선 마산시장을 두 번이나 누렸던 이다. 빙산 일각이라 표현하기는 어렵다 하더라도 비리 사슬의 핵심 자리를 오래 즐겼던 이다. 시민의 세금과 나라의 녹을 먹는 공관리, 지역 정치인들이 이렇듯 자신의 직분을 다하기 위한 일보다는 그로부터 얻는 잿밥과 고물 묻히기에 버릇 든 터다. 지역자치제라는 허울 좋은 명분을 믿고 표를 던져 주었던 민심은 여지없이 똥칠을 당하게 된 셈이다.

사법 당국 앞에 선 당사자들이야 지금쯤 재수 없어 걸려들었느니, 이른바 '보험'을 잘못 들어 애꿎게 본인만 당한다며 분을 삭이고 있을지 모른다. 아니면 지연에 학연에 평소 무리지어 맺어 둔 이저런 연고망을 이용해 자신이 입을 피해를 줄이기 위한 계책에 골똘하고 있을 것이다. 부끄러움이 깃들 자리가 남아 있을 리 없다. 어디나 어느 자리에서나 그것을 이용해 제 이익이나 키우는 비리와 부패 사슬이 버릇처럼 판치고 있는 사회라면 더욱 그렇다. 언제까지 지역사회를 도적질 마당으로 열어 두고 말 일인가. 언제까지 곳간 열쇠를 허가 받은 도적들에게 내맡겨 두어야 한단 말인가. 비리 기사로 칠갑한 5월 27일자 『경남신문』 1쪽이야말로 오늘날 너나없이 고스란한 우리의 자화상일 뿐이란 말인가.

두척산 이름 바루기

　지나간 백오십 년 남짓한 시기는 근대라는 외길로만 치달았던 때다. '신식'과 '문명'을 앞세운 가치 정향이 우리 사회에서 한결같이 우월하고도 특권적인 지위를 누렸다. 그로 말미암아 겨레 삶의 연속성은 뿌리에서부터 흔들리고 잘리고 얼개가 바뀌었다. 그 일을 꾀한 대표 주체가 이른바 조선통감부, 곧 왜성대요 조선총독부다. 우리를 두고두고 왜로倭虜 제국의 노예로 부리기 위해 근본을 끊어버리고자 했던 결과다. 그리고 그런 계책은 겨레 안쪽 주체의 사회 개혁·변혁 욕구와 맞물리면서 우리 근대를 중층적이고도 복잡하게 이어지도록 했다.

　침략자 제국은 남의 땅을 빼앗아 먼저 거기에 자기 사람을 심는다. 이른바 식민이다. 지배를 영속시키기 위해 갖가지 꾀를 부린다. 그 가운데 서두르는 일이 땅이름을 자신들 것으로 빼앗는 짓이다. 우리 조선 '한성'이 하루아침에 '경성'으로 뒤바뀐 것은 작은 보기에 지나지 않는다. 땅이름은 거기서 오랜 세월 살아온 사람이 겪고 품었던 삶의 자취며 기억이다. 그 줄거리와 속살이 고스란히 아로새겨진 으뜸 표상이다. 그것을 바꾸거나 지우는 일은 그 이름 아래 누려 왔던 선주민의 역사와 가치를 깡그리 끊는 일과 다를 바 없다.

지명을 잃으면 근본을 잃는다. 나라잃은시대 35년 동안 우리 땅 이름이 왜로의 입맛대로 바뀐 것이 얼마인가. 그 가운데 바로 잡힌 것도 있지만, 아직까지 그대로 남아 부끄러움을 거듭 겪게 하는 경우는 곳곳에 널렸다. 통합 창원 지역을 두고 볼 때 으뜸 본보기가 '무학산'이다. 혹시나 싶어 검색을 해보았다. 2001년도 한 시민단체에서 '두척산 이름 되살리기 해맞이 산행'을 했다는 기록이 빛난다. 그러면 그렇지, 지역사회가 그리 허술했을 리야 있는가. 근본을 알고 바로잡고자 한 뜻이 오롯한 행사였던 셈이다.

우리나라 모든 산 가운데 으뜸은 백두산이다. 거기서부터 사방으로 힘차게 벋어나간 용맥 가운데서도 다시 으뜸이 백두대간이다. 그 백두대간은 꿈틀꿈틀 흐르고 흘러 마침내 두류산에서 멈춘다. 그리고 흠칫 섰던 기맥은 멀리 바다를 타고 제주섬으로 되솟아 마지막 숨을 고른다. 두류산 곁으로는 낙남정맥을 이루어 김해 물가까지 나아갔다 건너 낙동정맥 끝자리 기슭과 마주보며 잦아든다.

그러한 낙남정맥 가운데서 가장 높게 돋은 곳이 두척산이다. 오랜 세월 통합 창원 지역을 감싸 안은 자연 중심, 진산鎭山으로서 지역민의 우러름과 섬김을 받은 성소聖所다. 그런데 그런 곳이 20세기 초반 왜로에 의해 이름을 빼앗겨 버린 것이다. 최치원을 들먹이는 것은 뒷날 끌어다 댄 어쭙잖은 핑계일 따름. 20세기에 앞선 어느 문헌이라도 들이대 보라, 두척산을 무학산이라 일컬은 흔적을 찾을 수 있는가.

창원시가 통합 첫 돌을 맞아 기념식도 하고, 제1회 창원시민의 날을 마련해 즐겼다 한다. 지역행정이란 당장 눈에, 귀에, 손에 익은 데만 관심을 두는 나쁜 버릇이 있다. 외화내빈에 빠져 해도 그만 하지 않아도 그만일 눈요기에 나랏돈과 힘을 허비하는 버릇 또한 마찬가지다. 지역민이 겪었던 지난날과 오늘 그리고 뒷날로 나아갈 근본을 바로 세우고, 끊이지 않을 마땅한 가치를 찾아 펴는 뜻을 소중히 다룰 일이다. 두척산을 부끄러운 무학산이라는 이름으로 빼앗긴 세월이 어느새 백 년 한 번을 훌쩍 넘어섰다. 바로 잡는 일을 서둘러야 한다는 뜻이다.

오늘도 통합 창원 시민들은 하루 내내 밤낮으로 '두척산'이 아닌 '무학산'을 머리에 이고, 바라보며 겪으며 살아간다. 생각해 보라. 광복이 된 지 예순다섯 돌이 지났음에도 이른바 조선총독부를 하늘에 모시고 다시 그 위에 앉은 왜왕을 우러르며 지내는 꼴과 무엇이 다른가. 게다가 앞으로도 우리 후손은 천 년 만 년 두척산 기운을 받고 기상을 배우며 자랄 것이다. 사정이 그러하다면 할 일은 환하다. 앞뒤 잴 것 없다. 단칼에 통합 창원시의 근본을 세우는 일이 두척산 이름 바루기 말고 또 무엇이랴.

근본이 바로 서야

신문을 읽다 보니 낯익은 작가 모씨에 대한 기사가 눈에 뜨였다. 정년퇴임을 맞아 냈다는 책 소개였다. 그런데 책 제목에 "나의 손은"이라 쓰고 있지 않은가. 슬며시 웃음이 나왔다. 몇 십 년째 글밥을 먹고 살면서 이름을 적지 않게 얻은 분이다. 그런데도 아직까지 "내 손"으로 쓸 생각에 이르지 못했다니. 그것도 작품 가운데 예사롭게 쓸 수 있을 여느 자리가 아니다. 오랜 문학살이 한 시기를 매듭짓고 새로 시작하겠다는 뜻을 다지기 위해 낸 기념문집 앞머리, 책이름이라는 무거운 자리가 아닌가. 그런 곳에 "나의 손"이라 썼다면 단순한 실수가 아니라는 뜻이다. 침소봉대라 여길지 모르지만 나로서는 예사롭게 보이지 않는다.

오늘날 사람들은 너나없이 토씨 '의'를 쓸 곳 쓰지 않을 곳 가리지 않고 붙여댄다. 그렇지만 이것이야말로 왜풍에 찌든 대표 말버

릇 가운데 하나다. 우리말과 일본말 사이에 눈에 뜨이는 차이 가운데 하나는 이름씨와 이름씨를 하나로 묶을 때, '의'를 삼가는 쪽과 그것을 꼬박꼬박 가져다 붙이는 쪽에 있다. 일본어 'の'가 그것이다. 보기를 들어 '합천 가야산', '선풍기 바람'은 우리 말법이고 '합천의 가야산', '선풍기의 바람'은 왜풍이다. 거기다 영어 학습에서 온 'of' 용법이 덧씌워져 나쁜 버릇을 더 굳혔다. 잘못 붙이는 토씨 '의'야말로 우리 말글을 어름어름하게 만드는 주범이다.

경상남도에서 거북선을 한 척 만들었다. 그런데 미국산 소나무를 감으로 썼다는 사실이 밝혀졌다. 뒤처리를 어떻게 했는지는 모른다. 우리 소나무를 쓰기로 해 놓고도 그렇게 하지 않았다. 세상과 역사를 속이려 든 셈이다. 거북선 복원이 어떠한 뜻을 지니는가에 대한 마음자리부터 틀렸다. 충무공 현양 사업의 근본을 잊은 죄악을 저질렀으니 그렇게 만들어 내놓은 거북선이 무슨 뜻이 있을까. 경남 도민이 지닌 충무공을 향한 관심이나 거북선에 대한 자부심이 행정 관료의 업적주의에 제물로 내던져질 만큼 천박하지 않기만을 바랄 따름이다. 참고로 시인 황동규는 자신의 아들 이름을 '순신'이라 지었다. 물론 『난중일기』를 읽고 난 뒤였다. 드문 경우지만 제대로 된 존경이 어떤 것인가를 깨닫게 하는 한 본보기는 되리라.

세상살이에 근본이 바로 서지 않으면 헛될 일이 태반이다. 근본을 잃으면 마침내 다 잃는다. 우리가 누리고 있는 풍요와 안전도 근본에 대한 고민이 없다면 사상누각이다. 요즘 말썽을 일으키고 있는, 신종 왜로의 독도 침탈 야욕만 해도 그렇다. 하나같이 '현해탄'의 긴장이니 뭐니라며 써댄다. '대한해협'이라는 버젓한 이름을 두고 우리가 앞장서 일본 쪽 바다 이름인 현해탄을 끌어다 쓰고 있다. 무지만을 탓할 수 없는 어리석음이다. 그러고도 부산에서 제주도 너머 멀리 걸친 자랑스러운 바다를 우리 영해라 할 수 있겠는가. 이미 1999년 이른바 신한일어업협정을 마련하면서 독도 앞바다를 중간수역에다 넣는 얼빠진 정신머린데 '현해탄' 정도에 무슨 호들갑이냐 한다면 더 붙일 말은 없지만.

헛된 명분이나 입에 올리는 완고함도 문제지만, 근본 모르고 넘어가는 잘못은 두고두고 큰 문제다. 근본에 대한 성찰이 없다면 나머지는 더 바라볼 게 없다. 작가 모씨는 정년 뒤부터 "강력한 표창을 든 청년 작가로 소설에 미쳐볼 생각"이라 기사는 적었다. 하지만 나로서는 뜻대로 되기 어려울 것을 안다. 오랜 세월 얼마나 많은 곳에서 '나'를 앞세운 말을 썼을 것인가. 그럼에도 아직까지 '나의'와 '내'를 나누어 쓸 헤아림이 없었다. 오늘날 그가 어떤 이름을 누리고 있는가는 관계없는 일이다. 애초부터 먼 자리를 내다볼 재목이 아니었던 것일까. 어쨌든 정년은 축하할 일이다. 건강하고 다복하기를 바란다.

촌놈과 촌사람 사이에서

학계에 있다 보니 연구비 심사를 위해 서울로 올라갈 일이 생긴다. 자료 수집과 같은 일을 빼면 갈 일이 거의 없는 나로서는 모처럼 갖는 나들이인 셈이다. 지난달에도 두 차례 다녀왔다. 여러 사람이 모여 면접 심사를 하는 자리였다. 한 주일 앞선 서류 심사에서 좋은 점수를 받아 면접에 오르게 된 지역 대학 한 연구단을 두고 기대가 적지 않았다. 그 연구단 책임자가 학자로서 살아온 큰 그림을 어느 정도 그릴 정도였던 나는 손수 만나는 일에 자그만 설렘까지 느꼈다.

그런데 예정대로 나온 그는 이십 분에도 미치지 못하는 짧은 면담 시간을 의제에 관한 소개와 연구비 지원의 당위성을 요령 있게 풀어나가는 데 시종하는 게 아니었다. 자신이 얼마나 세상이 알아주는 학자며, 요즘에도 지역에서 어떠한 활동을 활발하게 벌이고 있는지를 드러내는 데 방점을 찍고 있는 게 아닌가. 면담 자리에 앉아 있었던 인접 전공 심사자들 낯빛이 묘해지기 시작했다. 핵심에 벗어난 이야기를 왜 저리 하는지. 그에게는 죄스러운 일이었지만, 그때 내 마음 벽을 툭 쳐 오르는 말 한 마디가 있었다. "저런 촌놈."

내려오는 기차 안에서 그를 떠올렸다. 남다른 학문적 개성과 열정을 앞세워 그가 이룬 바에 호의를 지니고 있었던 나다. 그럼에도 만남은 실망스러웠다. 어느새 정년을 몇 해 앞둔 나이 아닌가. 아직까지도 자기 입으로 제 명성을 강변해야 할 만큼 허명에 대한 자의식에 갇혀 살고 있는 것일까. 버릇 든 자기 과신이 도진 까닭인가. 그런데 정작 내가 받은 놀라움은 거기서 그치는 게 아니었다. 그 모습이야말로 어쩌면 지역 안에서 공인으로서 내 행태를 대변하고 있는 게 아닌가라는 자괴감 탓이었다.

'촌놈'이란 말이 있다. 그 일컬음에 어떤 당당함을 느꼈던 시절이 있었다. 거의 모든 사람이 농촌에 뿌리박은 어버이의 피와 땀 그리고 눈물을 디딤돌로 도시에서 억척스럽게 자리를 잡아 나갔던 근대 산업화 격동기였다. 오래도록 촌놈이라는 일컬음은 매끄럽고 약삭빠른 '도시놈'에 대한 자기 위안이며, 열등감을 버티는 자위 방식일 수 있었다. 그러나 모두가 도시화를 이룬 오늘날 촌놈이란 세상이 어떻게 돌아가는지도 모른 채 덤비거나, 단순 무지한 됨됨이에 붙이는 비아냥거림에 지나지 않는다. 좁은 지역 안에서 우물 안 개구리처럼 몰려다니거나, 귀치 않은 이름을 앞세워 호들갑을 떠는 일도 전형적인 촌놈 버릇이다.

내 잣대로 볼 때 사람 나이 육십을 넘어섰음에도 세상에 자신을 납득시키려 든다면 어리석을 따름이다. 나이는 무기가 아니다. 그가 살아온 삶의 내력이 본보기로 환하게 드러나 있는 마당이다. 공인이라면 더 그렇다. 학자는 학문이, 작가는 작품이, 장사꾼은 번 돈이 그 터무니다. 너절하게 따질 필요가 없다. 모름지기 나는 내 이름값을 다하며 살아 왔는가를 자문해 볼라치면 오늘 이 자리에서 내가 감당할 몫이 분명해진다. 자신이 누리고 있는 이름을 두고 조금이라도 부끄러움이 남았다면 입은 다물고 세상에 이름빛 갚는 길로 실천궁행할 일만 남았다는 뜻이다.

심사에서 만났던 그는 자신이 몸담은 곳으로 잘 돌아갔을 것이다. 당일 심사를 마치고 또 가봐야 한다고 생뚱하게 떠벌리던 그 모임 자리도 잘 마쳤으리라. 나 같은 동학 후배가 그에게 지니게 된 실망감과 무관하게 내가 얻은 일깨움은 분명했다. 어느새 나 또한 아랫사람에게 나이 든 '촌놈'으로 조롱을 당하고 살아야 할 처지에 이른 것이 아닌가. 두려워라, '촌님' 자리는 어렵더라도 '촌사람' 자리 정도는 지켜야 할 터인데. 서울서 내려오는 기차 안에서 내 부끄러움은 터널 속 기차 침목처럼 더욱 무거워지기 시작했다.

김광제 지사와 마산 석전동 133번지

　김광제 지사는 1866년 충남 보령에서 태어났다. 호를 동양자로 썼다. 1905년 을사늑약으로 나라가 완연히 왜로 손아귀에 들어가자 관직을 던지고 거리로 나섰다. 그리하여 1907년부터 대구에서 조선 왕조 마지막 국가적 의열 활동이라 볼 수 있는 정미국채보상 의거를 시작했다. 이 일을 발의하고 전국 규모 의거로 키워 한 해 가까이 이끌었다. 섬나라 오랑캐가 우리 곳간을 거들내기 위해 가져다 쓰도록 해 지게 된 나랏빚을 갚고, 나라 힘을 되찾자는 투쟁이었다. 많은 이가 술을 끊고 담배를 끊어 힘을 보탰다.

　그러나 왜로 왜성대, 이른바 통감부의 사주를 받은 일진회 패거리와 부왜 관료에 의해 동양자를 비롯한 주도 세력은 모금액을 횡령했다는 모함을 받아 옥고를 치렀다. 의거를 방해하기 위한 꾀였다. 그것이 혐의 없음으로 판명되어 옥을 나왔을 때는 이미 국채보상의거를 이을 수 없는 지경이었다. 그러나 동양자는 그 뒤에도 의열 활동을 멈추지 않았다. 대한학회·교남교육회와 같은 학회를 중심으로 의기 높은 대중 연설가로서 온 나라를 누비며 국권 회복과 애국계몽의 목청을 태웠다.

1910년 경술국치로 나라가 오랑캐에게 도륙을 당하자 동양자는 삶터를 마산으로 옮겼다. 출판과 노동 활동을 벌이며 위아래 앞뒤 계층 사람들을 묶어 권토중래를 노렸다. 그런 과정에서 낸 책이 세 권이었다. 그 하나가 1913년 신활자로 편『마산문예구락부』1집 이다. 국치 아래서도 한문 교양이나 희롱하던 서울의 매국 유림 지식층과 날카롭게 거리를 두면서 구국, 의열의 뜻을 펴기 위해 노심초사했던 결과다. 비록 한문 표기에 머물렀으나『마산문예구락부』는 오늘날 남아 있는 마산의 첫 근대문학 매체로 빛난다.

이어 1920년 동양자는 서울에서 조선노동대회를 열었다. 우리

김광제 엮음,
『마산문예구락부』(제1회 시집), 1913.

나라 노동 활동의 서막을 여는 일 가운데 하나였다. 그리고 그와 맞물린 두 번째 기미만세의거를 꾀한 혐의로 왜로에게 체포되었다. 옥고를 치르고 나온 동양자는 마산에서 1920년 7월 24일 저녁 초대를 받고 돌아와 복통으로 고통스러워하다 운명했다. 왜로의 독살이라 짐작했지만 확인할 길이 없었다. 나이 쉰다섯, 한창 일할 나이에 동양자는 원통한 죽음을 맞이했다. 남은 것은 지아비의 주검 앞에 피눈물을 뿌리는 아내와 어린 아들의 궁핍뿐이었다.

마산단주회를 중심으로 한 도움으로 마산 공동묘지에 묻혔던 지사 유해는 여섯 해 만에 묘비를 얻었다. 일곱 해가 지나서야 고향 유지들의 모금으로 보령 땅을 밟을 수 있었다. 그 영결식에 7만이나 되는 애도객이 모였다. 놀란 왜로 경찰의 방해로 행사가 하루 늦추어지기까지 했다. 동양자는 1910년 이후부터 1920년까지 거의 10년 가까이 마산에 살면서 뜻을 펴고 터를 닦다 떠났다. 그러나 오늘날 그를 기억하는 마산 사람은 없다. 며칠 앞 대구에서 정미국채보상의거기념관이 섰다 한다. 그곳에서도 동양자가 중심이기보다는, 후원자였던 지역 사람 서상돈을 떠받드는 전시 배치일 것임은 보지 않고도 짐작할 만한 일이다.

동양자가 구국 의열의 뜻을 펴다 원사冤死한 통한의 땅이 마산이다. 주검을 뉘었던 집자리가 석전동(지금은 마산합포구 창동) 133번지. 지사가 처음 묻혔던 무덤 자리도 속절없이 잊혔건만, 살았던 지번은 오늘날까지 요행히 남았다. 국권회복기 대표적인 애국계몽 지식인 가운데 한 분으로 귀하게 살다 간 동양자를 향한 마산이 예의를 갖출 시기가 늦어도 한참 늦었다. 마산 대내동 1-1번지,

참으로 부끄러운 왜로倭虜 영사관 지번과 옛터에는 커다란 표지석을 세울 줄 아는 아량(?)을 지닌 지역사회다. 석전동 133번지, 그 뜨거운 자리에 지금이라도 표지석 하나 세우고 고개 숙일 줄 알기만을 바랄 따름이다.

알몸으로 외출하는 바다

바다가 시를 쓰고, 알몸으로 외출을 한다고? 그것도 그럴싸하다. 지금 내 책상 위에 놓인 시집 두 권이 그들이다. 김명이 시인이 내놓은 『바다가 쓴 시』와 오순찬 시인이 내놓은 『알몸 외출』. 시와사람사 서정시선 26번과 27번을 붙여 나왔다. 한 달 터울로 나란한 동기인 셈이다. 둘 다 첫 시집이니 내는 이나 둘레 사람들 기쁨이 어떠하랴. 게다가 김 시인은 예순여덟 살, 오 시인이 예순네 살이다. 늙은 티를 내도 한창 내기 시작할 나이건만 그렇지 않은 일이어서 뜻이 새삼스럽다.

김명이 시인은 진동 광암, 곧 강바구 갯가에서 사는 이다. 초등학교 삼학년 중퇴라는 이력은 평생 아픔이었겠지만 우리 어머니 고모들이 겪었을 다반사, 그냥 넘어갈 수 있으리라. 그러나 스물넷 꽃다운 새댁이 배 키를 잡고 여 선장으로 나설 수밖에 없었을

김명이, 『바다가 쓴 시』, 시와사람, 2011.   오순환, 『알몸 외출』, 시와사람, 2011.

곡절은 여느 여자와 크게 다르다. 강바구에서 나서 강바구에서 자라 강바구에서 살아온 수십 년 세파와 고초가 여간했으랴. 그러던 그녀가 뒤늦은 나이에 파도밭을 원고지로 삼은 지 십 년, 그 적공의 결실로 아청빛 맑은 표지를 씌운 시집 한 권을 건져 올린 것이다. 그녀와 이름 비슷한 시인 김명인이 표사에서 그녀 시들이 편편이 향기롭다 한 경탄이 어찌 인사치레로만 그칠까.

창원 시인 오순찬은 김 시인에 견주어 네 살 아래다. 그러나 시 창작 공부는 비슷한 시기에 시작했다. 자식 혼사와 손자 재롱으로 나이가 차면서도 시를, 문학을 눈에서 떼어 놓지 않았던 만 아홉 해의 골똘함이 이번 시집을 이루었다. 평범한 아내로, 어머니로 살다 뒤늦게 취향을 제대로 가꾸어 보고 싶은 생각이 든 그녀는 우리 둘레에서 흔히 볼 수 있는 장삼이사 가운데 한 사람이다. 서예에, 춤에, 그림에, 노래에, 이저것 기웃거리다 보낸 세월이 여러해였다. 그러다 마침내 그녀를 시창작에 눌러 앉히게 만든 인연법은 어떤 것이었을까. 그녀는 1990년대부터 마산, 창원을 중심으로 펼쳐진 다채로운 삶과 지역 풍토를 따뜻하고도 넉넉한 필치로 울림 크게 그려냈다.

김명이 시인의 시가 육화된 바다의 진면목을 담은 바다시로 절절하다면, 오순찬 시인은 도시의 나날살이를 속속들이 담아낸 증언시로 이채롭다. 둘 다 지역의 밑그림을 오롯하게 되살려 낸 셈이다. 이들 두 시집도 여느 것과 마찬가지로 출판 뒤에 금세 잊혀버리는 세상 대접을 받을 것이다. 그럼에도 둘은 마산과 창원이, 남해 바다가 남아 있는 한 여러 김명이와 여러 오순찬으로 오래도록 되살아 갈 것을 나는 안다. 그러나 그런 뒷일에 무슨 뜻이 있으랴. 훨씬 귀한 뜻은 세월과 겨루어 한 번도 이겨본 경험이 없었던 예사 사람이 어느새 오늘 이 자리에 자신을 전혀 다른 삶으로 우뚝 올려 세웠다는 사실에 있다.

자기를 넘어서는 일이 살아가는 모든 사람 일 가운데 가장 힘든 것이라면, 자신을 변화시키는 일이 참된 혁명이라면 두 사람은 그 혁명을 오롯이 실천한 이다. 어찌 고통과 좌절이 없었으랴. 두 사람은 그 모든 것을 누르고, 뒤늦은 나이지만 스스로 자신에게 한 번도 받은 적 없는 꽃다발을 한 아름 선물하는 드문 복락을 누렸다. 객쩍은 현시욕에 마음을 비트는 흉내 시, 번화한 수사법이나 꾸며대는 유사 시와 다른 진정성을 그들 작품은 갖추었다. 작으나

참된 삶은 젊음이며 변화라는 사실을 몸으로 보여 준 두 사람이
다. 마음에 지고 몸에 지고 드디어 나이에마저 지고 마는 것이 사
람 사는 뻔한 이치 아닌가. 그러나 이 두 사람은 그것을 넘어서,
삶이 혁명일 수 있는 본보기를 지역사회에 널리 일깨웠다. 보아
주는 이 없어도 두 바다의 싱싱한 알몸 외출이 어찌 예사로울까.

경상남도 뿌리 찾기 원년을 향하어

경상도라는 일컬음은 고려 충숙왕 때인 1314년에 처음으로 비롯하였다. 이때 마련된 경상도는 조선 시대를 이어 내려오다 근대의 격랑이 몰아치던 이른바 고종, 곧 비애왕悲哀王 시기 1896년에 이르러 남도와 북도로 나뉘었다. 처음에는 진주를 경상남도 도청 소재지로 삼았다. 많은 논란을 거쳐 1925년 부산으로 옮겼다. 1963년 부산이 직할시로 떨어져 나가 부산 시청과 경남 도청이 한곳에 있는 시절도 한참 동안 거쳤다. 1983년에야 도청을 창원으로 옮기면서 명실이 같은 경상남도를 이룬 셈이다. 1997년 울산이 광역시로 떨어져 나가 도세가 많이 위축되었지만 아직까지 경남은 그 큰 부름켜를 잘 키워내고 있다.

그런데 긴 세월 지역 행정을 도맡았던 경상남도 도정지道政誌에 관한 관심이나 연구는 이루어지는 것 같지 않다. 경상남도지가 아니라, 경상남도에서 이루어졌던 행정의 흐름과 그 뜻, 공과를 따져드는 일이 그것이다. 이 일은 경남 도민지와 맞물려 드는 무게를 갖는다 해도 지나치지 않다. 따라서 매우 중요한 학문적, 사회적 주제일 터인데 실상은 그렇지 않은 셈이다. 지역자치제가 제도적으로 자리 잡고 있는 요즘일수록 도정지와 관련한 연구의 필요성은 더하다. 지나간 시기 도정의 사실을 기술, 풀이하고 오늘날 입장에서 판단하여 앞날을 내다보고 관리하기 위한 중요 장치가 경상남도 도정지에 관한 관심이다. 그리고 그 일을 하자면 무엇보다 먼저 사료 수집과 갈무리가 선결 조건이다.

그런 점에서 지금 창원시립마산문학관에서 새해 2월을 기한으로 열리고 있는 「잡지로 보는 경남 100년」이라는 전시회가 예사롭지 않다. 뜻있는 기획을 거듭하고 있는 곳이지만, 이번 기획 전시회는 어느 때보다 새삼스럽다. 그곳에는 이제까지 손수 볼 수 없었던 경남 지역 간행 잡지를 150종이나 갖추었다. 특히 1950년부터 1953년 사이 전쟁기에 나온 잡지가 더욱 눈길을 끈다. 피란 시기 세 해 동안 대한민국을 지키고 먹여 살렸던 부산과 경상남도의 무게를 고스란히 그들이 대변하고 있는 듯한 까닭이다. 그들 가운데서도 경상북도의 『도정월보』와 쌍벽을 이루며 임시수도 시절 부산에서 냈던 『경남공보』나 뒤를 이어 나왔던 『경남공론』, 그리고 1960년대 기관지인 『새경남』과 같은 경상남도 기관지가 몇 권 보여 이채를 띤다.

그런데 그리 멀지 않은 과거 매체인 그들을 온전히 갖추고 있는 곳이 우리나라 어디에도 없다. 그 속에는 경상남도가 어떻게 걸어

왔는가를 꼼꼼하게 알려주는 실질적인 지표와 담론이 가득 속살로 채워져 있다. 지역 문학인의 중요 미발굴 작품도 다채롭다. 그러나 그들을 찾아내 구명하려는 노력은 경상남도 차원의 어디에서도 없었던 셈이다. 당장 경남 도정의 나침반 역할을 맡고 있다고 할 수 있을 경남발전연구원 같은 데에서도 마찬가지다. 그곳에서는 아예 도 단위 예술문화 영역 전문가조차 두고 있는 것 같지 않다. 그러니 그런 사료에 관한 안목이 설 리가 없다.

더 늦기에 앞서 경상남도 기관지부터 제대로 찾고 갈무리해야 할 터인데, 나 같은 백면서생으로서야 길이 막막하다. 혹 경남 근대생활박물관과 같은 기구 신설을 내다보고 있다면 그들 전문가를 미리 활용하는 방안이 있다. 너무 장기적인 게 흠이다. 특정 도서관이나 대학 연구소에 도정지 문헌 수집, 연구, 홍보 기능을 맡기고 경상남도에서는 지원하는 단기적인 길도 있다. 소박해질 가능성이 큰 쪽이다. 새해로 향하는 발걸음 바쁜 해밑이다. 오는 2012년이 경상남도 내력 찾기를 위해 제도적 장치를 마련하는 첫해가 될 수는 없을까. 둘러보면 예산 타령에 새 일거리라면 시큰둥한 곳밖에 보이지 않는다. 그러나 혹 모를 일이다. 뜻이 있다면 쉬운 길도 있는 법이니.

상록수역을 나서며

서울역으로 가는 다섯 시 첫 기차는 제 시간에 출발했다. 광명역, 지나치기만 했지 내릴 일이 없었던 곳이다. 거기서 다시 안산 상록수역까지 가는 걸음이었다. 심훈을 기리기 위해 소설 제목 '상록수'를 이름으로 붙인 역. 아침도 이른 시각에 방문한 나를 그녀는 반갑게 맞아 주었다. 그녀가 간수하고 있는 자료의 도움을 받기 위해 무릅쓴 무례였다. 그녀는 지난 연말 그동안 묻혀 있었던 어린이문학가 또한밤 이영철 선생을 학계에 처음으로 본격 소개했다. 선생은 내가 연구 과제로 삼고 있는 개성 지역 문학인 가운데 한 사람. 서울 개성시민회를 찾아갔을 때, 나 말고 연구

이영철(1909~1978)의 장년기 모습

를 위해 찾아온 유일한 사람이라는 말과 함께 그녀를 소개 받았던 것이다.

이영철 선생은 1909년 개성에서 태어나 향리 교사로 일했다. 전쟁 발발을 앞두고 서울로 월남해서 영면했던 1978년까지 평생을 어린이문학가로, 교사로, 출판인으로 살다 간 분이다. 1930년 대 초반부터 동화를 본격적으로 발표하기 시작했던 그의 선친은 이상춘 선생이다. 개성 지역 교사로 기미만세의거 이전에 의기에 찬 노랫말을 학생들에게 가르치다 옥살이를 겪었던 한글학자였다. 게다가 개성 근대문학 첫머리에 놓이는 소설가다. 1942년 임오조선어학회박해폭거로 선친은 다시 왜로倭虜 감옥에 갇혔다. 선생 또한 왜로에게 붙잡혀 세 해 동안 갇혀 갖은 고문을 겪었다. 대를 물려 한글 사랑, 겨레 사랑, 문학 사랑을 실천하다 겪은 고초

동화집 『쌍둥밤』, 글벗집, 1960.

였다.

　을유광복으로 서대문형무소를 나왔을 때 선생 앞에는 견딜 수 없을 비탄이 기다리고 있었다. 남편 옥살이 뒷바라지로 매일같이 개성과 서울을 오내려 경황이 없었던 아내의 손길 바깥에서, 사고를 당했던 어린 딸은 다리를 절단한 끝에 마침내 이승을 뜬 뒤였다. 왜로의 고문으로 선생은 왼쪽 다리를 쓸 수 없을 심한 장애를 입었다. 오른쪽 다리마저 온전치 못해 두 발을 끌며 절며 다녀야 하는 운명을 짊어졌다. 그럼에도 선생은 문학사회의 이해관계에는 눈을 닫고 오로지 학교와 글벗집이라는 출판사 사이를 오가며 어린이문학 발전에 골똘했다. 작은 일에 충성을 다하라는 좌우명을 실천했던 셈이다. 남은 것은 백 권을 넘는 어린이, 청소년 관련 저작물이었다.

　그럼에도 우리 어린이문학사는 이제껏 선생에 대해 지극히 무심했다. 삼대에 걸쳐 교직을 지켰던 맏아들조차 선생의 뜻에 따라 사후 어떠한 사회적 보훈도 넘보지 않았다. 늦깎이 어린이문학 연구가인 그녀가 본격 연구를 시작하지 않았더라면 영영 묻혀버릴지 모를 분이었다. 일 년에 걸쳐 조사를 하고 논문을 준비하면서 흐르는 눈물을 막을 수 없었노라고 부끄러운 듯 덧붙이던 그녀의 말은 부풀림이 아닐 것이다. 강원도 시골에서 중학을 마치고 서울로 올라왔던 그녀. 여상을 졸업한 뒤 이저리 가파른 세월을 따르다 쉰 줄에 박사과정에 들어선 평범하지 않은 굽이를 지닌 이가 아닌가. 선생의 삶을 되짚으며 흘렸다던 눈물이 더욱 귀한 까닭이다.

　되로 퍼내면 그만일 문학인을 말로 부풀리고 짓까불리면서도 부끄러움이 없는 요즘 세상이다. 그녀는 우리가 내버렸던, 우리 문학사의 커다란 뒤주 하나를 찾아냈다. 그 속에 가득한 알곡의 뜻과 빛이 어찌 또한밤 이영철 선생 한 분 것으로 그칠까. 경상남도만 하더라도 선생에 버금갈 이가 왜 없겠는가. 경기도 안산 상록수역에서 5분 거리 17층 아파트 맨 위층에 한 사람이 산다. 이름은 박금숙. 이영철 선생의 삶과 문학을 세상에 알리는 일을 거듭할 '젊은' 연구가다. 그녀의 노력은 더 많은 이영철들을 되살려 내는 든든한 대들보가 되리라. 상록수역을 나서 애써 광명역까지 배웅해 준 그녀와 헤어져 내려오는 서울부산철길 가까이로 내내 때 아닌 봄빛이 가득했다.

2부 삶의 길, 예술의 길

삶의 길, 예술의 길

예술을 뜻매김하기란 쉽지 않다. 왜냐하면 시대와 문화가 다르면 뜻이 다르기 때문이다. 게다가 예술은 한 가지 모습으로 굳어져 있는 것도 아니다. 시간 흐름에 따라 꼴과 속살이 자꾸 바뀐다. 이러한 예술의 다양성과 가변성은 그에 관한 뜻매김을 어렵게 만든다. 그렇다고 예술에 관한 뜻매김이 불가능한 것은 아니다. 나날살이와 달리 예술은 적어도 한 가지를 중핵적인 필요충분조건으로 삼는다. 이르기 힘듦이 그것이다.

예술은 어느 영역이건 흔하고 범상한 자리는 아니다. 상식에 머물지 않고, 경계를 넘어 이르기 힘든 곳에 놓인 상태거나 결과다. 이루어진 곳에서 이루어지지 않은 곳으로, 손쉬운 데가 아니라 더 어려운 데 놓이는 요소가 보이지 않은 예술은 사이비일 따름이다. 한 마디로 예술은 사람의 한계를 뛰어 넘은 듯한 자리에 놓을 만한 삶의 형태다. 예술을 값진 것으로 우러러 볼 수 있게 만드는 가장 큰 힘은 거기서 비롯한다.

이르기 힘든 일을 실천하는 행동이야말로 무엇보다 예술의 예술성이다. 그러다 보니 예술은 예술가 개인에게 죽음도 기꺼이 받아들이려는 열중을 요구한다. 오히려 삶을 갉아먹기까지 하는 예술. 예술은 쉬 선택하기도 힘들지만, 계속하기가 더 어렵다. 그래서 보통 사람이 예술가로 살아가기란 힘들다. 또 그럴 필요도 없다. 그러나 예술에서 배울 한 가지는 분명하다. 예술가로서가 아니라 예술적으로 사는 일이 그것이다.

예술적으로 산다는 뜻은 무엇인가. 삶 속에서 이르기 힘든 데이르는 일이다. 상상하지 못했던 어려움일지라도 그것을 자신의 삶 속으로 기꺼이 받아들이는 일이다. 생각해 보라. 배움의 높낮이를 탓하고, 늙고 젊음을 탓하며, 환경을 핑계 삼고, 익은 버릇대로 사는 일이 어려울 리가 있는가. 그러나 그렇게 살다 저승으로 건너가기엔 오로지 한 번뿐인 이 이승의 삶이 너무나 놀라운 경탄이며 축복 받은 시간은 아닌가.

누구나 할 수 없다고 지레 포기할 일을, 누구나 이를 수 없다고 외면할 일을 포기하지 않고 외면하지 않는 것이 예술적인 삶이다. 자신의 삶을 앞선 모습과 완전히 다르게 변화시킨 이들이야말로 예술적인 사람이다. 둘러보면 개인의 삶을 예술로 승화시킨 그런 이들은 적지 않다. 못 배운 이가 배운 이보다 더 오래 세상에 가르침을 주고, 못 가진 이가 가진 이보다 더 많이 세상에 베푸는 아름다운 역설이 거기서부터 말미암는다.

그런데 그런 변혁은 나와 무관한 일일 따름인가. 그렇지 않다. 지금은 추억 속 옛일이 되어 버렸을지언정 우리 모두에게 꼭 한 번은 마구잡이 이루고 싶었던 꿈이 있었다. 그 꿈이 아직 남아 있다면, 아직 늦지 않았다고 이루어 달라고 애원하고 있다면 어떻게 할 셈인가. 그렇다면 내가 할 일은 단 한 가지. 돌아보지 말고 멈칫거리지 말고 뚜벅뚜벅 그 일로 걸어갈 일. 꿈을 이루기 위한 일에서 늦은 법이란 없는 까닭이니까.

사람은 태어나기도 어렵지만, 제 삶의 참된 주인으로 살아가기란 더 어렵다. 1년을 참는 일은 쉬우나 10년을 참는 일은 어렵다. 목숨을 걸듯 10년을 골몰할 만한 값어치 있는 꿈이 나에겐 없는 것일까. 어느덧 2012년 새해 아침이다. 새 해에는 예술이 무엇인지 모르지만 예술적으로 사는 이들이 많아지기를 바란다. 그러고 보니 사람은 태어날 때부터 이미 예술가다. 그것을 잊고 있거나, 그 사실을 믿지 않을 따름이다.

김정일 교시문을 읽으면 북한사회가 보인다?

지역문학 연구에 뜻을 두고 여러 해 관심을 가져오다, 요즈음에는 북한문학사까지 지역 관점에서 따져 들고 있다. 그 가운데서도 먼저 황해도에 초점을 맞추었다. 오늘은 자료 속에서 1997년 평양문학예술종합출판사에서 낸『림홍은 작품집』을 들여다보았다. 림홍은은 1914년 황해도 재령군에서 태어났다. 1930년대부터 활동을 시작하여 1990년대까지 북한 미술을 책임지며 공훈예술가·인민예술가 자리까지 올랐던 사람. 화첩은 그가 평생 그렸던 것 가운데서 대표작을 가려 묶었다.

성을 '림'으로 적어, 이른바 두음법칙을 적용하지 않는 어문법이 먼저 눈에 뜨인다. 두음법칙은 우리말에서 가장 아름다운 소리 ㄹ을 오랜 세월 첫 자리에서부터 막아 버린 규칙이다. 북한은 일찌감치 그런 잘못에서 벗어났다. 그것을 비롯해 북한 어문법의 초

기 틀거리를 잡은 국어학자들 중심은 월북한 경남 출신이었지, 아마. 그런 생각을 하며 펼치니 맨 앞머리에 김정일 '교시'가 보인다. 북한 책 가운데 뜻이 무거운 것에는 하나같이 실리는 글이다. 오늘은 지나치지 않고 제대로 눈을 주었다.

그런데 읽고 나서 슬며시 웃음을 머금지 않을 수 없었다. 김정일 교시문은 이른바 '조선인민민주주의공화국'을 대표하는 뜻과 솜씨를 지닌 글 아닌가. 그들 공공언어 가운데서 가장 높고 빛나는 자리에 놓인다. 그럼에도 뜻밖에 허술하고 거칠다. 교시문은 아래와 같았다.

　　오늘 우리 나라에서 창조되는 훌륭한 미술 작품은 그 무엇과
　도 대비할 수 없는 사회주의적문화재보로서 귀중한 가치를 가지
　게 된다. 김정일

띄어쓰기가 우리와 다른 점은 맞춤법이 서로 틀린 까닭이니 넘어갈 일이다. 가장 큰 문젯거리는 이 짧은 월은 뼈대를 피동 표현으로 삼았다는 사실이다. "창조되는 훌륭한 미술 작품"은 "귀중한 가치를 가지게 된다"가 그것이다. 능동형과 피동형 월 사이 큰 차이는 주체가 중심에 놓이는가, 객체가 중심에 놓이는가에 있다. 실제 개개인의 글살이에서 피동형은 쓰는 이의 소극적이면서 자신감 없는 자세나 말맛을 담아낸다. 북한은 이른바 '주체' 나라. 그래서 두 피동형을 능동형으로 바꾸면 훨씬 당당하고 뚜렷한 '주체' 교시로 바뀔 수 있었다. 그런데 그러지 못했다.

게다가 북한이 1960년대부터 꾸준히 거듭했던 '말다듬기' 사업에 따라 몇몇 한문 외래어를 토박이말로 바꾼다면 교시가 더 생생하게 살아날 것이다. '대비하다'나 '가치'와 같은 낱말을 '견주다'와 '값어치'로 바꾸는 쉽고 간단한 일이다. '무엇과도' 앞에 놓인 매김씨 '그'도 빼는 게 좋다. 북한이 광복기부터 오래도록 체제 강령으로 써 왔으니 바루기는 힘들겠지만, '사회주의적'이라는 말도 그냥 '사회주의'로 적는 게 나았다. '사회주의적문화재보'보다 '사회주의문화재보'가 마땅하다는 뜻이다. 따라서 『림홍은 작품집』에 실린 김정일 교시는 다음과 같이 다듬을 수 있다.

오늘 우리 나라에서 창조하는 훌륭한 미술 작품은 무엇과도 견줄 수 없는 사회주의문화재보로서 귀중한 값어치를 가진다. 김정일 모두 여섯 군데가 바뀌었다. 당대 으뜸 '지도자'를 위해 으뜸 글쓴이를 동원했을 김정일 교시문이다. 그럼에도 짧은 글 하나에 여섯 군데나 손 댈 곳이 있을 정도라니. 이런 작은 사실 하나가 그 무렵 북한 사회의 속내를 제대로 엿볼 수 있게 하는 한 본보기라 한다면 침소봉대일까.

그렇다면 우리 안쪽으로 눈을 돌려보자. 사정이 어떨 것인가. 나라와 개인이 만나는 가장 밑뿌리 말글인 법률용어마저 아직까지 1945년 이전, 이른바 조선총독부 시기에 스며든 왜풍倭風에 젖어 있다는 사실은 널리 알려진 일. 더 내려서서 오늘날 지역 행정부나 기관에서 지역민을 상대로 내놓은 공공언어 자리를 살핀다면 또 어떨까? 곳곳에 널린 안내문·경고문·홍보문과 같은 것이다. 먼 곳 평양에서 낸 『림홍은 작품집』 한 권을 펼쳐 놓고 생각은 자꾸 엉뚱한 데로 나아간다.

공공언어 부문에 세종도우미를 두자

언어도 목숨을 지녔다. 아껴 주면 자라지만 팽개치면 시름없이 죽어 버린다. 게다가 사람살이와 마찬가지로 계층과 경계, 높낮이가 있다. 높은 말, 낮은 말, 버릴 말, 살릴 말에다 지역어와 같은 것이다. 이렇듯 말이 살아가는 텃밭을 언어 생태계라 일컫는다. 이것이 건강하면 사회가 건강하고 그렇지 못하면 병든다. 말글로 말미암은 불평등과 억압을 바로 잡아 생태계를 건강하게 가꾸는 일이 언어 민주화다. 제 나라 말살이에서 불행을 느끼는 이들이 없는 세상을 이상으로 삼는 큰 과업이다. 그런데 언어 민주화는 정치나 경제 민주화와 다르다. 결과가 당장 눈앞에 드러나지는 않는다. 그럼에도 더 밑자리에서 더 오래 영향을 끼친다.

모든 사회 차별과 특권은 언어 불평등에 뿌리를 둔다. 그것이 계층 불평등을 불러 온다. 오늘날 우리를 지배하고 있는 큰 문제

는 영어 제국주의 신화다. 영어를 잘하면 잘 먹고 잘 산다는 믿음
이 그것이다. 평생 영어 한 마디 할 일 없이 사는 이도 죽어라 돈과
시간을 그 학습에 들인다. 게다가 인터넷을 기반으로 삼은 대중매
체의 떠들썩한 설득언어가 기름을 붓는다. 세상은 그들 대언어가
지배한다. 사람과 사람 사이, 집과 교실, 골목의 지역어를 불가사
리처럼 먹어 치우는 그들의 식탐만이 드높이 뜨거운 혀를 펄럭인
다. 최상위 포식자에 의한 언어 생태계 교란이 급격하다. 그로 말
미암은 국가적 낭비와 병증 확산은 누가 책임질 것인가.

　자연 생태계와 마찬가지로 언어 생태계도 함부로 손 댈 일은
아니다. 그럼에도 입말과 글말은 입장이 다르다. 있는 말글과 있
어야 할 말글 사이 거리가 둘 사이 차이다. 보다 자유로운 입말과
달리 글말은 마땅한 상태가 전제되어야 한다. 규범이 살아 있고서
야 일탈도 사는 법이다. 그런 점에서 공공언어에 대한 관리가 새
삼 중요한 과제로 떠오른다. 공적 기관이나 단위에서 익명의 시민
사회를 향해 내놓은 홍보문·경고문·안내문·광고문이 그들이다.
이들은 24시간 모든 계층, 모든 세대로 열려 있다. 그러면서 수용
자에게 삶을 향한 태도와 가치를 내면화시키는 중요한 나침반 역
할을 맡는다. 사회 교양의 지속적인 교과서인 셈이다.

　그런데 그들이 고압적이거나, 폭력적이라면? 성적 비하, 계층
서열을 부추기고 인습과 편견을 굳히는 것이라면? 어떨까, 어문
규범을 뒤집어 버리는 것이라면? 이러한 공공언어의 민주화를 향
한 1차 책임은 지역행정부에서 져야 한다. 세계적이니 국제적이
니 헛발질하며 무겁지도 않은 행사에 붓는 나랏돈의 천분의 일만

들여도 될 일이다. 행정은 지역 가치를 꾸준히 마련하고 선진 지역 재구성을 겨냥한 거시 부문에다 분배의 정의를 실천해야 한다. 그런 점에서 세종도우미를 제안한다. 마땅한 글살이 도우미가 그것이다. 지역 언어 생태계를 건강하게 만들기 위한 필요하고도 책임 있는 노력을 행정이 제도적으로 떠맡는다는 뜻이다.

2012년 올해는 세종 임금이 한글을 반포한 566주년이다. 세종도우미는 지역 공공언어 생태계 순화와 자정을 책임지는 첫 본보기. 처음에는 공공언어 안쪽에서 시작하여, 점차 산업 현장 상업 언어로 넓혀 나가면서 바람직하고 효율적인 글살이 방안을 파악, 권고, 해결해 주는 자리다. 신문사에서 최종 교열 기자를 두는 것과 마찬가지 이치다. 그것보다 파급도가 훨씬 크다는 점만 다르다. 이 일이 가져다 줄 중장기적인 지역 창발과 이미지 개선 효과는 엄청날 것이다. 우리에게 한글이 무엇보다 중요한 자산임은 누구나 다 안다. 부려 쓸 줄을 모를 따름이다. 공공언어 생태계의 건강한 성장을 위해 창조적 상상력을 발휘할 시점에 이르렀다.

봄이 오는 새벽 운동장

봄이 오는 새벽 운동장은 아직 춥다. 어둡다. 둘레로 밀려드는 먼 곳 불빛만 짙은 어룽을 만들고 있다. 6시를 넘어서야 바깥세상이 눈에 들 정도로 밝아지리라. 이 이른 새벽에 적지 않은 이가 운동장 가를 돌고 있다. 서넛, 또는 한 사람씩 걸음걸이도 가볍다. 그들이 이 희붐한 새벽을 걷는 까닭은 무엇일까. 곤히 잘 다른 사람 머리맡을 도는 까닭은. 겉보기로 모두 건강이라는 한 가지 목표로 여겨진다. 그렇기만 할까.

이들 가운데는 새벽잠이 적고, 딱히 다른 일이 없었을 이도 있을 것이다. 새벽에 잠시 만나는 가벼운 친교에 더 뜻을 둔 이도 있을 터. 어쩌다 오늘부터 운동장 걷기를 작심하고 처음 나온 이도 있으리라. 겉으로는 건강을 위한 새벽 운동장 돌기로 여겨지지만 속을 들여다보면 갖가지 사연과 동기가 얽혀 있을 것이다. 그래서 세상을 겉만 보지 말고 속의 겹과 켜를 제대로 헤아려 살펴 자중할 일이라 했던가.

사람살이 행동은 한두 가지 동기로 이루어지지는 않는다. 복잡한 근인近因과 원인遠因이 뒤엉켜 있다. 그럼에도 우리는 짧은 순간 드러나는 겉만 가지고 속을 짐작할 도리밖에 없다. 게다가 눈에 드는 겉만 보려 해도 예삿일이 아니다. 명실상부란 말이 있다. 아름다운 덕목으로 권장하는 일이다. 그럼에도 아직까지 이 말이 사라지지 않는 것은 이르기가 어렵다는 뜻일 게다. 이름과 실질이, 속겉·안밖이 한결같기란 쉽지 않다.

일이 크든 작든 겉으로 알기 힘든 이저런 이해관계를 조절·조정하는 일이 정치다. 그러니 콩 심으면 콩 나는 생산 활동과 달리 정치 행위란 본디부터 명실상부하기 힘들다. 그래서 예부터 정치는 도道에 들지 않았다. 도란 본보며 살아갈 우뚝한 길, 정치는 술術이었을 따름이다. 검술, 궁술과 같은 재주. 정치가는 정치술사였다. 옛사람이 정치라는 재주 부리기를 수신修身, 곧 마음공부보다 뒤쪽에 두어 경계했던 까닭이다.

정치술사가 세상의 이해관계를 바루기 위해 재주를 쓰지 않고 제 이름, 제 이익에 혈안이 될 경우는 문제다. 그것도 다른 사람을 대표해 세상 이익을 위해 살겠노라 나라 녹을 먹으며 공인의 이름을 내걸고 그 짓을 저지르는 마당에랴. 이럴 경우 정치란 내놓은 거짓말질이고 전 펴 놓고 해 대는 날강도 짓과 다르지 않다. 예부터 관리에게 청빈과 홍익의 덕성을 거듭거듭 강조하지 않으면 안될 사정이 거기에 있었던 셈이다.

그런데 우리 사정은 어떠한가. 당장 을유광복 이후 역대 행정 수반들의 모습만 보더라도 확연하다. 하나같이 부정부패로부터 자유롭지 못하다. 한 사람은 스스로 목숨까지 끊어 세상을 놀라게 했다. 그럼에도 봄이 오자마자 벌써 정치 난장이다. 대의정치에 뿌리로 두고 공화주의를 택한 이상 대의체인 의회 마련은 마땅한 일. 그럼에도 이 구석 저 구석에서 지역을, 나라를 위한 적임자가 자신이라 요란을 떤다. 이 과잉 정치! 그들은 그 나이 먹도록 어디서 어떻게 살다 이제는 정치술사 면허증까지 따려고 아우성일까?

오늘날 세상의 이해관계는 더욱 복잡다단하게 얽혀든다. 사이버공간이라는 새로운 자리까지 더했다. 정치 몫이 엄청나게 커졌다. 삶 자체가 정치라 할 정도다. 그런 만큼 세상 잘 되는 길에 오롯이 제 한 몸 던지는, 제대로 된 정치술사를 향한 욕구와 기대 또한 더할 밖에. 그렇건만 그런 본보기 사람을 생전에는 볼 수 있을 것 같지가 않다. 참으로 딱하고 분한 일이다.

봄이 오는 새벽 운동장을 얼굴 모를 이들과 돈다. 적어도 자식과 이웃에게만은 죄짓지 않으려고 노력했을 장삼이사다. 머지않아 미명처럼 세월에 묻힐 얼굴이지만, 이저런 세파에 떠밀리면서도 명실상부 좋은 어버이가 되기 위해 입술 깨물었을 사람들. 이들이 나누어온 작은 정치, 선량한 생활 정치야말로 차라리 가볍지 않다. 술은 술이되 사기술이 아니라 참된 인술仁術일 가능성이 더 큰 자리. 어느새 바람 자고 동녘이 환하다.

정명의 길

목련 가고 벚꽃 지고 선거철도 끝났다. 곳곳에서 선거로 말미암은 이해득실 계산에 한창이다. 지난 선거 기간 동안 짜증스러웠던 일은 이저곳에서 쏟아지는 설문 전화에 손전화 홍보였다. 어떤 곳에서는 전자편지까지 활용했다. 그런 가운데서 한 신문사에서 보내온 설문이 흥미로웠다. 선거와 직접 관계없이 우리 사회 전문가 집단이 지녀야 할 덕목에 관한 물음을 던져왔다. 이른바 정치인, 기업인, 교수, 언론인, 법조인 들들로 나누어 놓은 자리였다.

덕이란 세상에 베풀어 얻을 값어치. 복이란 거꾸로 바깥으로부터 입을 값어치. 그렇기에 전문가에게는 맡고 있는 자신의 책무를 다하는 일 말고 무엇이 더 필요하랴. 그래서 나는 그들에게 전문성과 청렴이 가장 필수적인 덕성이라 답했다. 그런데 망설이지 않을 수 없었던 데가 정치인 쪽이었다. 정치란 이해관계를 조정하는 일. 의사소통 능력과 청렴 가운데서 무엇이 그들의 으뜸 덕성일 것인가.

정치와 행정은 둘이면서 하나고, 하나면서 둘이라는 묘한 관계에 있다. 우리나라는 지역자치제 실시 이후 그 둘의 무게 중심이 정치 일변도로 쏠려 버린 데서 문제가 더욱 깊어졌다. 모든 행정적 결정이 정치적인 이해득실에 따라 갈라지고 만다. 무엇보다 민선 지역 단체장의 개인 욕망과 정치적인 타산이 모든 결정에 앞서게 된 셈이다. 거기다 공무원조차 거기에 줄을 서지 않을 수 없을 구조로 바뀌었다. 오래도록 전문성을 가꾼 직능인이 나설 자리는 더욱 좁혀졌다.

내가 든 교수 집단은 어떨까. 사실 대학은 지역 머그림 구성의 커다란 부분을 차지하는 곳이다. 지역 우수한 두뇌집단을 바탕으로 국가, 세계 범위에서 뛰어나고도 창의적인 담론을 개발해 내는 핵심 기구가 대학이다. 그러니 그 구성원이 제 덕성을 다하기 위해서는 연구가 선결 요건이다. 그런데 대학 교수는 어느새 당장 취업을 위한 뚜쟁이 노릇을 해야 하는 지경에 이르렀다. 연구하지 않는 곳에서 어찌 새로운 교육으로 나아갈 수 있을 것인가.

눈앞에 놓인 근대 산업화 직업사회와 직장 행태가 학생들이 졸업해 중심 세대로 살아갈 20~30년 뒤에까지 고스란히 남아 있으리라는 생각은 큰 오산이다. 행복한 삶을 실현하기 위해 창의적인 직업 환경을 재구성할 수 있어야 한다. 게다가 디지털 기술은 그런 변화를 엄청나게 앞당기고 있다. 그럼에도 젊은이의 당면 목표를 코밑에 놓인 직업사회 진출에만 묶어 두었다. 거대 화폐자본의 단기 소모품, 산업사회 직능 기계의 부속품으로 밀어 뜨리는 일에 대학이 전전긍긍하는 시대가 되어 버렸다.

지역 인문학계만 보더라도 반 백 년을 넘은 지역 대학들이 버젓한 지역학 하나 키워내지 못했다. 있었던 연구소조차 문을 닫은 지 오래다. 기껏해야 지역 자치행정부 장딴지나 긁는 소극적인 자리에 머물다 겪게 된 수모다. 어찌 지역에 지역 대학이 존재해야 할 까닭을 웅변할 수 있으랴. 인문학 위기론으로 법석을 떨던 때가 언제 이야긴지도 모르는 아득한 낯빛일 따름이다. 곡학아세란 다른 게 아니다. 지역 행정·정치·언론과 지역 학문이 어긋지는 소리하나 내지 않으면서 끼리끼리 내 사람 챙기랴 똥오줌 못 가리며 앉아 있는, 동상이몽의 고요롭고도 오랜 동거. 그런 속에서 바람직한 지역 재구성과 미래 지역 가치 창출이란 멀고 멀 따름이다.

그런데 그런데 그런데 말이다. 지역이 문제가 아니다. 지난 4월 9일자 신문에서는 마침내 동해 표기를 일본해로 빼앗기리라는 기사가 떴다. 선거 북새통에 정신이 팔려 있을 때. 신종 왜로倭虜의 침탈 야욕은 또 큰 걸음을 내디뎠다. 독도, 울릉도, 대한해협을 품은 드넓은 동해를 통째 앗긴 셈이다. 드디어 두 번째 침략이 가시화되었다. 1945년 이후 오랜 세월 허깨비 노릇이나 하다 속수무책. 백 년 전에는 드넓은 간도 땅에다 나라까지 빼앗기더니, 그 백 년 뒤 이재 다시 동해를 빼앗기는 치욕의 첫 자리를 내 당대에 겪는다.

대한민국은 어디 있는가. 역사시대 이후만도 수천 년에 걸쳐 겪고 채워왔던 동해의 삶과 역사를 빼앗기다니. 이름값도 못하는 나라에서 나는 산다. 통탄스럽다. 분하다. 슬프다.

잊어버린 창원 시인 홍원

그녀는 받아들인 듯한 눈빛이었지만 얼굴은 붉게 달아 있었다. 심사위원들이 숙의한 결과, 바람직한 논문으로 더 깁기 위해서는 한 학기 제출을 미루는 게 좋겠다는 통보를 받은 뒤였다. 적지 않게 다칠 것이다. 살아가면서 겪을 수 있는 좌절이라 생각하더라도 구겨진 마음은 쉬 펴지지 않으리라. 그런데 모자라는 그대로 세상에 던져 버리기에는 그녀가 준비했던 『홍원 시 연구』, 시인 홍원에 관한 학계 두 번째이자 본격적인 첫 보고물이 될 글이 너무 소중하다.

시인 홍원은 누구인가. 본명은 홍재석, 1907년 창원 웅천 성내동에서 태어나, 1967년 삶을 마감했으니 예순하나까지 살다 간 사람이다. 창원 사람이건만 오래도록 창원이 잊고 있었던 언론인이자 시인. 그는 진해보통학교를 졸업한 뒤, 멀리 정주 오산학교까지 공부를 하러 떠났다. 나라잃은시대 대표적인 민족 학교였던 그곳으로 배움길을 밟았으니 기개가 어떠했으랴. 거기를 중퇴한 그는 섬나라로 건너가 유학생활을 시작했다. 그러다 방랑도 잦았다. 학업을 그만두고 돌아온 뒤 한때 광산업에 손을 대 큰 손해를 입기도 했다.

을유광복 뒤 홍원은 진해에서 잠시 초등학교 교사로 일했다. 그러다 1946년 부산에서 김철수가 창간한『자유민보』기자 생활을 시작으로 언론계에 몸을 던졌다. 1949년 편집국장, 1952년에는 주필로 붓을 들었다.『자유민보』는 광복기 부산에서 나오고 있었던 여러 신문 가운데서 아나키스트를 중심으로 한 자유주의, 우익 반공 매체였다. 거기서 하기락, 시인 박노석과 교유하며 지역 언론인으로서 명망을 얻었다. 그러다 1960년 경자시민의거로『자유민보』가 폐간함에 따라 홍원도 언론계를 떠났다.

홍원, 『연』, 자유문화사, 1954.

1967년 이승을 뜰 때까지 그는 부산에서 청년 시절에 얻었던 지병 폐결핵과 싸우며 가난을 들쳐 메고 살았다. 그런데 그는 언론계 생활 틈틈이 시를 발표했고 시집도 두 권을 낸 시인이었다. 지금은 희귀본이 되어 버린 『연』(자유문화사, 1954)과 『홍원시집』(자유문화사, 1956)이 그것이다. 모두 부산에서 냈다. 언론계에서는 강직했던 기자로 『한국언론인물사화』에 한자리를 차지할 만큼 무겁게 다루어졌으나, 시인으로서 그의 삶은 창원 지역에서도, 학계에서도 알려지지 않았다.

방송통신대학교를 어렵사리 졸업하고 시를 배우러 내 곁으로 왔다 대학원까지 진학하기에 이른 만학도. 그녀가 석사학위 논문 주제를 홍원으로 굳혔을 때 내심 기뻤던 나였다. 무엇보다 그녀는 홍원과 같은 진해 사람이었다. 게다가 그녀 또한 시창작 재능이 남다른 이 아닌가. 불우와 가난을 짐처럼 지고 살았던 동향 홍원 시인을 오랜 무명에서 건져 올려 따뜻한 이승의 햇살을 쬐게 해 줄 이로 그녀가 적임자였던 셈이다. 그래서 그녀가 유족 연락처를 얻기 위해 진해구청으로, 홍원이 다녔다는 섬나라 쪽 학교로 연락하며 종종걸음 치는 모습을 흡족하게 지켜보았다.

그런데 그녀가 내놓은 청구논문은 기대에 못 미쳤다. 틈틈이 확인할 때마다 돌아온 잘하고 있다는 대답을 믿었던 내 잘못이었다. 그러나 홍원은 싸게 던져 버릴 수 없는 시인. 무겁게 세상에 남겨 두어야 할 이다. 시간을 두고 더 다져진 글을 내놓을 수 있다면 그녀나 지역문학으로나 바랄 나위 없이 좋은 일 아닌가. 홍원은 장사꾼 시인도, 정치꾼 시인도 아니었다. 문단에 소란스러운 낯빛을 내돌리지 않은 채, 오랜 병고와 가난을 겪으며 얻은 절절한 회한과 고통의 시들은 귀한 울림을 읽는이에게 안겨 준다.

두터운 문학 전통이 있음에도 찾아낼 생각은 않고, 그저 손쉬운 몇몇 거짓 명성이나 고정관념만을 되풀이하는 문학사회 인습 속에서 홍원은 깨끗한 창원 문학 전통으로 추겨야 할 시인이다. 이미 이승을 뜬 지 마흔 해를 훌쩍 넘긴 그를 다시 우리 문학사 속으로, 지역지 속으로 불러내는 일을 어찌 소홀히 하랴. 올해 가을이 가기에 앞서 그녀는 새로 잘 다듬은 홍원 시 연구물을 내 앞에 턱 내려놓으리라.

『경남공론』을 찾습니다

세미나를 마치고 이어진 저녁 자리가 빌미였다. 이야기 가운데 중요 작가 아무개의 미발굴 작품에 관해 이즈음 자신이 쓴 글 자랑이 이어졌다. 이번 발굴로 더 찾아낼 게 없을 것이라는 자신감이 당당했다. 그런데 그 작가의 주 전공자가 아닌 내가 듣기로도 빈 구석이 보였다. 돌아와 묵은 잡지 몇 권을 뒤적이니 금세 빠진 것이 나오지 않는가. 전자편지로 사실을 알려 주었다. 적잖이 당황했을 것이다.

사람은 모두 제 깜냥 안에서 판단하고 믿는다. 우물 안 개구리가 되기 십상이다. 이저리 옛 자료를 뒤적이며 정보를 재구성하고 창출하는 일을 맡고 있는 나로서는 그런 올가미에 걸려들지 않으려 애쓴다. 그럼에도 결과는 늘 만족스럽지 못했다. 오판과 실수가 잇따른다. 우리처럼 근대 시기 백 년을 걸친 흐름을 두고 1차

『경남공론』 1956년 3월호. 표지는 전혁림의 것이다.

『경남공론』 1958년 4월호. 임호가 표지를 그렸다.

사료조차 갈무리하지 못한 정보 환경에서는 더욱 그렇다. 있는 사료조차 챙겨 볼 생각이 없다.

경상도가 남북으로 나뉜 때가 1896년이었다. 그때부터 경남 도청 소재지는 진주였다. 진주는 경남·부산의 근대 이행을 떠맡은 중요 지역으로 더욱 자랄 수 있었다. 지역 지식층, 사회층의 활동 또한 활발했다. 이미 1920년대 진주농림학교를 중심으로 이루어졌던 지역 학생문예 활동은 전국 규모 동인 활동으로 자랐다. 그런 경상남도가 소재지를 부산으로 옮긴 때는 1925년이었다. 경남은 부산에서 벅찬 을유광복을 맞았다.

광복기 격동을 지나자마자 경상남도는 3년에 걸친 전쟁과 임시수도의 경험을 떠안았다. 대한민국 국체 수호라는 빛나는 몫을 다했다. 1983년 경상남도 소재지는 창원시로 옮겨졌다. 지금까지 창원시는 도청 소재지로서 역할을 충실히 떠맡고 있다. 그런데 걸어온 오랜 시기 단계 단계마다 경상남도는 도 기관지를 냈다. 각별히 전쟁기 3년 동안『경남공보』가 나왔고, 그 뒤를『경남공론』이 1960년대까지 이었다.

『경남공론』은 거의 80호 가깝게 월간으로 또는 합호로 꼬박꼬박 나온 잡지다. 그 뒤에도『새경남』으로 이어지면서 기관지 발간 전통은 멈추지 않았다. 그들을 빌려 경상남도가 지나왔던 도정지의 걸음걸이가 고스란하다. 그런데 그리 머지않은 옛날 사료임에도 나라 어디에도 그들을 갈무리하고 있는 곳은 없다. 각별히 30년을 넘게 나왔던『경남공보』와『경남공론』이다. 경남·부산 지역학 1차 자료로서는 필수적인 매체다.

다행스럽게『경남공보』의 경우는 거의 갈무리가 된 상태. 그보다 더 많은 정보를 싣고 있는『경남공론』은 빠진 자리가 적지 않다. 그것을 메우기 위해 나는 기회 있을 때마다 찾아내려 애를 썼다. 그래도 메울 길이 보이지 않는다. 경상남도가 남아 있는 한, 그리고 경남·부산 지역에서 이루어졌던 삶과 전통에 긍지가 있다면 언젠가는 다 찾아 영인 작업을 거쳐 보존, 연구해야 할 귀중 사료가 그 둘이다.

『경남공보』와『경남공론』을 온전하게 갖출 수 있다면 경남 지역학으로서는 매우 중요한 담론 창발의 새로운 보고를 얻게 되는 셈이다. 그럼에도 그걸 아는 이조차 드물다. 나라도 더 힘을 낸다면 언젠가는 전모를 얻을 수 있으리라. 뜻이 있는 곳에 길이 있다지 않는가. 이 짧은 글을 읽고 자신의 허름한 농가 헛간에 묻어 두었던 책을 찾아내 뜻밖에 연락을 해 줄 전직 경상남도 공무원에 그 가족이 무망하지만은 않다.

몇 해 뒤면 경상남도 설치 130주년이다. 그 기념사업 가운데 하나로 도가 나서 손수 기관지 영인 작업을 하는 길도 있다. 다음 세대를 위해 필요하고도 값진 담론 생산과 지역 가치 형성에 이바지할 일. 그 일이 도청 소재지 창원을 중심으로 이루어질 수 있다면 아니 좋은가. 점심 끝난 어느 한낮, 모르는 이로부터 문득 기쁜 전화가 올지 모른다. "저희 집에 『경남공론』이 좀 있는데요……와 보시겠어요……."

이른바 '위안부'는 '수욕녀'로

마산 월영동에서 첫 강의를 시작한 때가 1988년 봄이었다. 그러고 보니 적지 않은 세월이 흘렀다. 우리 근대문학사 강좌 처음 몇 시간에는 문학사 기술 용어 문제를 늘 다루었다. 몇 해 뒤 제자가 석사학위 논문을 발표할 때였다. 인접 학과 유사 전공 심사 교수가 제자가 쓰는 역사용어에 딴죽을 걸었다. 왜 남들 쓰는 '객관적인' 용어를 따르지 않느냐고. 제자에게 따진 일이었지만 실상은 신임 교수인 나를 이죽거린 것이다. 이른바 '개화기開化期'·'을사보호조약乙巳保護條約'·'한일합방韓日合邦'·'친일親日'과 같은 일컬음을 '국권회복기國權回復期'·'을사늑약乙巳勒約'·'경술국치庚戌國恥'·'부왜附倭'로 고쳐 붙인 용어를 못마땅해 했다. 그때 '객관성'을 앞세우며 비아냥거렸던 이들은 어느새 잊혔거나 저세상 사람이 되었다. 학문이란 모름지기 용어학이라는 간단한 참도 모르고 학자라니. 자신이 쓰고 있는 역사용어에 대한 고심이 없는 이를 나는 학자라 받아들이기 힘들었다.

사필귀정. 뒤늦었지만 이즈음 들어 '을사늑약'과 '경술국치'는 우리 역사용어로 굳어졌다. '개화기'라는 용어는 보다 누그러진 '애국계몽기'와 '국권회복기' 사이에서 아직까지 힘겨루기를 하는 중이다. 자신이 생각지도 못했던 역사용어를 두고 호기심이라도 가졌더라면 그때 그 교수들의 학문이, 만년이 그렇듯 허망하지는 않았을 것이다. 눈에, 입에 익지 않은 것이라면 물리칠 생각부터 했으니 제대로 배우기란 틀린 깜냥이었다. 그렇게 학자연·교수연하며 살아간 세월 끝에 남을 것이 무엇이던가. 나 또한 앞뒤 모르고 얼빠진 채 세상에 먹물만 칠하다 가는 게 아닌가 늘 고심한다. 역사용어는 세계공통어인 과학언어와 다르다. 제 나라 유리하게 붙이는 일방통행어다. 부끄러운 일에는 그런 일을 되풀이하지 않도록 일깨움을 주는 것이어야 한다. 기쁘고 자랑스러운 일에는 더 부추기는 이름을 붙여야 한다. 그래서 나라 빼앗긴 일은 '국치'요 되찾은 일은 기쁜 '광복'인 것이다.

나라잃은시대 후기, 섬나라 왜로倭虜가 태평양침략전쟁을 꾀하며 우리에게 저지른 인력 수탈 문제가 새삼 문제로 떠올랐다. 그 가운데서 가장 악랄했던 만행이 우리를 그들 군대 성노리개로 만들어 치욕을 겪게 했던 일이다. 그로 말미암아 불행을 겪었던 분을 일컬어 우리는 이제까지 이른바 '정신대挺身隊', 또는 '종군從軍위안부慰安婦'로 불러왔다. 그런데 바다 건너 미국의 국무장관 클린턴이 자국 문서에서 '위안부'란 명칭을 버리고 '일본군 성노예'로 고쳐 적도록 지시했다 한다. 그로 말미암아 우리 안쪽에서도 의견이 분분해졌다. 외무부 장관까지 나서 용어 변경을 검토하겠다는 의견을 냈다. 1945년 을유광복 뒤 오랜 세월 많은 국사학과에 국사 교사가 있었건만 바로잡지 못한 일이다. 제 나라 역사에 관한 마땅한 용어를 마련하지 못하고 있다 남 지적을 받고서야 호들갑을 떠니 부끄러움에 부끄러움이 덮친 격이다. 그러나 부끄러운 일이라 깨달으면 바로 고치면 될 일.

이른바 '정신대'란 제국주의 왜로가 저지른 태평양침략전쟁에서 왜왕에게 '신민'으로 충성을 다하기 위해 몸과 마음을 바칠 동원 인력 조직을 뜻한다. 그러니 성수탈을 겪은 이들을 일컫은 용어가 아닐 뿐더러 명명 주체는 오갈 데 없이 제국주의 왜로다. '위안부' 또한 그들이 주체가 된 이름이다. 성수탈이라는 만행의 본질을 누그러뜨리고, 책임 소재를 덮어버리는 용어인 셈이다. 우리 입장에서는 나라가 지켜주지 못해 말할 수 없는 고통과 불행을 겪은 이들이다. '성노예'라는 말을 그대로 쓸 수 없다. 왜냐하면 그분들이 겪었던 일을 제3자 입장에서 냉정하게 붙인 이름이기 때문이다. 그런 까닭에 나는 오래전부터 '수욕여성' 또는 '수욕녀受辱女'로 써왔다. 제국주의 왜로의 태평양침략전쟁 때 씻을 수 없을 봉욕을 겪은 분들이다. 온전히 만족스러운 일컬음은 아니나 '종군위안부'라는 얼토당토않는 용어보다는 바람직스럽다. 빠른 시일 안에 바른 용어가 자리 잡히기 바란다.

보령을 다녀와서

　땅이름이 맛깔스럽기로는 충남 장항도 한몫을 한다. 밝은 'ㅏ' 홀소리가 둘이나 이어 들었다. 그래서 장항이라 조용히 읊조리면 서해 물소리까지 입안을 맴도는 듯하다. 지난 7월 27일 나는 처음으로 장항선 기차를 탔다. 서대전역에서 하루에 한 차례 있다는 그것은 아침 7시 50분에 떠났다. 익산까지 호남선 철길로 갔다 군산을 거쳐 올라 용산까지 가는 무궁화호였다. 남쪽으로 내려섰다 출렁 둥글게 쳐 올라가는 기찻길이었다. 세상에, 직선 아닌 기찻길이 있다니. 속도·규모만을 뻐긴 채 앞만 보고 달리는 근대의 총아 기차도 에둘러 가는 멋스러운 길이었다.

　2시간 남짓 걸려 이른 보령시 웅천역은 한산했다. 폭염주의보가 뜨거운 역두에 내린 이는 세 사람뿐이었다. 햇살을 손부채로 가리며 들어선 역 안에는 역무원 한 사람, 택시기사가 텔레비전에

보령에 있는 김광제 지사 묘역. 2008년 추모사업회에서 새로 꾸몄다.

눈을 꽂은 채 손을 기다리고 있었다. 장날임에도 한산한 장터를 둘러 본 뒤 평리로 향했다. 8킬로미터 떨어진 동양자 김광제 지사 묘역에는 10분도 채 걸리지 않았다. 이미 지사의 증손 김병렬 씨와 가족이 와 있었다. 넓게 닦은 주차장 가에는 광복 뒤 정인보·김구가 발의하고 오세창이 쓴 경모비가 의젓했다. 지사의 옥바라지를 다했다는 조카며느리 현양 빗돌 또한 단아했다.

지사 묘는 평리 들을 내려다보는 선영 높은 용맥에 자리 잡고 있었다. 그곳에서 눈길을 뜨겁게 끈 것은 지사가 1920년 돌연히 원사寃死하자 공동묘지에 모신 뒤, 마산 사람들이 세웠던 작은 묘비였다. '지사동양자김광제지묘'. 1927년 지사 유해를 고향 평리로 옮길 때, 그것도 함께 모셔 놓았다. 지사는 평리에서 태어나

마산 묘지에 세워져 있었던 지사의 묘비.
1927년 지금의 보령 묘역으로 옮겨졌다.

전통 한학을 하다 무과 급제로 벼슬길에 나섰다. 을사늑약을 겪자 벼슬을 버린 채 기울어진 시대를 온몸으로 껴안고 나라 방방곡곡에서 사자후를 토했다. 1907년부터는 조선조 마지막 구국 의열 활동인 정미국채보상의거의 불을 지피고 이끌었다. 뒷날 기미만세의거는 그로부터 터가 닦였던 셈이다.

지사의 평전, 『김광제, 나랏빚 청산이 독립국가 건설이다』 출판 기념회 겸 학술세미나가 열리는 대천문화원으로 자리를 옮겼다. 아침 묘소 참배부터 자리를 같이 했던, 정미국채보상의거의 다른 한 주인공 서상돈 선생 증손 서영석 씨 차를 이용했다. 100년이 지났음에도 두 집안은 끊이지 않은 의연義緣을 잇고 있었다. 경술국치를 당하자 동양자는 마산에서 출판·문예·노동·사상 활동을 벌이며 삶의 마지막 10년을 태웠다. 그런 속에서 마산 근대 첫 문예지『마산문예구락부』(1913년)를 펴냈다. 지역문학의 뼈대를 일찌감치 든든하게 놓았던 셈이다.

1927년 마산에서 보령으로 유해를 옮길 때 추모객이 7만이었다 한다. 장의소는 웅천 시장에 차려졌다. 그때 지사의 묘비에 이름을 새긴 마산 동지들도 거의 다 왔다 갔을 것이다.

이해춘·노병국·선철관·이현각·이현교·하룡권·이상소·옥기경·
염중섭·구성전·최봉욱·정윤측·이수훈·김용효·김재종.

모두 15명. 그들은 그 뒤 어떻게 살다 갔을까? 후손은 또 무엇을
하고 있을까? 아름답고 귀한 것은 쉬 만나기도 힘들지만 함께 누
리기란 더 힘든 법이다. 국권회복기와 국토회복기에 걸친 격동의
시기, 나라사랑을 내 집같이 하다 55살에 이승을 떴던 실천 지식
인이 동양자였다. 지사가 온몸으로 겪었던 신산과 간난에 깊이 공
감했을 이들 이름이다.

지사의 삶이 학계에 알려진 때는 1990년대 후반부터다. 개별
연구 논문도 아직 다섯 편에 지나지 않는다. 이제 시작한 격이다.
지사가 정미국채보상의거를 목청 높이 발의했던 대구에서는
2011년 국채보상기념관을 세웠다. 보령에서는 내년 완공을 목표
로 동양자 흉상 건립 모금 활동을 출범했다. 지사가 고향 바깥으
로는 가장 오래 머물며 웅지를 폈던 마산에서는 지난 해 비로소
이름이 알려졌다. 돌아오는 걸음은 대천역에서 천안아산역으로
잡았다. 아침과 거꾸로 죽 벋어 올랐다 되돌아 내려서는 철길을
몸에 새길 참이었다. 그런데 마음은 아침과 달리 자꾸 무거워지
는 게 아닌가.

바이르태, 몽골

몽골 서울 올랑바트르의 체증은 상상을 뛰어 넘었다. 출퇴근 시간뿐 아니라 한낮 내내 중심가는 커다란 정류장이었다. 이 거듭하는 사회적 낭비를 몽골은 어떻게 지고 나갈 것인가? 설마하며 해가 있을 때 징키스항 공항으로 나가는 버스를 탔으나 올랑바트르 바깥으로 나가는 길 또한 막히기는 마찬가지였다. 몇 해 사이 엄청나게 늘어난 교외 게르판자촌과 그 주민 탓일까. 아니면 몽골 사람의 전반적인 경제 성장 탓일까.

공항에서 출국 수속을 마친 뒤, 탑승 한 시간을 앞두고 네게 편지를 쓴다. 2012년 8월, 몽골을 다시 한 번 만나기 위해 들어왔다. 이번 여행은 다음 시집을 내기 위한 심리적 마무리 작업도 겸했다. 2006년 한 해 동안 몽골에 머물렀던 경험은 오십 대 내가 나에게 건넨 꽃다발 같은 것이었다. 어려움도 있었지만 그 결과 가운데 하나가 『몽골에서 보낸 네 철』(2010)이라는 기행 산문집이었다. 이제 그와 맞물린 시집까지 묶고 나면 여섯 해 앞서 몽골로 떠날 때 내 자신과 했던 다짐은 맺는 셈이다.

그 사이 너는 학교를 졸업한 뒤 어딘가 취업해 잘 지내고 있겠지, 막연하게 생각하고 있었다. 내가 몽골에 머무는 동안 누구보다 든든한 안내자 역할을 맡아 주었던 너 아닌가. 각별히 네 고향인 동쪽 사막 걸음과 이틀을 꼬박 달려 닿았던 서몽골 여행길에서 너는 사막 출신 처녀답게 씩씩하게 나를 잘 따라와 주었다. 그 도중에 네 손전화를 잃어버렸으나 그것을 네게 사주지 못하고 돌아온 일이 늘 마음에 짐으로 남아 있었다. 그리고 동몽골 여행 안내를 즐겨 맡아 주었던 내 친구 뭉그까지.

이번 걸음에 너희 둘이 2학년을 마친 뒤 자퇴하고 선교 활동으로 길을 바꾸었다는 소식을 들었다. 몽골에 들어온 다음날이었다. 무슨 사정이 있었겠지만 학교를 졸업하지 않았다는 사실이 마음에 걸린다. 가진 것 없고 크게 배운 것 없는 동쪽 사막 가난한 집안 딸인 네가 한국 선교사업과 얽혀 산다는 게 만만하기만 하랴. 하물며 너는 남달리 손에 장애까지 지니고 있지 않느냐. 한국 기독교 선교사업도 이제 몽골 국민소득이 6000불을 넘어서는 시점이라 예전과 같은 지원이 어렵다는 소식을 들었다. 속사정 모르는 나부터 걱정이 앞서는구나.

지난 여섯 해 동안 몽골은 너무도 많이 달라져 있었다. 거의 모든 물가가 세 배 이상 오른 느낌이었다. 우리나라와 다를 바 없었다. 나라 안쪽 국민 270만의 거의 반수가 몰려 사는 올랑바트르는 개벽을 한 것 같았다. 몽골 사람이 굳게 믿고 있었던 바위어머니를 보러 가려 했던 계획도 일찌감치 포기했다. 이미 거기엔 옛날처럼 사람들이 잘 가지 않아 차편을 구하기가 쉽지 않다는 소식이었다. 개방과 자본주의 훈련 스무 해에 몽골은 무엇을 얻고 무엇을 잃은 것인가. 바위에 옷을 입혀 어머니로 섬기고 하늘을 무서워하던 천신 신앙은 사라진 것일까. 1960년대나 1970년대 만들어졌던 유럽풍 건물은 거의 무너지고 그 자리에 새 건물이 되서고 있었다. 세계 7대 자원 부국에다, 달러를 깔고 산다고들 말하지만 경제의 7할을 이미 중국에 기대어 사는 나라가 되어버리지 않았는가. 게다가 주요 자원 개발권이 거의 남의 나라 손에 넘어가 버린 상태다.

200년도 넘은 청나라 지배를 겪으며 남북국 몽골로 나뉘었고, 민족이 급속히 쇠퇴했던 치욕의 기억을 잊은 채 오늘도 몽골은 중국으로 중국으로 내려가는 기찻길만 바라보고 있는 모습이다. 빈익빈부익부, 자본주의의 비정한 윤리가 어느 나라보다 굳게 옥죄고 있는 나라. 유목의 아름다움은 가난한 이의 향수로만 느껴질 따름인 곳. 중산층은 일본 토요타며 닛산 차를 경쟁하듯 사들이고, 그런 가운데 서민들이 한국의 봉고 그레이스를 아직까지 타고 있어 반가웠다 말해야 하나.

체빌레, 몽골 사막 처녀야. 졸업한 네 친구들은 한국대사관에, 국제협력단에, 연세한몽친선병원에 취업해 혼인을 하고 아이를 낳았더구나. 그런데 너는 어디서 무얼 하고 있느냐. 몽골말로 만나는 인사는 생배노? 헤어질 때 인사는 바이르태. 나는 이제 너에게 어떤 인사를 해야 할까. 언제 다시 몽골로 올 일을 만들지 기약하기 힘든 까닭이다. 그럼에도 예상치 못한 곳에서 너를 만날 수 있으리라 믿는다. 왜냐하면 네 모국이 몽골인 때문이다. 몽골이야말로 언제 어디서나 예상할 수 없는 일로 가득한 흥미진진한 땅 아닌가. 잘 있거라, 체빌레. 바이르태, 몽골.

마해송의 색안경

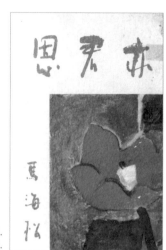

마해송 산문집 『역군은』 자가본, 1941.
윤석중이 편집과 발행을 맡았다.

문인 가운데는 사후 본인이 이룬 것보다 넘치는 대접을 받는 이가 적지 않다. 큰 잘못을 저질렀으나 세상이 무지하거나, 사회적 건망증 덕을 제대로 본 경우다. 반대 경우도 있다. 대의를 위해 말할 수 없을 고초를 겪은 이다. 그 음덕은 두고두고 뒤 세대가 보건만 정작 가족은 누대에 걸쳐 벗어나기 힘든 고통 속에 내던져진다. 세상 이치란 옳고 그름이라는 잣대에 따라 움직이는 게 아니다. 당장 나를 중심으로 손해와 이익에 따르는 게 대수다. 그러니 참된 정의란 늘 소음 정도로 돌려질 따름이다.

어린이문인 가운데서도 세상 평가에 갸웃거려지는 이가 있다. 그 한 사람이 마해송이다. 1920년대 우리 근대 어린이문학 초기부터 1966년 예순 나이로 세상을 뜰 때까지 올곧게 어린이 문학을 실천했던 이다. 그가 쓴 적지 않은 작품은 날카로운 현실 인식과

풍자 정신을 갖추었다. 그런 까닭에 권력층으로부터 고초를 당하기도 했다.

일본 성냥이, 조선에 처음 나올 때에, 이런 일이 있었다. 조선 인제 성냥을 일본 성냥회사가 모조리 매입해서, 한번 물에 담갔다가, 시장에 내어 놓고, 동시에 일본 성냥을 내놓았다. 켜지지 않는 조선 성냥과 새뜻하고 잘 켜지는 일본 성냥이 경쟁이 될 수는 없다. 성냥을 만들던 조선 사람과 만드는데 관계하던 사람까지, 할 일이 없게 되었다. 이렇게 일본의 자본 제국주의 침략이 시작되었다. 한 가지씩, 두 가지씩, 일은 없어졌다. 권력 일본의 마음에 드는 소수 사람 이외는, 농사나 지을 수밖에 없었다. 급기야 일본이 소용되는 것을, 생산하여 염가로 공출하고, 그의 제품을 고가로 사용하여야 하는 종족을 만들었다. …(줄임)… 조선 사람은 무성하나, 만들어 볼 생각을 내지 못하게 되었다. 섣불리 일을 시작하였다가는 망하거나, 떼가는 것밖에 없었다. …(줄임)… 왼 종일, 우두커니 앉아서 지내는 사람이 많아졌다. 일인은 재빠르게, 이 꼴을 사진 박아서 '게으른 조선 사람'이라고 세계에 선전하였다.

　　　　　　　　　　　—「사랑방」(『자유신문』, 자유신문사, 1948) 가운데서

광복기에 발표했던 줄글 한 토막이다. 대표 동화 「토끼와 원숭이」, 「떡배 단배」를 끌어 잡고 있는 제국주의 침략과 수탈을 향한 명료한 풀이다.

마해송은 을유광복 직전인 1944년 왜나라에서 귀국했다. 여러 공직 제안을 받았으나 물리치고 전업 작가로 살았다. 1924년부터 동경 문예춘추사에서 일하기 시작했던 그다. 재능을 인정받아 『모던 일본』 사장으로 올라 1942년까지 잡지를 대표 대중잡지로 키웠다. 그 동안 조선인의 긍지를 잃지 않고 살고자 했다. 필명을 조선 소나무인 해송으로 삼았던 속내가 그로 말미암았다.

그런데 그의 삶에서 의심을 받고 있는 시기 또한 왜나라 체류기다. 부왜附倭 행각이 있었을 거라는 막연한 짐작 탓이다. 섬나라에서 성공한 경력이 오히려 발목을 잡는 형국이다. 왜인 앞에서 맨살을 들내 놓고 춤춘 최승희나 이른바 조선총독부 고급 관리 앞에서 부린 재주로 호구를 이었던 판소리 소리꾼에게는 명무니 명창이니 찬사를 아끼지 않는 세상인심이다. 마해송에 대한 대접이 모자란 까닭은 그가 월남한 개성 실향민이었던 탓일까. 아니면 잘난 자식에, 버젓한 제자를 두지 않은 까닭일까. 그가 썼던 글 한 자락을 보자.

노래 불러 주는 태평 순간에는, 머리를 내어 휘두르고, 바람만 불어도, 쏙 들어가 버리는 달팽이와도 같은 문화인은, 8·15가 몇 달만 늦었더라면 20만 명이 몰살을 당했을 것이다. 한 번 죽었던 생명이다. 애끼지 말고 사력을 다하여 영원히 살 수 있는 일을 담당하여야 할 것이다.

―「팽이」(『연합신문』, 연합신문사, 1947) 가운데서

광복기 문인·지식인을 향한 공분公憤이 맵다. 어쩌면 본인이야말로 "한 번 죽었던 생명"이라 치고 "사력을 다하여" 어린이 사랑이 나라 사랑이라는 좌우명을 한길로 실천했던 게 아닌가.

마해송은 40대, 곧 1950년대부터 색안경을 끼고 살았다. 엷은 주황색이었다 한다. 혹 눈이 약해서 썼던 것일까. 멋으로 쓴 게 아닌 점만은 분명하다. 색안경 쓰기는 그에게 어떤 뜻이었을까. 항왜 지사들을 족쳤던 왜로倭虜 고등경찰 출신 김영일이나 반민족 행위자 이원수가 어린이문학 단체 대표로 둔갑해 나도는 세상이었다. 어린이문학 발전이라는 대의를 위해서는 어쩔 수 없이 그들과 함께 어울려야 했던 고심에서 나온 고육지책이었을까. '깨끗하고 곧고 바르게', 한평생 고집과 자존심을 지키며 살려다 얻게 된 상처를 숨기기 위한 슬픈 방편이었을까. 모를 일이다.

그의 아내가 박외선이다. 마산이 낳은 대표 무용가다. 전쟁기 때 마해송 가족은 마산에서 올망졸망 피란살이를 했다. 시인 마종기가 월영초등학교를 나와 마산중학교에 다니게 된 내력이다.

겨울이 오는 창가

가을 가고 겨울이 온다. 연구실 창밖으로 지는 낙엽이 무심하
다. 처음에는 벚잎이 떨어지고 다음에 은행잎이었다. 순서를 정해
떨어지는가 싶었는데 어느 때부터 마구잡이 지기 시작했다. 바람
사이로, 나무 둥치 둘레로 떨어진다. 어떤 잎은 바람 따라 옆으로
날아 구르기도 한다. 뭉텅뭉텅 지고 휘청휘청 간다. 창밖으로 흐
르는 세월이 참 길구나 싶다. 겨울이 오는 하루 저녁 작은 모임을
가졌다. 내가 일하고 있는 경남대학교 국어국문학과 개설 서른 돌
을 맞는 기념식이었다. 1982년 종합대학으로 몸집을 키우면서 국
어국문학과를 출범시킨 것이다. 그리고 서른 해.

조그만 지산간호보건전문대학 조교수에서 경남대학교 전임강
사로 자리를 옮겼을 때가 1988년이었다. 그러고 보니 월영동 교정
에서 지낸 지도 스물다섯 해에 이르렀다. 그 동안 강의실에서 만

낳고 복도에서 스치고 교정을 함께 걸었던 졸업생들이 찾아 왔다. 서울에서 부산에서 거창에서 경주에서 온 그들 모습은 많이 달라져 있었다. 외모보다 삶의 속살은 얼마나 크게 바뀌었을 것인가. 어느새 한 가정의 아버지로, 어머니로, 사회 곳곳에서 여러 일을 하는 어른으로 그들은 바쁜 세월을 셈하다 왔다. 내가 상상할 수도 없을 다채로운 직종에서 삶을 가꾸었을 그들이다.

어떤 졸업생은 기억이 또렷하고 어떤 졸업생은 흐릿했다. 그럼에도 한결같이 반갑다. 고맙다. 특정 대학 학과가 한 지역에서 서른 해를 지냈으니 졸업생이 세상에 나아가 이바지한 바가 얼마일 것인가. 그 사이 전문 문학인으로 이름을 내건 졸업생도 적지 않다. 연혁에 이름을 올리고 있는 졸업생만 헤아려 봐도 서른 명을 넘었다. 힘껏 역량을 닦아 어느 세월에 뛰어난 작가로 자란 제자가 이미 한둘 아니다. 나는 그들이 유행이나 기웃거리는 골목대장으로 떨어지지 말 것을 다그쳤다. 그리고 그 점에서는 나부터 허술해지지 않도록 애썼다.

몸 담았던 사이 학과는 학부제를 거쳐 다시 학과제로 바뀌 앉았다. 교육 중심 대학으로 길을 뚜렷이 했다. 대학원은 축소했다. 학문적 제자를 바라보거나 지역문학 연구 학풍을 제도적으로 뿌리내리고 싶었던 바람을 개인 열정으로 돌린 지 여러 해다. 그 동안 나와 같은 학문에 몸담아 교수로 일하고 있는 졸업생 제자도 있다. 그러나 그들 또한 우리 사회에 널린 비정규직의 세파를 피해 가지는 못했다. 우리의 대학 환경은 공정·정직·책임과 같은 보편 덕성에서 비켜 선 지 이미 오래다. 내놓고 직업 학원과 같은 됨됨이를 자랑하는 처지로 떨어진 곳이 한둘이랴. 대학이 지역을 이끌기보다 지역 이해와 야합해 즐기는 흔적만 켜를 더한다.

그 작은 모임에도 올 수 있는 이보다 오지 못한 졸업생이 더 많다. 오지 못한 그들의 얼굴이 왜 마음에 더 끼이는 것일까. 졸업 뒤에는 구체적으로 도와 줄 수 있을 자리가 남지 않은 모과 입장이다. 다만 그들이 여러 해 뜨겁게 보냈던 추억만으로도 살아가는 길에 큰 힘이 되기를 빌 도리밖에 없는 나날이다. 국어국문학과는 다른 학과에 견주어 사회 진출 폭이 넓다. 그 너른 자리를, 일을 감당하며 곳곳에서 중견으로 삶을 가꾸고 있을 졸업생이다. 그들이 세월을 헤쳐 나가는 동안 나는 교수라는 이름에 걸맞게 살았는가? 이룬 바는 무엇이고 또 남은 바는?

토요일 교정을 찾아왔던 졸업생들은 다시 일상으로 떠났다. 세상 장삼이사로 되돌아간 것이다. 그 뒤에서 나는 긴 무거움을 느낀다. 어찌 배운 졸업생이라고 다 제자고 가르친 교수라고 다 스승이랴. 그들이 웃고 떠들었던 강의실 맞은 쪽 연구실에서 나는 스물다섯 해를 지내 왔다. 창밖 낙엽지고 바람 부는 날과 같이 한결같았다. 앞으로 국어국문학과는 쉰 돌, 예순 돌을 향해 또박또박 새 걸음을 재촉하리라. 그 과정 어느 자리에는 나를 비켜 세워야 할 매듭도 있을 것이다. 그때 학문에, 시에, 삶에, 어느 곳에 얹어 둔 내 보람이 깊고 좌절이 아름다울까.

교수 개인이 평생 이룰 일은 그리 크지 않을 수 있다. 그러나 이름에 부끄럽지는 않아야 할 터. 교수는 직업이 아니라 학문하는 자리라 목청만 높았던 옛날이 있었다. 그런 어느 굽이부터 함께 시간을 나누었던 졸업생이다. 이제 겨울, 창밖에 선 나무도 고요하다. 오래도록 걸음길을 지킨 은행, 벚에다 오동나무다. 그런데 둘레론 벌써 완연한 봄 느낌이다. 그들 사이로 즐겁게 오내렸던 졸업생들이 세상 바깥 추위와 맞서 싸우는 열기가 뜨겁게 훅 끼쳐 온 까닭인가. 나는 맑은 은행잎 몇 줌을 줍는다. 마음 속 꽃다발인 양 그들 뒤로 힘껏 흩뿌려 준다.

3부 시간의 독배를 깨뜨리며

포석 조명희와 부산문학

낙동강 칠백 리, 길이길이 흘으는 물은, 이곳에 이르러 겻가지 강물을 한몸에 뭉처서 바다로 향하야 나간다.

포석 조명희(1894~1938)가 쓴 단편 「낙동강」의 첫 월이다. 기미 만세의거로 불붙었던 겨레 일체감과 긍지에 힘입어 키가 자랐던 계급문학이 투쟁을 향한 목적의식을 뚜렷이 한 첫 자리 작품이 「낙동강」이다. 우리 문학사에서 빼놓을 수 없는 이 소설을 1927년 『조선지광』에 발표한 포석은 1928년 7월 소련 망명길에 올랐다. 거기서 그는 고려인 문학을 대표하는 작가로 살다 십년 뒤 스탈린 체제에 의해 총살당했다.

그런데 조명희 문학을 부산과 묶어 보려는 생각은 이제까지 한 차례도 이루어지지 않았다. 작품 풀이를 할 때도 단순한 배경 공

조명희, 『낙동강』, 백악사, 1928.

간으로 낙동강을 다룰 따름이었다. 그러나 「낙동강」은 부산의 지역성이라는 쪽에서 두텁게 읽어야 할 소설이다. 주인공 박성운은 낙동강 하구에서 농민의 아들로 자라 기미만세의거에 참가하고 나라 밖을 떠돌았다. 몇 해 뒤 단단한 사회주의자가 되어 가난한 고향 농민 곁으로 돌아온 그는 실천 활동을 벌이다 왜로倭虜에게 붙잡혀 옥살이를 겪는다.

「낙동강」 첫머리는 짓이겨진 몸으로 옥에서 놓여난 성운이 마중 나온 동지들과 함께 구포나루에서 배를 타고 낙동강을 건너 김해 마을로 가는 장면이다. 며칠 뒤 극진한 간호도 아랑곳없이 그는 숨지고 만다. 장례식에는 청년회원, 농민동맹원을 비롯한 동지들이 운구 행렬을 이었다. 소설은 성운의 연인 로사(로자 룩셈부르크)가 그의 유지를 잇기 위해 구포역에서 북녘행 기차에 몸을 싣는 모습으로 마무리했다. 포석이 손수 취재를 해 쓴 작품 「낙동강」이 이렇듯 구포와 김해들을 바탕으로 삼은 점은 예사롭지 않다.

김해들이 농경지로 본격 개발되기 시작한 때는 1920년대다. 도척盜拓이라 불렸던 이른바 동양척식회사와 왜인 지주의 횡포·수탈이 극심했던 시기다. 1920년부터 1930년까지 나라 안 소작쟁의는 경상남도에서 가장 잦았다. 그 가운데서도 김해들은 가장 너른 곡창. 이곳을 포함한 낙동강 하구 농민이 겪었을 유별난 고난상이 환하지 않은가. 의기 높았던 학생·청년은 그들 속에서 실천 활동에 앞장섰다. 성운은 그 전형이었다. 「낙동강」은 계급문학의 방향 전환을 대표할 뿐 아니라, 1920년대 부산의 지역성을 오롯이 품어 안은 작품인 셈이다.

옥에서 풀려난 성운을 마중하고, 장례식에 만장을 들고 따랐던 작품 속 동지들이야말로 그 무렵 지역 젊은이의 한 모습을 온축한다. 적지 않은 성운과 로사가 구포 장터를, 동래 골목을, 김해 들녘을 잠행했다. 그들 속에는 동래의 딸 박차정(1910~1944) 열사도 있었을 것이다. 부산의 무명 교사로 살다 간 조순규(1908~1994) 시인이 향리 울산에서 농민조합 활동을 하다 동래로 끌려와 옥살이를 할 때, 발치에 서서 눈물을 찍었던 첫사랑 동래여고생의 애칭이 로사였던 것은 우연이 아니었다.

조명희와 부산은 그의 첫 소설집 『낙동강』과도 얽힌다. 「낙동강」을 비롯해 다섯 편을 묶은 이 책은 표지부터 각별하다. 두 아이를 업고 걸리며 이고 진 유이민 내외가 강을 건너기 위해 나루터로 가는 모습이다. 「낙동강」의 속살을 되비춘 듯한 그림을 표지로 올린 『낙동강』은 1928년 4월 백악사白嶽社에서 냈다. 그런데 백악, 곧 백두산을 에둘러 이름으로 올린 이곳이 부산 영주동에 있었다는 사실은 학계에서도 알려지지 않았다. 1927년 12월 문학 출판을 목표로 세운 백악사에서 낸 처음이자 마지막 책이 『낙동강』이었다. 포석은 여기에 '저작 겸 발행자'로 적어 백악사의 운영자였음을 일깨워 준다.

「낙동강」은 피식민 시기인 1920년대, 구포와 김해들을 중심으로 한 낙동강 들머리에서 우리 농민과 젊은이가 겪었을 고난상을 고스란히 품어 안은 작품이다. 게다가 『낙동강』은 부산 근대문학지의 첫 소설집이다. 이러한 사실이 갖는 뜻은 크고 무겁다. 낭만성에서 내려선 포석이 겨레 현실로 성큼 뛰어 들어 문학 투쟁을 벌이고자 했던 중심 장소가 부산이라는 뜻이 처음이다. 부산문학의 중요한 정신 축 가운데 하나가 그로부터 비롯한다는 뜻이 둘째다. 포석 조명희로 말미암아 부산 근대문학은 드넓은 마루를 얻은 셈이다.

근대 부산의 첫 장소시 『봉래유가』

　사람은 장소에 깃들고 거기에 삶을 아로새기며 살아간다. 삶이란 달리 말해 장소의 추억이라 일컬을 수 있을 정도다. 사람의 삶을 속속들이 닮아내고자 하는 문학이 장소 감각과 장소 경험을 중심에 두는 것은 놀랄 일이 아닌 셈이다. 모든 문학이 장소 문학은 아니지만, 좋은 문학은 거의 장소 문학이라는 공통점을 지닌다. 문학은 장소 경험을 빌려 그 안에서 살다간 이의 꿈과 좌절을, 행과 불행을 담아내고 장소는 장소 문학으로 말미암아 더 뜻 있는 곳으로 거듭난다.

　그렇다면 근대문학사에서 부산을 다룬 첫 자리에는 어떤 작품이 오를까. 소설에서는 1928년 동래일신여학교(동래여고) 재학생이었던 박차정 열사가 쓴 단편 「철야」나 1935년 역외 문인 이동원이 쓴 단편 「부산」이 앞선다. 기미만세의거로 왜로倭虜에 잡혔다 옥사한 아버지에다 어머니마저 장티푸스로 여읜 채 가난하게 살아가고 있는 두 오누이의 참상을 그린 작품이 「철야」다. 광복전쟁 전선에서 산화했던 박차정(1910~1944) 열사와 동생 수필가 박문하(1918~1975)가 겪었던 자전적인 모습이 겹쳐 있는 뜻 깊은 소설이다.

동래를 다룬 「철야」와 달리 「부산」은 부산포를 밑그림으로 삼았다. 왜나라로 건너가는 배를 타기 위해 부산에 들린 주인공이 도항증을 얻지 못해 밀항하려다 겪게 된, 사기와 협잡으로 얼룩진 세태를 담았다. 나라잃은시대 어느 곳보다 왜풍에 절어 있었던 1930년대 부산포의 반민족성과 비인간성을 겨냥한 셈이다. 그렇다면 근대시로서 부산을 다룬 첫 자리에는 어떤 작품이 놓일까. 노자영이 1926년에 쓴 시 세 편이 눈에 뜨인다. 그런데 그들은 금정산과 동래온천을 지명 차원에서 끌어다 쓴 데 그쳤다.

그런 까닭에 조순규가 1928년 『조선일보』에 기성 문인 자격으로 실었던 「봉래유가蓬萊遊歌」야말로 근대 부산을 본격적으로 다룬 첫 장소시라 할 만하다. 봉래는 동래의 다른 일컬음. 그 무렵 동래고보(동래고교) 졸업반이었던 그는 이 작품에서 동래의 주요 명승인 망월대·금정산·동래성·정과정·온천·범어사·해운대에 걸치는 일곱 곳을 한 자리에 그려 담았다. 특히 '동래성'에서는 "얼마나 많은 충혼이/무지한 칼날과 독한 화살에/참혹히 피 흘리고 묻혔는가"라 비분강개해, 그

조순규 모습(1960)

가 지녔던 남다른 기개를 엿보게 한다.

조순규는 누구인가. 1908년 울산 웅촌에서 태어나 1994년에 임종한 이. 호를 근포槿圃, 곧 무궁화밭이라 썼다. 1920년대와 1930년대 초반『조선일보』에 여러 차례 청년의 의기와 겨레 사랑을 담은 시·시조를 선뵀다. 그러다 1953년 전쟁기 부산에서 나온 우리나라 첫 시조 잡지『시조연구』에 작품을 한 차례 올렸을 뿐 평생 무명 시인으로, 무명 교사로 살다 간 사람이다. 그러니 오늘날 그를 기억할 수 있는 이는 그에게 잠시 배운 동래고나 경남여고 제자에 머물 따름이다.

동래고보를 졸업한 그는 고향에서 농민조합 활동을 벌이면서 밤배움을 이끄는 청년 지도자로 나섰다. 중점 감시 대상자였던 그는 1928년 가을 이른바 치안유지법으로 왜로倭虜 경찰에 붙잡혔다. 1년에 걸친 민족적 수모와 고초를 겪고 출옥하자『동아일보』와 『중외일보』가 기사로 다루었다. 뒷날 그는 간수하고 있었던 모든 책의 272쪽, 곧 자신이 입었던 수의 번호 272번과 같은 자리에다 인장을 찍어 그 치욕을 잊지 않고자 했다. 사후 남은 것은 미간행 육필 시조집『계륵집』과 작품 85편. 평생 겨레 사랑, 시조 사랑 남달랐던 시인으로서는 소박한 자취다.

오랜 세월 부산은 동래였다. 근대 백 년 남짓한 사이에 동래는 왜인들 게다짝 소리 요란한 온천 지구였다 어느새 부산포에 수렴되어 동래구로 졸아들고 말았다. 그러한 변화야말로 부산이 겪어왔던 근대의 질곡과 파행적인 도시 경험을 고스란히 대변한다. 그럼에도 부산의 뿌리, 부산 정신의 태반으로서 동래가 지니고 있는 지역 가치는 오늘까지 한결같다. 지역 근대 장소시 첫 자리에 놓이는 근포 조순규의 시 「봉래유가」가 새삼스럽게 귀한 까닭이다.

암남해수욕장

제국주의의 침략·지배·수탈 야욕은 피식민지 영토나 인력·자원뿐 아니라 역사까지 걸친다. 땅이름을 빼앗는 일은 그것을 하나로 온축한 행위다. 역사 왜곡에서 더 나아가 역사 말살이다. 땅에서 이루어져 온 시공간적 자취를 깡그리 지워버리는 꼴이다. 1910년 경술국치를 겪고 망연자실한 겨레 앞에서 제국주의 왜로倭虜가 재빨리 꾀했던 짓도 그것이다. 조선조 오백 년 동안 가꾼 서울 '한양'을 이른바 '경성'으로 바꿔쳤다. 35년 뒤 을유광복을 맞자 우리가 맨 처음 한 일 또한 '경성'을 들어내고 '서울' 이름을 되찾는 것이었다. 땅이름이 얼마나 무거운가를 단적으로 보여 주는 본보기다.

그런데 '경성' 못지않은 무게로 한결같이 치욕스런 땅이름이 있다. '송도松島', 곧 '마쓰시마'가 그것이다. 송도는 저들 섬나라에서 이른바 3대 명승日本三景으로 널리 뽐내는 바닷가 풍광이다. 이른바 조선총독부를 둔 지배·수탈 중심 '경성'과 나란히 그 만족감을 우리 땅에다 실천하고자 유흥·행락의 대표 경관마다 저들 고유명사 송도를 덮씌운 것이다. 부산 송도를 처음으로 인천 송도, 포항 송도에다 원산 송도가 그렇게 붙은 이름이다. 다만 원산 쪽은 한자어로 송도松濤를 써 슬쩍 빗겨나 있을 따름이다. 그런데 그 이름이 광복 된 지 일흔 해를 내다보는 오늘날까지 우리 땅에 아무렇지 않게 남아 있다. 분한 일이다.

지난 2002년부터 인천시에서는 2015년 완공을 내다보며 신도시 개발을 시작했다. 그 이름을 시에서는 익은 대로 '송도유원지'에서 따고자 했다. 그때 시민사회를 중심으로 격렬하게 반대 논란이 일었다. 그럼에도 인천시는 대의를 따르지 않고 '송도국제신도시'로 굳혔다. '송도'란 이름이 살아 있는 한, 왜로가 우리를 노예로 삼아 주인인 양 저질렀던 숱한 식민 관광과 수탈 만행이 모두 정당화된다는 사실을 모른 채 얼빠진 길을 선택했다. 안타깝다. 국혼이 살아 있다면 언젠가는 바뀔 이름이지만 관리의 단견에 기댄 일처리가 인천 신도시의 앞날은 처음부터 어둡게 만들어 버렸다.

그런데 부산도 이 문제를 비껴갈 수 없다. '송도해수욕장'이라는 일컬음이 그것이다. 오늘날 암남동 바닷가 일대가 '송도'로 바뀐 때는 "1913년 7월" 부산 거주 왜인들이 "송도유원주식회사를 만들어" "해수욕장으로서 개발에 착수"하고부터다. 서구청 누리집도 그 사실은 못 박고 있다. 그들은 암남동 바닷가 경관에다 저들 나라 대표 명승지 이름을 처음으로 붙여 놓고 식민지 장소 침탈과 지배를 즐겼다. 그럼에도 누리집 풀이글은 "암남동에는 으뜸

암남해수욕장(1930년대)

인 마을로 주위에 소나무가 무성하여 송도라고 부르는 마을이 있
었다고 한다”고 토를 달았다. 예부터 '송도'라는 땅이름이 그곳에
있었던 것처럼 둘러댔다. '송도'라는 이름을 그대로 받아들이고자
하니 아전인수 격으로 꾸민 지명 유래가 필요했던 셈이다.

　언론 보도를 보니, 2013년 이른바 '송도해수욕장'이 개장 백 돌
을 기념해 큰 축전을 마련하는 모양이다. 8월 16일부터 나흘간 열
린다는 제8회 이른바 '전국바다운동축전'이 그것이다. 행사 주체
인 서구청에서 홍보를 시작했다. 스물두 종목에서 경기를 치른다
하니 나라 안밖의 참여가 많을 것이다. 기대가 크다. 백 돌 행사를
키운다고 나무랄 사람은 없다. 그런데 백 돌을 맞아 서구청에서
무엇보다 먼저 할 일은 따로 있다. '송도'라는 이름을 걷어내 버리
는 일이다. 오래 써 입에 눈에 익은 터이니 무슨 문제가 될 것인가

고 생각하는 이도 있을 것이다. 그러나 천년 뒤를 생각한다면 백년 한 시기는 짧다.

'송도'는 어물쩍 넘어가도 될 그런 예사 땅이름과는 크게 다르다. 제국주의 왜로의 지배를 대표하는 부끄러운 표상어 가운데 하나다. 뜻만 일으킨다면 '송도해수욕장' 이름 바루는 일은 간단하다. 이웃 암남공원과 짝을 이루도록 '암남해수욕장'이라 붙이면 된다. 새 이름을 지어 가꾸어 나가는 길도 있다. 서구청과 구의회, 지역민만 동의하면 이룰 일이다. 암남동 갯가가 근대 유흥·관광 공간으로 바뀐 백 돌을 참으로 뜻있게 맞이하기 위한 첫 걸음이 그것이다. 삶이란, 역사란 다름 아니라 기억 투쟁이며 명칭 투쟁이다. 그런 뿌리를 잊지 않은 이가 부산에도 많기를 바랄 따름이다.

부산 지역 근대 첫 문예지 『종』

헌책을 사파는 중심이 누리집 가상공간으로 옮겨간 지도 벌써 십 년을 넘는다. 발품을 팔아 서점을 오가던 옛 방식은 그 무게가 더욱 줄어들고 있다. 나라 안쪽뿐 아니라 세계 곳곳의 헌책방 연결도 손쉬워졌다. 그런 가운데서 예사로 올린 오정보의 범람 또한 깊어지고 있다. 어느 누리집 서점에 들어가니 "부산 지역 근대 첫 문예지"라는 멋들어진 소개 아래 1950년대 잡지 한 권을 높은 값에 올려놓고 있었다. 높은 책값이야 파는 주인 마음이니 두더라도 "부산 지역 근대 첫 문예지"는 많이 빗나간 말이다.

근대문학은 시장경제 유통과 개인 작가의 저작권, 한글이라는 민족어에다 근대 인쇄 매체에 의한 작품 향유라는 몇 가지 조건을 상승적으로 만족시키는 환경 위에서 이루어졌다. 그러한 조건을 지닌 문학을 마련하고 일반화해 나가는 과정이 근대문학의 흐름인 셈이다. 국가 단위로 볼 때 우리 근대 첫 순문예지는 『창조』(1919)로 알려져 왔다. 그런데 이즈음 내 공부에 따르면 '문예잡지'라는 이름을 책머리에 내걸고 나온 첫 본보기는 개성에서 2집까지 펴낸 『여광麗光』(1920)이었다. 교육자로 더 알려진 이만규에다 마해송·고한승과 같은 청년 문사가 활동한 매체다.

부산 지역에서 근대문학 작품의 향유를 책임졌던 첫 문예지는 어떤 것일까. 현재까지 드러난 사료로 볼 때 유동준兪東濬이 1927년에 펴낸 『종鐘』이 그 자리에 놓인다. 『종』은 『여광』에 붙은 '문예잡지'라는 표제에다 월간을 더해 '월간문예잡지'를 겨냥했던 잡지다. 창간호와 2호에 이어 1928년에 3집을 내놓고 발간을 그친 것으로 보인다. 2집 경우는 이른바 왜로倭虜 총독부의 검열로 말미암아 발간 보류를 겪기도 했다. "무산자 계급"의 교육과 예술 창작을 두고 쓴 글 탓이었다. 펴낸 곳은 종사. 주소를 이른바 '본정本町', 곧 오늘날 대청동에 두었다. 실물로 확인할 수 있는 것은 3집 한 권에 머물 따름이다.

투고 규정에 따르면 『종』은 소설·희곡·시(시조)·논문·감상문·기행문에 이르는 모두 여섯 갈래에 걸쳐 작품을 싣고자 했다. 오늘날 학교 문학 학습에서 나누고 있는 서구식 오분법 갈래 분류를 거의 따르고 있다. 『종』 3호에 글쓴이는 스물여덟 사람이었다. 소설에는 대중적인 것도 있지만 겨레 항쟁 지평을 암시하는 무거운 작품도 실었다. 시에서는 개인 서정시에다 긴 이야기시, 시조, 번역시까지 올려 다채롭게 꾸미고자 했다. 『종』의 속살 가운데 눈여겨 볼 자리는 지역성이다. 영도를 중심으로 한 1920년대 부산 풍

광을 그린 소설에다, 부산 지역어를 담은 시는 드물고도 귀한 본
보기다.

『종』에 앞서 동래에서 『평범』(1926)이라는 잡지가 나왔다. 동래
고보 출신 허영호가 범어사 문중의 도움을 받아 폈던 것이다. 그
런데 됨됨이는 문예지가 아니라 월간 교양지였다. 『종』이 나온 여
섯 해 뒤에 부산 첫 시동인지 『신흥시단』(1934) 창간호가 나왔다.
온 나라에서 투고를 받아 엮은 전문지였다. 따라서 『종』은 동래를
중심으로 삼았던 부산 문학사회 전통이 『신흥시단』이 놓인 바, 부
산포 중심으로 보다 전문화한 자리로 나아가는 과정에 핵심 이음
매 몫을 다했다. 1920년대 부산 지역문학의 높낮이와 방향을 고스
란히 엿보게 해 주는 매체인 셈이다.

문헌 사료란 하찮다 버려두면 한없이 가볍다. 그러나 그것을 어
떻게 보고 어떻게 다루는가에 따라 뜻과 값어치는 크게 달라지기
도 한다. 그런 점에서 부산 지역 근대 첫 문예지 『종』을 3호 한
권밖에 볼 수 없다는 사실이 갖는 아쉬움은 크다. 지역의 바람직
한 형성과 발전은 값있는 지역 담론 창발 없이는 이루기 힘들다.
그 일을 위한 중요 디딤돌은 무엇보다 지역의 과거 문헌 전통과
그에 담긴 1차 담론이다. 그들에 관한 무지와 관심 부족은 지역을
본데없는 곳, 지역 구성원을 얼빠진 사람으로 만드는 지름길이다.
근대 부산을 향한 어벙벙한 원론만 되풀이할 게 아니라 날카로운
각론 생산에 힘껏 나아갈 일이다.

『국제신문』의 기자 문인과
동인지 『이인(二人)』

지역 대표지 『국제신문』이 첫 윤전기를 돌린 때는 1947년 9월이었다. 광복기 언론의 격랑 속에서 목청을 틔웠다. 첫 이름은 『산업신문』이었다. 1950년 전쟁 발발 뒤 『국제신문』으로 바꾸었으니, 햇수로 예순다섯에 이른다. 본디 신문 언론은 우리나라 근대문학사에서 큰 몫을 맡았다. 문학 동향과 정보 전달뿐 아니라 작품 지면 배치는 근대문학 제도 형성의 큰 동력이었다. 각별히 연재 형식은 장편소설 형성과 발전에 결정적이었다. 거기다 언론 문인의 배출도 부추겼다. 1920년대 초기 문인 세대 주류는 기자 문인이었다. 1930년대로 넘어서면서 출판업·교육 문인도 늘었지만 대표적인 작가나 비평가는 신문사 문화부·학예부를 지켰다. 광복 이후에도 무게가 줄긴 했으나 줄기는 달라지지 않았다.

『국제신문』도 오랜 동안 적지 않은 기자 문인을 키웠다. 그로부터 부산문학과 한국문학 전개가 다채로워졌다. 『산업신문』 창간 때부터 몸을 담아 사장으로 퇴임한 김형두는 청소년기, 열심히 잡지 투고문단에 이름을 올린 문사였다. 1950년대 전쟁기에는 피란 내려온 문인이 『국제신문』에 이름을 얹어 지면을 아로새겼다. 송지영·설의식과 같은 이가 대표적이다. 1960년대 『국제신문』 기자 문인 자리는 수필가 오종식·허종두, 소설가 이병주에다 시인 최계락·이형기가 풍요롭게 이끌었다. 거기다 1959년 입사해 문화부에서 일하다 1970년에 아깝게 이승을 뜬 정정화도 이름을 떨치지는 못했지만 부경대학교 시절부터 올된 시인이었다. 이승을 뜬 이와 달리 생존 문인으로는 시인 김규태가 있다.

그들 가운데 사후 문학 현양 사업의 대상이 된 이는 이병주·최계락·이형기다. 최계락은 1930년 진양에서 태어나, 진주중학교 때부터 어린이 매체에 글을 올렸다. 설창수가 주필로 있었던 『경남일보』를 거쳐 『국제신보』로 옮긴 때는 1956년이었다. 편집국장으로 일하다 세상을 뜬 때가 1970년. 그해였던가, 다음 해였던가? 내가 동래고교에서 까까머리 시절을 보낼 무렵이다. 구자혁이라는 반 친구와 이야기 끝에 시인과 인척이라는 사실을 알게 되었다. 내친 김에 그를 재촉해 대신동 공설운동장 아래 시인의 집을 찾은 때가 어느 토요일이었을 것이다. 시인의 아내는 유품인 작품 스크랩북을 내게 보여 주었다. 그리고 몸이 불편해 보였던 어린 딸. 열혈 문학 소년이었던 나에게는 뜻 깊은 나들이였다.

최계락과 앞서거니 뒤서거니 했던 이가 동향 이형기다. 그는 1980년 군부의 언론 통폐합으로 『국제신문』을 떠나 대학으로 옮겼다. 서울 모교 동국대학교로 올라갔다 2005년에 삶을 접었다. 그런데 둘이 함께 낸 작품집이 있다. 1951년에 나온 동인지 『이인』 이다. 1집으로 그쳤지만 전쟁기 부산 피란문단 속에 핀 청년 문학의 우듬지와도 같은 것이었다. 낸 곳이 영남문학회. 두 시인의 문학적 산실이었던 곳. 설창수가 광복기부터 언론인으로, 시인으로, 문화실천가로 진주를 중심으로 맹약하면서 『영문』을 펴낸 바탕이 영남문학회였다. 설창수는 지역 청소년 문사를 조직하고 그들에게 발표 자리를 마련하는 일에도 공을 들였다. 최계락·이형기는 누구보다 그 덕을 많이 입은 후배들이었다.

『이인』 제1집,
영남문학회, 1951.

은행잎이 천천히 발치를 딛고 떨어지는 늦가을이다. 부산 시인 최계락·이형기의 첫 작품집이자 전쟁의 상흔 위를 비틀거리며 걸었을 두 젊은이를 닮은 얇은 시집. 그 둘의 체취에다 설창수의 열정이 물씬 담긴 작품집이 『이인』이다. 학계에서는 이름만 알려져 왔던 것이다. 오늘날 최계락과 이형기는 현양 문학상이 마련되어 있다. 그런데 광복기부터 영남 지역문학의 바탕을 닦고 둘을 키워낸 설창수에 관한 현양은 고향 창원이나 진주 어디에서도 기약이 없다. 2011년에 나온 『파성 설창수 문학의 이해』 한 권이 고작이다. 거기엔 어떤 문학사회 이해관계나 역학이 얽혀 있는 것일까. 『이인』을 꺼내 놓고 모처럼 경남·부산 지역문학의 속살 속으로 걸어 들어가 본다. 스산한 날씨 탓이리라.

부산의 기독교 문화와 송창근

송창근은 1898년 함북 경흥에서 태어나 1950년 전쟁기 북으로 피랍 당해 생사를 묻은 이다. 광복 뒤 조선신학교(오늘날 한신대학교) 설립자 가운데 한 사람으로 기독교계에서는 잘 알려진 지도자였다. 기미만세의거로 여섯 달 동안 옥고를 겪기도 했던 그는 섬나라 청산학원 유학을 거쳐 1926년 미국으로 건너갔다. 고학으로 신학박사 학위를 받고 돌아온 때가 1931년이었다. 평양 산정현교회 전도사를 처음으로 목회 활동에 나섰다. 이어 목사직까지 맡았다. 그러다 산정현교회 목사직을 그만 두고 1936년 4월 부산으로 내려왔다. 네 해에 걸친 지연이 시작된 셈이다.

처음에는 한센병 환우 돕는 일을 생각했다 뜻을 바꾸었다. 그는 서구 남부민동에서 집 한 채를 빌려 '성빈학사聖貧學舍'를 열었다. 부유한 포목상 아들로 태어나 스무 살에 회심한 뒤 절대청빈을 실천하며 살다간 중세 가톨릭 성인이 프란체스코다. '성빈'이란 그의 거룩한 가난을 일컫는 말. 송창근은 프란체스코를 기리고 따르고자 늘 초상화를 머리맡에 두고 살았다 한다. 스스로 1924년 소설 『오뻐디 힐』을 번역·출판했을 뿐 아니라, 『청년』·『신학지남』·『신생명』과 같은 여러 기독교 매체에 시·수필을 실었다. 그 일도 "신의 음유시인"이라 일컫은 프란체스코를 닮고자 했던 까닭이었을까.

성빈학사에서 그가 이룬 일은 여럿이다. 호주 선교부 의료진의 도움을 받아 여직공을 위한 보건의료 지원을 시작으로, 가난한 어린이 교육·보육 활동, 주일 성경강좌 운영이 그것이다. 또한 도왜渡倭 유학생 잠자리 챙기는 일까지 맡았다. 그 무렵 왜나라로 건너가기 위해서는 이른바 부산수상경찰서에서 도항증명서를 받는 까다로운 절차를 거쳐야 했다. 그런 탓에 흔히 숙박업소에 묵지 않을 수 없었다. 그는 앞으로 동량이 될 젊은이 도우기를 거기서 찾았다.

게다가 송창근은 부산의 기독교 문화와 뗄 수 없는 일을 시작했다. 성빈학사 안에 성빈학사聖貧學社를 두어 동래일신여학교 교장 대마가례(데이비스)를 발행인으로 앞세우고 문서선교 활동에 나선 것이다. 그렇게 나온 월간지가 『성빈』이다. 제자 김정준이 일을 맡았다. 1937년 4월에 창간호를 낸 뒤 1938년 2월의 11호까지 이어진 것으로 보인다. 낱책도 펴냈다. '성빈문고'와 '소년소녀총서'가 그들이다. 오늘날 기록·실물로 확인 가능한 책은 아쉽게도 그 가운데 세 권에 그친다.

성빈문고 1집은 송창근이 옮긴 『집 없는 아이』였다. 프랑스 작가 엑또르 말로 작품이다. 1935년 『기독신보』에 32회로 나누어 실은 것을 되묶었다. 우리 어린이에게 꾸준히 알려져 온 것이다. 김정준이 옮긴 바운즈의 기도묵상집 『기도의 영력』이 2집으로 나왔다. 소년소녀총서로는 『푸른 탄식』이라는 소년소설집을 냈다. 독일 작가며 목사 슈미트의 것을 송창근이 옮겼다. 메리라는 소녀가 고난 끝에 행복을 되찾는다는 줄거리다. 1937년 10월 송 목사는 이른바 수양동우회사건이라 일컫는, 왜로倭虜의 흥사단박해폭거로 끌려가 해를 넘기는 옥살이를 했다. 1938년 병보석으로 옥을 나온 뒤 12월에 내놓은 책이다.

송창근 옮김,
『푸른 탄식』, 성빈학사,
1938.

성빈학사에서 펴낸, 확인 가능한 셋 가운데 두 책이 어린이문학집이다. 부산 뒷골목 어린이를 위한 교육선교에 고심한 자취다.

그럼에도 오늘날 송창근이 이루고자 했던 성빈 활동의 속살을 아는 이는 드물다. 그가 좇았던 도시빈민선교의 뜻은 묻히고, 경북을 대표하는 기독교계 부왜인附倭人이라는 울림만 들린다. 1940년 1월부터 김천 황금동교회 목사로 일하기 위해 부산을 떠난 뒤 을유광복까지, 시대의 어둠 속으로 더욱 깊숙이 걸음을 옮긴 결과다.

그리고 이쯤에 적어 둘 사실 한 가지. 송창근은 윤동주의 평생 단짝 청년 소설가 송몽규와 당숙 사이다. 왜나라 복강형무소에서 1945년 함께 원사寃死한 송몽규와 윤동주가 나란히 연희전문학교 교정을 나선 졸업식 날은 1941년 12월 27일이었다. 그 날 먼 북간도 용정에서 오지 못한 은진송씨 파평윤씨 두 집안 어른을 송창근이 대표했다. 그는 김천에서 서울로 가 둘의 졸업을 축하하고 앞길을 빌었다. 아름답고 슬픈 옛 일이었다.

대마도 환속과 정문기

대한민국을 향한 일본 정치권의 능멸이 도를 더하고 있다. 저들 외교백서에까지 독도를 제 땅이라 버젓이 올렸다. 아예 1945년 이전 상태로 되돌아가고자 하는 야욕을 숨기지 않는다. '일본사람'임을 포기하고 다시 '왜놈'이 되고자 작정한 셈이다. 그래도 양식 있는 일본사람이나 세계 시민사회를 향한 홍보를 꾸준히 이끌 일이다. 그런데 독도 침탈 문제는 섬 하나에 그치지 않는다. 세 쪽이 바다인 우리 겨레가 오랜 세월 바다에서 펼쳤던 역사와 삶, 먼 미래와 맞물린 일이다. 게다가 대마도 환속과도 뗄 수 없는 관계를 맺고 있다.

을유광복 뒤 혼란 속에서 대마도 한국 환속을 위해 발 벗고 나선 이가 수산인 정문기(1898~1996) 박사다. 소책자 『대마도의 조선 환속과 동양 평화의 영속성』을 앞세운 일이었다. 이것은 1948

년도에 펴냈다고 알려지기도 했다. 사실은 그렇지 않다. 부산수산대학교(부경대학교) 교장이었던 그가 광복 두 달 뒤인 10월 15일 서둘러 펴낸 뒤 각계에 돌렸다. 본문 22쪽 세 매듭으로 짜인 짧은 것이다. 첫머리에 한글 소논문 「대마도의 조선 환속과 동양 평화의 영속성」을 싣고, 이어서 「대마도문헌고」를 붙인 뒤, 맨 끝에 소논문의 영문 번역문을 올렸다.

먼저 「대마도의……」에서는 대마도를 하루바삐 우리에게 환속시켜야 하는 까닭을 밝혔다. 말뿌리에서 시작하여 지정학적·역사적 사실에서 대마도가 우리 속령이었음을 여러 길로 짚었다. 그에 따르면 '쓰시마'라는 일컬음은 우리말 '두 섬'에서 비롯했다. 위치로 볼 때도 대마도는 우리 영향권이다. 우리 남단에서는 53km, 일본 구주에서는 그 두 배가 넘는 147km나 떨어져 있으니 마땅한 지적이다. 이어 문헌상으로 고려에서부터 조선 시대까지 대마도가 육백 년을 넘도록 우리에게 복속된 땅이었음을 낱낱으로 풀었다.

그런 다음 글 속살은 앞으로 대마도와 우리의 관계 설정으로 나아갔다. 지난날 대마도는 왜구 해적의 소굴이었다. 앞으로 밀수의 근거지가 될 뿐 아니라, 이기·배타를 버릇으로 지니고 있는 저들의 약탈적 고기잡이가 저질러질 것이다. 대마도가 음모 책동의 기지가 될 수도 있다. 1941년 태평양침략전쟁 무렵 발표되었던 이른바 '관부해저철도계획'과 같은 것이 선례다. 정 박사는 동양 평화를 위해서 대마도의 한국 귀속은 필수적이라 단호한 목소리로 글을 마무리했다. 만약 대마도를 우리나라에 환속시키지 못한다면 UN 관할 아래 중립지대로 두어야 할 것이라는 차선책까지 염두에 둔 주장이었다.

그의 회고에 따르면 잇달아 여러 차례 주요 인사들을 만나 대마도 귀속을 역설했다. 그럼에도 그때 말뿐 실질을 얻지는 못했다. 그런데 이 소책자에서 눈여겨 볼 데가 있다. 둘째 매듭 「대마도문헌고」 끝에 '참고'라 하여 백남운·황의돈·신동엽 세 역사학자의 도움을 받았다는 사실을 덧붙인 곳이다. 대마도 환속은 정문기 개인이 아니라 광복기 뜻있는 지식인의 공통 염원이었음을 알게 하는 증거다. 정 박사를 비롯한 여러 사람의 노력은 드디어 1948년 2월, 입법원 204차 회의에서 대마도의 우리 영토 복귀를 결의하는 단계까지 나아갔다. 이어서 대한민국 건국 행정부 출범 직후인 1948년 8월 18일에는 이승만 대통령이 '대마도 반환 요구'를 발표했다. 그러자 저들은 대마도 한국 관련 유적 지우기에 부랴부랴 나섰다. 지금부터 60년을 갓 넘긴, 가까운 시기 옛 일이다.

1860년대 양요·쇄국에서 1910년 경술국치 사이, 19세기 중엽에서 20세기 들머리까지 50년 남짓 짧은 기간, 제국주의 침탈과 동아시아 근대 민족국가 수립 과정에서 우리가 잃어버리고 빼앗긴 땅이 남으로 대마도요 북으로 간도 벌이다. 대마도 환속 문제는 하루바삐 물 위로 드러낼 겨레의 과제다. 그리고 그 일은 일본의 독도, 동해 침탈 야욕 분쇄와 맞물려 있다. 우리의 바다 역사학·민속학·지정학·지역학의 꾸준하고도 깊이 있는 연구 역량, 성과 축적이 필요한 바다. 그 중심에 마땅히 바다 도시 부산 학계와 시민 사회가 설 일 아닌가.

고두동이
20세기 부산을 빛낸 사람이라고?

부산시는 2004년과 2005년 두 해에 걸쳐 '20세기 부산을 빛낸 인물' 예순두 사람을 선정, 발표했다. 부산 출신이거나 부산을 중심으로 일하면서 지역과 나라에 공적이 뚜렷한 사람을 본받도록 올려 세운 것이다. 전문가가 '부산을빛낸인물선정위원회'에서 일 했으리라 믿는다. 그런데 이즈음 명단을 볼 기회가 닿아 살피니 논란이 클 사람이 여럿 보인다. 내가 공부하고 있는 문학 쪽에서 는 일곱 사람이 올랐다. 부산 문학 백 년에 공공 현양 대상이 될 만한 문인이 그들이란 뜻이다. 고개가 갸웃거려진다.

시조 시인 고두동(1903~1994)도 그런 한 사람이다. 고향 통영에 서 1920년대 중반부터 동인 활동을 벌였다. 만년에는 고대사와 지역지에 관한 글을 내놓곤 했다. 오래 시조 시단을 지킨 공이 있 다. 그러나 이런 겉보기 사실 말고 모름지기 그의 삶과 문학이 20

세기 부산을 대표할 만한 높이에 이른 것인가? 약력에서 그는 1920년대 후반부터 맡았던, 경북·경남의 전매청 전매서장 직을 자랑스럽게 늘어놓았다. 나라잃은시대 전매청이란 어떤 곳인가. 이른바 조선총독부 소속 관청이 아니었던가.

왜로倭虜는 우리나라를 강탈한 뒤 바로 전매제도를 실시했다. 담배와 소금, 인삼(홍삼)과 약용 아편의 경작·조사·제조·판매·수입·수출 모든 과정을 독점적으로 관리하고 유통과 판매를 굳힌 것이다. 이른바 조선총독부 전매국이 그 일을 맡았다. 사사로운 거래를 금지하고 생산품을 이른바 조선총독부에만 팔아야 했고, 살 때 또한 저들이 부르는 값에 따를 수밖에 없었다. 35년에 걸친 피식민지 시대 우리에 대한 안정적인 재정 수탈을 꾀하고 겨레 산업의 성장을 가로막았던 핵심 장치가 전매제도였다.

조선총독부는 경기·전주·대구·평양에 지역 전매국을 두었다. 대구전매국은 경남북과 충북, 전남 일부를 아우르는 곳의 업무를 보았다. 고두동은 이곳 여러 판매소 소장 직을 거쳤다. 양산·의성·김해·청송이 그곳이다. 1929년부터 1945년 광복에 걸치는 기간이었다. 1940년에는 고도청高島淸이라는 왜로 이름으로 의성에서 김해로 '영전'했다. '전매보국 사업'에 세운 공을 인정받은 것이다. 그는 조선총독부『직원록』에 꾸준히 이름을 올린 중간 관리였다. 뜻있는 이들이 '관견官犬'이라 불렀던 계층이다.

광복 뒤 그는 부산판매소 소장에 올랐다. 그러다 이름이 나라 안에 알려진 때가 1947년 2월이었다. '속출하는 탐관오리'라는 제목의 기사 탓이었다. 미군용 내의와 쌀을 감추었다 다른 한 관리와 함께 붙잡힌 사건이었다. 이듬해 5월 직을 사임했다. 그 뒤 고두동은 문학사회에 더욱 몸담아 전력을 벗었다. 그런데 문인으로서 행적은 본받을 만한 것인가. 우리 근대 시조에 끼어든 왜풍倭風은 이은상의 양장시조만 아니다. 왜나라 전통 시가인 단가를 지었던 고두동의 시조 또한 거기서 자유롭지 않다.

1942년 이른바 '황국신민皇國臣民된' 문필가는 "혁혁한 일본의 지도적 지반" 위에서 "현란한 문화를 건설"해야 한다고 각오를 다졌던 유치환도 존경 받는 현실이다. 백제 서울 부여에 저들이 '부여신궁扶餘神宮'을 세울 때 거기 가서 "고마우신 신궁" 일에 "이천오백만 민중이 누구나" "힘을 합해 보겠다는 열성을 안 가질 이 없을 것"이라 감읍하고, "어서 자라" "굳센 일본 병정이" 되라 우리 아이들을 부추겼던 이원수조차 해마다 높이 기리는 세상이다. 고두동 경우가 무슨 문제냐 강변한다면 도리가 없다.

역사에는 묻을 일도 있고 밝힐 일도 있다. 멋모르는 시조 시단에서 고두동을 선배 시인으로 존경한다는 데야 어쩌겠는가. 그러나 부산이라는 이름을 내건 현양은 차원부터 다른 일이다. 지금부터라도 뽑힌 이뿐 아니라, 묻힌 이들에 대한 엄정한 조사·연구·홍보를 거듭해야 한다. 그 과정에 인물 진퇴가 새로우리라. 그런 일 처리야말로 20세기 근대의 긴 골짜기에서 나라 어느 지역보다 깊은 영욕을 겪었던 부산을 얼빠진 곳, 부산 사람을 얼빠진 '놈'들로 떨어뜨리는 망발로부터 벗어나게 해 줄 최소의 양식이다.

배재황, 지역문학지의 첫 디딤돌

　부산 김해공항으로 들어가는 들머리에 덕두 마을이 있다. 그곳 낙동강 둑, 자그마한 시비 하나가 눈길을 잡는다. 배재황(1895~1966)이 쓴 「오막살이」다. 잘 다듬었다. 배재황은 진해 웅동 대장리 사람이다. 아버지 서당에서 한문을 배우다 향리의 민족사학 계광학교 고등과를 수료했다. 서울로 올라가 주시경 선생의 조선어강습원에서 한글을 배웠다. 열아홉 살 때인 1914년부터 모교 교사로 일하기 시작했다. 교가도 손수 지었다.

　1919년 기미만세의거는 그에게 중요한 전환점이었다. 4월 웅동의 만세의거 중심에 그가 섰다. 등사기를 사고, 선언서를 돌리고, 사람을 모았다. 검거 선풍이 불자 진해를 빠져 나왔다. 먼 북녘 정주 오산학교 조만식 선생 밑으로 가서 몸을 숨겼다. 몇 해 뒤 고향 가까운 김해 진영에다 터를 잡았다. 1930년대 우리나라에서 소작쟁의가 가장 잦았던 곳이 남강과 낙동강을 낀 김해들이다. 거듭하는 수탈로 가난만이 키가 자란 물가였다.

배재황은 진영 둘레 면 지역에 '의신계義信契'를 만들었다. 박간迫間을 비롯한 왜로 대지주를 상대로 소작 투쟁을 벌이기 위한 풀뿌리 결사체였다. 김해농민조합도 앞장서 이끌었다. 피검, 석방, 벌금 부과, 재산 압류, 그리고 다시 피검을 거듭 겪었다. 왜경의 눈초리에 갇혀 엎드려 지낼 수 밖에 없는 나날이었다. 을유광복이 되자 그는 우뚝 일어섰다. 진영읍에다 한글강습소를 열었다. 땅을 농민에게 되돌려 주기 위해 팔을 걷어붙였다.

그러나 이어진 좌우대립으로 더 머물 수 없었다. 1947년 배재황은 낙동강 물끝 하단 갈대밭 속으로 몸을 숨겼다. 오막살이를 짓고 부산 시민이 가져다 붓는 똥물 냄새를 밟았다. 가난과 큰물을 이불처럼 덮고 산 세월이었다. 그러다 1966년 이승을 뜬 뒤에야 웅동으로 돌아갔다. 지역 농민항쟁지에서 핵심 인물인 그의 잊힌 귀향이었다. 1996년 간행 『한국사회주의운동인명사전』의 배재황 이름 뒤에 "생몰년 미상"이라 적히게 된 내력이 이렇다.

그런데 배재황은 지역 근대문학지에서 볼 때도 뜻 깊은 이다. 최남선이 낸 종합지 『청춘』은 1914년에 창간했다 1918년에 폐간당했다. 거기 독자문예란은 피식민지 노예인 우리 청년들이 한글 작품을 투고, 발표할 수 있는 첫 마당이었다. 9호부터 현상문예로 바뀐 그곳에 배재황은 시와 단편소설, 수필이 잇달아 당선했다. 그는 근대 매체와 제도를 빌려 한글로 작품을 발표한, 경남·부산의 첫 문학인인 셈이다. 계광학교 교사 때 일이었다.

『청춘』10호(1917)에 실은 수필 「일인과 사회」에서는 한 몸, 한 사람이 모여 사회가 되고 인류가 되니 "새 사회를 만들" 사람으로서 '청년'은 "새 사회 만들 큰 힘"을 '허비'하지 말 것을 소리 높였다. 소설 「뽀뿌라 그늘」에서는 어린 남매를 키우던 홀어머니가 보람으로 삼았던 아들이 죽자, 추억이 담긴 미루나무 그늘에 앉아 비탄에 젖는 모습을 그렸다. 『청춘』12호(1916)의 당선시가 「내 노래」다. 전문은 아래와 같다.

꽃과 달 예쁜 맵시 읊기가 싫고
엿과 꿀 깊은 단맛 노래 안 해요
희망의 저쪽 끝에 달렸는 보람
따라고 얻으랴는 참된 내 노래

핏방울 뿌린 종이 어리인 내 시
한바다 물결처럼 높낮이 있어
더런 물 헐고 씻어 새 물 짓고저
두 주먹 힘차게 쥔 날센 내 노래

머리로 돌을 쳐서 골장이 나와
목숨이 끊어지나 다시 돌을 쳐
세상에 머러타는 욕을 들어도
자아를 안 꺾는 것 굳센 내 노래.

스물세 살 청년 문학인 배재황의 힘찬 포부가 잘 담긴 작품이다. "핏방울 뿌린 종이" 위에 쓴 자기 시는 "더런 뭍 헐고" "새 뭍"을 만드는 무기라 했다. 오늘날 낙동강 둑에 새긴 「오막살이」로는 가늠하지 못할 기백이 드높다. 배재황은 쉰 살 초반에 이미 세상에서 쫓겨나 하단 갈대밭 이름 없는 늙은이로 머물다 갔다. 그러나 그가 펼쳐 보인 삶과 문학은 근대 초기 경남·부산 지역문학의 의기를 아낌없이 대변한다. 문학과 문학인이 마냥 비루할 따름인 오늘에 이르러 더욱 두렵고도 귀한 본보기 아닌가.

배재황 문집 『우호산고』, 1967.

악한 덕술이도 문인이었다네

덕술德述이라는 이름을 가진 자가 있었다. 성을 노盧로 썼다. 1900년 울산에서 태어났다. 울산보통학교 2학년 중퇴 뒤 살길을 찾다 1920년 이른바 경남순사강습소에 들어갔다. 을유광복까지 통영·울산·동래·서울·평양, 나라 곳곳에서 이른바 조선총독부와 왜왕의 충견으로 한 몸 바쳤다. 그 결과 한국인으로서는 두 손에 꼽힐 정도만 오를 수 있었던 '경시' 자리까지 꿰찼다. 악질 부왜경찰의 대표 본보기가 그였다. 광복투사와 항왜 인사를 짓밟고 족치고 고문했다. 오로지 자기 명리를 위해 온갖 악행을 서슴지 않았던 부왜배였다.

을유광복 뒤 덕술은 수도청 수사과장으로 낯빛을 바꾸었다. 중앙 경찰 수사통 간부로서 위세를 떨쳤다. 그러다 1949년 반민특위에 잡혔다. 특위가 흐지부지되는 바람에 풀려났다. 전쟁을 틈타

군 헌병대 장교로 변신했다. 부산제2범죄수사대장으로 지내다 1954
년 서울 육군헌병사령부로 옮겨 갔다. 부산에서 저질렀던 미군수
물자 횡령이 들통 나 1955년 중령으로 파면을 당했다. 그 뒤 정치
마당을 기웃거렸다. 1960년 울산 민의원 선거에 나섰다 떨어졌다.
서울에서 흥신소를 차렸으나 비리로 붙잡히기도 했다. 1968년에
죽었다.

　　그런데 평생 나라를 배신하고 겨레를 괴롭혔던 악한 덕술이도
문학을 했다. 제법 격을 지닌 양 묵림默林이니 무호無號라 호까지
내돌렸다. 대표적인 작품이 1954년 부산시 기관지『부산시론』창
간호에 실었던 시조「술회」다.『부산시론』은 전쟁기에 주간으로
냈던『부산시보』를 월간으로 바꾸어 편 매체다. 한시·시조·소설
까지 실은 종합 교양지였다. 편집 고문은 박상희가 맡았다. 나라
잃은시대 관료로 입신했던 자다. 덕술이 반민특위에 잡혔던 일을
두고 "타인의 중상모략"이라 화를 냈으니 사람됨을 알 만하다.

울산(蔚山)을 생각하매 이 마음이 울울(鬱鬱)하니
천마산(天馬山) 떠나가며 앙천(仰天) 탄식(歎息) 길게 한다
장부(丈夫)도 비무루(非無淚)라고 말한 이는 누구뇨

강동(江東)에 팔천(八千) 제자(弟子) 기다리고 있건만은
오강(烏江)에 흐르는 물 영웅한(英雄恨)을 자아내니
슬으다 권토중래(捲土重來)를 타일(他日) 어이 바라리

대지(大志)를 품에 품고 통(通)할 길을 찾었것만
통(通)할 수 있는 일도 덮어놓고 못 통(通)하니
암루(暗淚)를 천만행(千萬行)이나 뿌려놓고 가노라.

「술회」의 부분이다. 어떤가? 덕술의 악행을 모르는 이가 본다면 큰 포부를 지녔던 지사가 뜻을 이루지 못한 채 돌아서는 심회로 읽힐 성싶다. 부산을 떠나면서 남긴 글이다. 스스로 '권토중래'를 꿈꾸는 '장부'라 했고, '영웅'과 동일시했다. 그래서 '영웅한'이 남는다고 지껄였다. 참으로 철면피한 글이 아닐 수 없다. 이어진 「심화」에서는 한 발 더 나가 "나라가 위태하니 이 가슴이 더욱 타고/ 백성이 괴로우니 이 속살이 좀 더 탄다"고 떠벌리기까지 한 덕술이다. 누가 백성을 괴롭혔으며, 누가 겨레의 가슴을 태웠더란 말인가.

「술회」는 두 가지 사실을 일깨워 준다. 덕술 같은 부왜배가 공무원 기관지에 문학인으로 자랑스럽게 나돌아도 아무렇지 않았던 그 무렵 지역 풍토다. 다른 하나는 겉으로 알려진 문학인과 문학도 실체를 따지면 얼마나 허황할 수 있는가 하는 점이다. 예순 해 앞서 있었던 일이다. 그런데 덕술이 같은 자가 문인으로 나돌았던 그때와 오늘은 얼마나 달라진 것일까. 대단한 문인이라며 문학관을 짓고 공적으로 기리고 있는 이 가운데서도 정도와 경우는 다르지만 덕술이와 함께 놓고 볼 사람이 한둘 아닌 까닭이다.

광복투사를 향한 선무공작에서 재능을 빛냈던 밀정, 입에 담지 못할 파렴치한 짓을 저지르고 고향에서 쫓겨나듯 달아난 이도 있다. 이른바 조선총독부의 문학 출판물 검열관, 문화계 동향을 총독부에 일러바치며 살았던 끄나풀도 보인다. 한심하기 짝이 없는 일이지만 오늘날 우리가 믿고 있는 문학적 명성의 밑자리 가운데 너른 곳이 거기다. 대중이야 학교나 사회 인정 제도를 빌려 배우고 굳힌 통념에 따르는 게 허물은 아니다. 실체적 진실에 관심이 없다고 어찌 탓하랴. 그러나 책임 있는 전문가 집단마저 다르지 않다. 슬픈 일이다.

광복기 부산의 첫 종합지 『신조선』

을유광복을 맞은 부산은 북새통을 이루었다. 위쪽 지역에서, 더 먼 만주에서 쫓겨 내려와 돌아갈 길을 찾고 있었던 왜병과 왜인, 이른바 징용·징병을 피해 부산을 떠났던 이, 물 건너로 끌려갔다 돌아온 동포로 좁은 부산이 넘쳤다. 거기다 세상 변화를 틈타 나라잃은시대 대표 왜인 도시였던 부산의 적산을 취해 한 몫 보려는 모리배·잡상까지 끓었다. 이러한 동향을 알려 주는 사료는 많지 않다. 그런 가운데 중요한 것이 언론 출판물이다.

광복을 맞자 신문이 앞장을 섰다. 1945년 9월 『민주중보』를 시작으로 일곱 개나 되는 신문이 부산 바닥을 채웠다. 잡지도 움직였다. 종합지·문예지·경제지·어린이지가 1946년 벽두부터 이어졌다. 『주간 중성』·『월간 중성』·『경제』·『문예조선』이 그들이다. 신문과 다른 무거운 기사와 현안을 향한 발언을 담기 위한 길이었다. 그런데 그들 가운데 처음 나온 종합지는 무엇일까? 1946년 1월 5일에 창간호를 펴낸 『신조선』이 그것이다. 이제껏 이름만 알려져 온 잡지다. 찍은 날은 1945년 12월 20일이었다.

『신조선』 창간호, 1946.

광복 다섯 달 만에 나온 종합지가 『신조선』이다. 월간을 겨냥했으나 몇 차례 나왔는지 확인할 길은 없다. 펴낸 곳은 동대신동 신조선사. 양성철이 편집·발행을 맡았다. 창간사를 우석愚石이 썼다. 양성철과 관계는 알기 어렵다. 언론 자유가 오자, 온 나라에 일흔에 가까운 당이 서고 잡지도 편당적이거나 영리를 앞세워 심하다고 창간사는 썼다. 『신조선』은 그들과 달리 안개 속을 헤매는 삼천만 겨레에게 광명을 밝히겠다는 취지를 밝혔다.

『신조선』 창간호에는 여러 글이 실렸다. 영도 출신 수필가 김소운이 쓴 「단군의 유적을 차저」와 어린 시절 김유신을 다룬 「신라 명장의 여명」이라는 글이 눈길을 끈다. 광복 초기 김소운의 부산 체류를 알 수 있는 터무니다. 태평양침략전쟁 시기 부왜附倭문학에 나서기도 했던 그다. 우리나라에 남아 있는 단군 유적을 몇 개 소개하는 글로 앞 시기의 잘못에 대한 참회록을 삼으려 했던 것일까. 광복을 맞은 그의 복잡한 심사를 읽을 수 있는 글이다.

『신조선』에는 이밖에도 광복 직후 부산 시민의 나날살이를 알 수 있는 글이 실려 흥미를 더한다. 다대포 사는 소월素月이 거리 풍경을 그려 담은 것이 그 하나다. 광복 뒤 10월 초순까지 두 달 동안 그는 세 차례나 부산으로 나왔다. 8월 18일에는 이른바 인산 인해를 이룬 부산역 풍경과 왜병 출몰을 목격했다. 만나는 왜인은 이전과 달리 활기 없이 걷는다 했다. 우리나라 사람은 아는 이 모르는 이 없이 반갑다 반갑습니다를 소리쳐 대조를 이룬 모습이다.

다대포로 돌아온 그는 가족과 함께 '대한독립 만세', '미군 만세'를 불렀다. 저녁에는 종을 쳐 마을 사람을 모은 뒤 광복 소식을 전했다. 자신이 일하고 있었던 학교 교정이었을 것이다. 9월 28일 다시 부산 부두로 나온 소월은 그때까지 왜병이 내왕하는 것을 확인했다. 10월 6일에는 부산의 교육 전문가를 찾았다. 누구였는지 이름을 밝히지는 않았다. 그는 국사를 가르치고 애국혼을 키우고, 왜풍을 버리도록 가르치라 했다. 심장에서 나온 모세혈관과 모세혈관의 피가 하나로 엮이듯 나라가 통합해야 한다는 가르침에는 기뻐했다.

백천白泉이 쓴 글도 있다. 미군이 부산에 들어온 때는 1945년 9월 17일이었다. 열댓 살 남짓한 아이들이 공부는 않고 담배나 물건을 파는 장사꾼이 되었다. '할노' 한 마디만 배워 미군에게 담배를 얻어 그것을 되판다고 혀를 찼다. 미군이 씹다 버린 껌을 주워 먹는 아이도 생긴 모양이라 탄식했다. 아이를 둔 어버이가 반성하라 일갈했다. 나라 바깥에서 서른다섯 해 동안 악전고투했던 선배에게 부끄럽지 않도록 일치단결할 것도 빼놓지 않았다.

『신조선』은 광복기 부산의 정황을 재구성하는 데 요긴한 사료다. 부산은 알려진 것보다 알려지지 않은 것, 건성건성 잘못 알려진 것이 더 많다. 얇은 잡지 한 권이지만 뜻이 가볍지 않다. 지나간 출판물과 그들에 대한 꼼꼼한 갈무리가 왜 필요한 일인지를 고스란히 보여 주는 본보기다. 오늘날 그들을 공개적으로 볼 수 있는 곳은 없다. 기록과 보존을 우습게 아는 곳에서 거짓과 왜곡, 무지와 폭력은 몸을 마구 불리는 법이다.

먼구름 선생과 자유아동극장

광복군 제2지대 선전조장 무렵의 먼구름(1944년 무렵)

먼구름이라니? 세상의 유유상종·이합집산이 우스꽝스러우니 발아래 둔다는 뜻이셨던가? 돈·명예·쾌락 말고는 돌아볼 것 없다는 듯이 달려들고 쌈박질로 지새는 세상인심이 어처구니없어 눈과 귀를 씻고 살겠다는 뜻이셨던가? 먼구름이라는 토박이말을 호로 올린 일부터 예사롭지 않다. 그런데 그 먼구름이야말로 나라잃은시대 상해 만주, 중국 험한 들로 골짝으로 오랑캐 총구에 쫓기며 떠돌며 쓰린 조밥을 씹다 올려다보았을 빼앗긴 조국의 모습이 아니었던가. 어쩌면 서릿발 두꺼운 남의 나라 추운 땅에서 "강철로 된 무지개"를 꿈꾸었던 이육사 시인의 웅비와 맞닿은 이름이 먼구름이다.

먼구름 한형석(1910~1996) 선생의 삶과 뜻이 그렇게 잊히는가 싶었다. 그런데 이즈음 반가운 일이 알려졌다. 선생이 머물렀던

자유아동극장 신축 모습

부민동 집을 위한 옹벽 정비 사업을 서구청에서 마무리했다 한다. 게다가 다음해까지 선생이 세웠던 '자유아동극장'을 복원하리라는 소식이 그것이다. 기념관 건립까지 넣은 일이다. 경남·부산 지역 곳곳에서 '관광명소'를 겨냥해 이저런 예술 문화 축전이나 시설 건립, 재장소화가 적지 않게 이루어졌다. 부끄러움도 없이 졸속으로 서둘러 뒷날 쓰레기로 치우는 데만도 나랏돈이 들 일을 저지른 곳도 한둘 아니다. 대중적 흥미만 뒤따르는 얄팍한 행정 편의주의 결과다. 그런 가운데 듣는 기쁜 소식이 아닐 수 없다.

1950년 경인년, 세 해에 걸쳐 숱한 우리 젊은이가 목숨을 바친 전쟁의 비극은 컸다. 졸지에 어버이를 잃고 거리를 헤매는 전쟁고아와 떠돌이 극빈 어린이가 부산에만도 수만에 이르렀다. 먼구름 선생은 그들 호구뿐 아니라, 아무런 꿈도 없이 어린이들이 세상 어둠으로 빠져드는 현실을 아프게 바라보셨다. 그들 마음을 일으켜 세우는 일이 먹는 일 이상의 사회 문제라는 점을 직시하셨다. 그리하여 두 달에 걸쳐 시설 준비를 마치고 1954년 8월 15일 광복절을 맞아 문을 연 곳이 자유아동극장이다. 궁핍한 피란살이 속에서 이룬 34평 크기 작은 극장이었다. 버려진 어린이를 위한 마음

자유아동극장으로 모여드는 어린이들

은 있었지만, 용단을 내린 이가 드물었던 때다.

선생의 뜻을 동지 양준석·정경순이 도왔다. 본디 선생은 어린이문화관을 지을 예정이었다. 그러나 힘이 부쳐 아동극장과 도서실부터 먼저 마련한 것이다. 그리하여 매일 아침 10시부터 11시까지는 주로 신문팔이 어린이를 중심으로, 한낮 4시부터 5시까지는 구두닦이·아이스케키팔이 어린이를 불러 영화와 인형극을 보여 주고자 했다. 한 번에 200명 남짓 정도만 받을 수밖에 없었지만 포부는 컸다. 개관식 때는 미공보원 원장과 자유중국 구국연합 이사장까지 참석해 성공을 빌었다. 당시 언론은 선생의 자유아동극장을 두고 "가엾은 어린 천사들의 위안장", "전재戰災 어린이의 낙원"이라 불렀다.

지역자치를 시작한 지 이십 년도 훌쩍 넘은 세월이다. 경남·부산 지역에서도 여러 예술문화 시설, 축전 행사가 잦다. 그 가운데는 선생과 같이 나라밖 중국 땅에 머물렀음에도 오히려 선생과 같은 광복군 항왜 세력을 쫓고 족치는 선전·선무 공작에 앞장섰던, 괴뢰 만주국 협화회 밀정 유치환과 같은 부왜 세력의 것도 있다. 어린이 사랑을 실천하고자 사재를 털고 빚을 얻어 겨레의 앞날을 걱정했던 먼구름 선생과 달리, 우리 어린이들이 어서 어서 굳센 "일본 병정"으로 자라 왜왕을 위해 몸을 바치라 부추겼던 이원수와 같은 반민족 세력까지 기리는 얼빠진 짓거리도 있다. 전력은 묻히고 거짓 이름만 부풀려진 결과다.

　이번 먼구름 선생 현양 계획이 그러한 예술문화 행정의 정신실조를 꾸짖고 지역 정기를 바로 세울 디딤돌이 되기 바란다. 일을 펼치는 첫 마당이다. 그러니 자유아동극장 둘레를 선생의 본디 뜻을 살려 우리나라에서 오로지하는 한국어린이청소년문화관으로 키우는 기획은 어떤가. 어린이청소년 문화의 지난날과 오늘 그리고 내일을 한 줄기로 묶은 향유 공간이 그것이다. 근대 외세의 침략과 극복, 절망과 희망의 모든 과정을 어느 곳보다 먼저 겪었던 부산항이다. 거기를 내려다보며 서 있을 우리 광복군 노병의 당당한 현양 시설은 단순한 장소 판촉 대상과는 차원을 달리한다. 계획 단계부터 원려를 다하기 바란다.

어을빈을 바로 알자

우리 근대 여명기와 성장기에 있어 서구 종교 선교문화의 영향은 컸다. 근대 의식과 제도, 양식을 깨닫고 배우는 주요 원천 가운데 하나였다. 제국주의 왜로倭虜의 식민문화·수탈문화와 달리 그것은 근대 이행의 도우미로 여겨지기도 했다. 이런 점은 겨레 단위가 아니라 지역 단위로 보더라도 마찬가지다. 특히 부산·경남은 근대 대표 관문이었다. 영연방인 미국과 영국, 호주의 선교 단체는 일찍부터 부산·경남 지역 활동에 나섰다. 각별히 교육과 의료 선교에 무게를 두었다. 우리가 팽개쳤던 한센병 환우를 위한 노력은 눈부셨다.

그들 초기 선교사 가운데 어을빈C. H. Irvin이라는 이가 있었다. 오늘날 부산 중구 역사문화 인물 가운데 한 사람으로 적고 있는 사람이다. 그는 1894년 부산에 왔던 미국 장로회 소속 선교사였다. 1903년부터는 동광동에 어을빈 병원을 세우고 의료 선교 활동을 시작했다. 그러다 '만병수'라는 약을 개발해 이름을 드날렸다. 말 그대로 만병에 듣는다고 여겨진 물약이었다. 온 나라에서 우편 주문이 끊이지 않았다. 검은 탕약을 마시던 우리로서는 서양 사람의 투명 물약이 신비롭기까지 했던 셈이다. 경쟁 상품도 늘었다. 만병수를 본따 '만병약수'라 이름 붙이

어을빈제약주식회사 광고지(1939)

거나, 어을빈과 비슷한 이름인 '어을삼'이나 '어을비'로 적은 것도 있었다. 영국인이 비슷한 제품을 만들기도 했다.

그런데 부산 지역사회에서 그를 더욱 유명하게 만든 일이 있었다. 아내와 아들을 두고서 스물여섯 살이나 어린 한국 처녀 양유식과 사랑에 빠진 것이다. 그녀는 기독교 집안의 맏이였다. 어을빈 병원 간호사로 일하다 그와 정분이 났다. 보다 못한 아내는 1911년 무렵 왜나라로 떠나버렸다. 어을빈은 그 일로 교계에서 나와 양유식과 살림을 차렸다. 그녀 동생 양성봉은 만병수 판매 운영을 책임졌다. 양유식은 시쳇말로 부산의 첫 오렌지족이었던 셈이다. 1910~1920년대 당대에 서구식 복장을 하고 서양인과 버젓이 애정 행각을 벌였으니 사람들이 얼마나 놀랐을 것인가.

이러한 어을빈을 두고 이제껏 잘못 알려진 사실이 있다. 어을빈

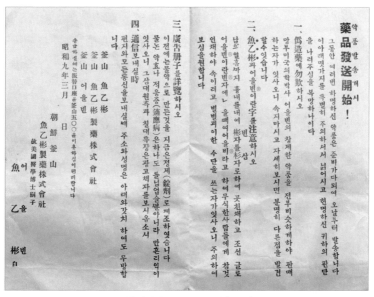

어을빈제약주식회사 광고지(1934)

은 1934년에 어을빈제약주식회사를 만들었고, 양성봉이 지배인으로 경영을 맡았다. 그러다 이듬해인 1935년에 그가 죽었다고 알고 있다. 그런데 어을빈은 1933년 2월 8일 오후 11시 30분에 자택에서 숨졌다. 1934년 이후 언론 광고에 사장 어을빈으로 거듭 나오는 이는 그의 아들이다. 아버지가 죽자 왜나라에 있던 아들이 돌아와 사업을 이어 받았다. 1934년 1월부터 물약 만병수를 정제로 만들어 주식회사 명의로 영업을 계속했다. 그런 사실을 몰랐으니 1935년까지 어을빈이 살아 있었다고 믿어 온 셈이다.

당시 광고지에 따르면 물약을 정제로 바꾸면서 세 가지 원칙을 지켰다고 한다. 종래와 같은 원료에, 종래와 같은 제조 방법에, 종래 물약과 같은 분량이 그것이다. 그에 따라 새 알약 만병수정은 일곱 가지 특징을 지니게 되었다고 자랑스럽게 말했다. 복용 간편, 약효 불변, 온수 용해, 송료 경감, 휴대 편리, 파상 무려, 영구 보관이 그것이다. 장황하지만 새로운 알약 만병수정이 기존 물약 만병수보다 훨씬 나아진 제품이라는 점을 꼼꼼하게 알렸다. 어을빈제약주식회사에서는 이 만병수정 말고도 보제약정, 어을빈 금계랍, 어을빈 고약, 어을빈 옴약까지 함께 팔았다.

어을빈제약주식회사 약광고는 1939년 12월까지 찾을 수 있다. 그때까지 영업을 계속하다 문을 닫은 것으로 보인다. 지배인 양성봉이 일을 그만 두고 반여동으로 내려갔다는 시기와 일치한다. 1937년 중국대륙침략전쟁에 이어 1941년 태평양침략전쟁을 준비하던 왜로 입장에서 적국 미국인의 성공한 사업을 그냥 두고 볼 수 없었을 것이다. 부산시에서는 어을빈에 관련한 일들을 가볍게 보지 않고 갈맷길 걷기 탐방지로 어을빈 약국터를 넣어 두었다. 그리하여 오늘날 세간에는 양유식이 폐결핵으로 죽자, 그녀가 묻힌 좌천동 공동묘지에 나날이 꽃다발을 바치며 어을빈이 비통해했다는 이야기로 즐겨 입을 모아왔다. 둘의 사랑을 핵심 흥미소로 잡은 셈이다.

이 일은 대중적 재미만을 부추긴 본말전도라 아니할 수 없다. 경남·부산 지역 근대 선교문화의 실체를 추적하고 그것이 끼친 영향을 되짚는 일과는 동떨어졌다. 지역 차원에서 근대 선교문화가 식민 제국 안의 또 다른 문화 제국이었는지, 그렇지 않으면 한국인을 위한 울타리였는지 깊이 따진 적이 없다. 당장 1920년대만 하더라도 이념 노선에 관계없이 성당과 교회, 교계 학교가 소년·청년의 겨레 항쟁과 계몽 학습에 주요 진원지이기도 했다는 사실이 금방 드러난다. 한국에서 마흔 해나 살다 묻힌 서양사람 어을빈을 향한 관심 또한 경남·부산 지역 초기 근대지라는 무거운 틀 위에서 살펴야 한다. 관련 단체, 연구자들이 분발할 일이다.

광복기 부산의 첫 문예지『문예조선』

　나라잃은시대 35년 동안 부산은 섬나라로 드나드는 가장 큰 항구였다. 게다가 왜풍 짙긴 했으나 서울·평양과 나란히 거듭 몸집을 불려 나온 곳이다. 을유광복은 그러한 부산 지역사회를 다시 바꾸어 놓는 결정적인 계기였다. 나라 바깥에서 돌아온 귀환 동포와 도회로 밀려든 시골 사람으로 북적였다. 양질에서 급격한 도시화를 겪게 된 것이다. 나라 제1항도라는 이름에 걸맞은 기틀을 모든 데서 새로 키워나가기 시작했다. 광복이 되자마자 나왔던 잡지들도 그러한 지역 형성의 새 기운을 함께했다. 그들 가운데 지역문학의 움직임을 담아낸 광복기 부산의 첫 문예지는 어떤 것일까?

　월간『문예조선』이 그 답이다. 1945년 12월 25일 인쇄에 넣어 1946년 1월 1일에 창간호가 나왔다. 광복 이듬해 새해 첫날 첫걸음을 떼겠다는 뜻을 분명히 했다. 창간사에서『문예조선』은 "노동자

『문예조선』 창간호, 1946.

농민 근로 대중의 피와 땀으로" 단결해 새 국가 건설에 앞장서고, "문화건설에 일 초석"이 되겠다는 다짐을 확실히 했다. 펴내는 이들의 의욕은 문학을 넘어서고 있었던 셈이다. 발행소는 문예조선사다. 중앙동에 터를 두었다. 편집·발행은 박능출朴能出이 맡았다. 주필은 박명실朴明實이었다. 편집 실무에는 이광우가 이름을 올렸다. 34쪽의 얇은 문예지다. 그럼에도 속살에는 광복기 지역 동향을 적지 않게 갈무리하고 있다.

이저곳 네 군데에 실린 신탁통치 반대 표어부터 이채롭다. "동포여 문예조선은 혈규한다 죽음으로서 신탁통치라는 괴물과 투쟁하자", "신탁통치라는 괴물과 민족의 생명을 바처 투쟁하자"와 같은 것이다. 당대 열띤 여론을 되비춘 바다. 겉표지는 서상수라는 이의 「무희」로 채웠다. 안표지에는 광고를 둘 실었다. "국가의 흥망성쇠는 민족의 강건에 있다"는 구호를 앞세운 '체술원體術院'의 것이 하나다. 원장은 김익상, 사범은 유도 5단 장지관이 맡았다. 고학생연맹경남지부(위원장 장희옥) 광고가 다른 하나다. 고학생연맹이 만들어졌으니 찾아오라 했다. 지역의 다채로운 동향을 점치게 하는 광고다.

본문에서는 문학 바깥 기사 비중이 높다. 기미만세의거의 경과를 밝힌 「백일하에 폭로된 만세사건의 진상」도 그 하나다. 광복을 맞아 지난날 폭발적인 민족의 기운을 새삼스럽게 되새기고자 한 글이다. 사읍思泣이라는 이가 쓴 「건국일지」도 흥미롭다. 1944년부터 글쓴이를 포함해 동지 약 20명 남짓이 당을 만들어 비밀리에 활동했다는 사실을 밝히고 있다. 목표는 한국 광복과 연합국 승리 기원이었다. 게다가 글쓴이는 이미 8월 14일 동래 일광에서 '일본 무조건항복'의 공기를 '대략' 알아채 집으로 돌아왔다. 당원들과 잠시 의견을 나눈 뒤, 저녁에 다시 만나 조직 활동을 의논하는 모습이 선명하다. 그들이 광복 뒤 자연스레 『문예조선』 관련 인사로 옮아간 것으로 보인다.

문예면에서는 이광우가 콩소설 「귀환선」을 내놓았다. 박능출은 연재소설 「부두」를 시작했다. 왜인이 쫓겨 가면서 공장을 다른 자본주에게 넘기려 했다. 그것을 보고 직원들이 '공장관리위원회'를 만들어 공장을 살리려 애썼다. 그럼에도 일이 난망에 빠져드는 모습을 그렸다. 짧게나마 광복 직후 부산의 산업계 동향을 엿보게 하는 작품인 셈이다. 시에는 춘수·오추월·김명득·차은호와 같은 시인이 작품을 실었다. 모두 뒷날에 이름을 찾을 수 없는 이다. 그밖에 읽을거리로 편집부가 기획한 부산 「홍등가 편모」가 이채롭다. "환락경은 범죄의 소굴"이라는 부제로 속살을 미리 암시하고자 했다.

송장준이 쓴 「연극계 전망」도 눈길을 끈다. 광복 직후 부산에서 하나뿐이었던 극장인 부산극장은 미군이 점령하고 있어 공연할 데가 없다는 말로 글머리를 열었다. 배우라고는 "연극 부르커들"

이 내세운 "불량청년, 극장 기생충, 카페 여급들"이다. 그들이 "민족의 예술성"을 더럽히고 동포의 주머니를 빨며, 어린애 "작난거리보다 못한 연극"을 한다는 힐난을 마구 퍼부었다. '대영악극단'과 '백락악극단'라는 해당 단체 이름까지 밝혔다. 그런 가운데 유창건이 짓고 연출한 「삼천리강산에 봄이 왔다」를 공연한 '명랑극단'은 양심적이라 추어 올렸다. 근래 처음으로 수천 사람의 눈물을 얻었다는 고평을 얻었다.

　문학 바깥까지 두루 관심을 보였던 문예지 『문예조선』은 창간호 뒤 두 차례 더 나온 것으로 보인다. 2월 2호에 이어 3월에 낸 3·4월 합호가 그것이다. 그런데 세 번째는 이름을 『문예』로 바꾸었다. 두어 달 사이에 이름을 바꾸고 월간을 지키지 못할 만큼 지역 출판계 지형이 복잡했던 셈이다. 문예조선사는 단행본 출판까지 꾀했다. 그럼에도 다른 본보기는 볼 수 없다. 광복 초기 전단을 비롯한 묵직한 인쇄물을 적지 않게 냈을 거라 짐작할 따름이다. 『문예조선』은 열망과 변혁의 광복기, 부산 지역 동향을 담아낸 중요 사료 가운데 하나다. 『문예조선』을 펴낸이들의 뜻과 바람을 잊지 말 일이다.

이주홍문학관 해체 수순

아홉 해 만에 들리는 이주홍문학관이었다. 2002년 여름, 어린이 문학 사료를 살피기 위해 온천 1동 옛 이주홍문학관에 처음 들렀다. 이름만 문학관일 뿐 소장 자료에 관한 1차 조사도 되어 있지 않았다. 경남·부산지역문학회 회원의 힘을 빌려 두 주에 걸쳐 갈무리를 했다. 그리하여 255쪽짜리 『이주홍문학관 소장도서 목록』을 만들어 문학관에 건넨 때가 2002년 10월이었다. 그 뒤 문학관이 아파트 개발로 밀려나게 되자 2004년 현재 자리로 옮겨 새로 개관을 보게 되었다.

자료 목록 작업을 맡았던 인연으로 새 문학관 전시 공간 설치를 향파댁 박무연 여사가 부탁해 왔다. 제자 한 사람을 두 달간 출퇴근시키며 전시 계획과 배치를 마치고 재개관을 도왔다. 그런 뒤 문학관과는 직접 관계를 맺을 일이 없었다. 그사이 두 해를 넘기지도 않았는데 초기 전시 배치가 마구잡이 헝클어져 버렸다는 소식이 들려왔다. 그렇지 않아도 개관 무렵부터 자료 훼손, 망실이 있었던 터에 재개관 뒤에도 자료가 지닌 무거움을 모르는 얼치기 짓거리가 저질러진 것이다.

전화를 받고 문학관을 찾은 때가 지난 7월 8일이었다. 흔하디흔한 감시카메라 하나 없는 보안 사정에서부터 시작하여 지나간 일들을 되새긴 하소연을 들을 수 있었다. 사무장 급여도 향파댁 부담이었다. 한때 이주홍문학재단 이사장을 자처한 이가 만든 후원금 제도로 들어오는 돈은 달에 35만원이었다. 그것도 10만원을 내는 두 독지가를 빼면 후원이라 말하기 민망했다. 금정구청에서 한 해 2000만원, 부산시에서 3000만원의 지원을 받고 있으나, 도서비나 행사비 용도였다. 모든 경상비는 향파댁 개인 부담이었다.

하소연 요지는 간명했다. 마을도서관으로 만들면 운영이 나아지리라는 꼬드김과 욕심에 주차장 부지까지 샀으나 계획이 수포로 돌아가 버렸다. 그로 말미암은 빚만 7억여 원을 안았다. 어렵사리 변통 방법을 찾아 이리저리 갚은 결과 이제야 1억 원만 남기는 정도에 이르렀다. 그런데 도서관 계획 실패의 후유증에서 거의 빠져 나왔다 하더라도 근본 문제는 한결같이 남아 있었다. 향파댁도 나이 여든을 넘겼다. 처음부터 이주홍문학관은 유족이 관리, 운영하기 어려운 수준 시설이었다.

향파댁은 더 버티기 힘들다는 뜻을 분명히 했다. 문학관과 자택 그리고 주차장까지 합하면 390평 남짓이다. 그들을 부동산 시장에 내고 소장 자료는 알맞은 곳에 넘기겠다는 생각이었다. 자료를 넘길 만한 곳을 알아봐 달라는 부탁을 위해 굳이 나를 부른 것이다. 향파가 일했던 부경대학교에서 인수를 내비친 적이 있다고도 했다. 전국 규모 소장 자료를 특정 대학이 맡을 까닭은 없다. 지속적인 공개와 나라 단위 활용과는 거리가 먼 소극적인 단견일 따름이었다.

이주홍문학관은 개인 문학관으로서는 우리나라에서 가장 많은 소장 자료를 지닌 곳이다. 문화재청에서는 2011년 2월 근대 문학 출판물 가운데서 김소월 시집 『진달래꽃』을 처음으로 문화재로 지정했다. 이런 흐름에 따른다면 앞으로 문화재로 지정할 만한 것을 10종 넘게 지니고 있는 곳이 이주홍문학관이다. 무엇이든 이루기가 힘들지 허무는 일은 쉽다. 소장 자료는 서울 국립어린이청소년도서관에 맡기면 간단하게 매듭지을 수 있다.

우리나라에서는 유일한 국립어린이청소년도서관에는 개인문고로 윤석중·강소천·마해송·박홍근의 것이 이미 마련되어 있다. 게다가 그곳은 자료를 손쉽게 볼 수 있도록 영인하여 활용도를 극대화시켜 놓았다. 남은 향파의 일상 유품은 합천 이주홍어린이문학관으로 보내면 될 일이다. 문학상 운영이나 문학축전과 같은, 이주홍문학재단이 서른 해 넘게 해 오고 있는 현양 사업은 굳이 문학관 시설이 없어도 가능하다. 게다가 그런 일에는 유족이 끼일 필요조차 없다.

이주홍문학관이 지닌 문제 해결은 어렵지 않다. 그럼에도 혹 이주홍문학관과 소장 자료를 지역에서 지키고 활용해야 한다는 생각을 지닌 이들이 있을 수 있다. 그렇다면 다른 해결 방법이 없는 것도 아니다. 가장 바람직하기로는 이주홍문학관을 공공시설로 바꾸는 길이다. 현재 문학관 부지는 시가로 20여 억 원 정도 되리라 한다. 부산시에서 사서 이주홍문학관과 부산어린이청소년도서관을 하나로 묶은 복합 문화공간으로 키우는 방법이 그것이다.

그 일 또한 쉬울 리 없다. 의결, 집행에는 많은 시일이 걸린다. 게다가 앞으로는 절차와 법리를 내세우지만 뒤로는 단기적인 정치적 이해득실로 일이 이루어지기도 하는 행태니 더 어려울 것이 뻔하다. 시장과 같은 이가 결단을 내린다 해도 세월이 필요하리라. 그러니 하는 수 없다. 남은 길은 유족 뜻에 따른 폐관뿐이다. 당장 가을부터 부동산 시장에 문학관을 내고 자료 기증은 끝낼 수 있다. 국립어린이청소년도서관의 문고 설치에는 여섯 달 남짓 걸린다는 답변까지 받아둔 상태다.

『주간국제』와 황순원의 콩소설

한가위 귀성 인파로 번잡을 더해 가던 지난 9월 5일이었다. 한
낮 늦은 시각, 언론사 기사 하나가 급히 떠올랐다. 「소설가 고 황
순원 씨 부인 양정길 여사 별세」가 그것이다. 향년 아흔아홉 살.
이승에서 수를 누린 셈이라 할까. 소설가 황순원의 아내이자 시인
황동규 어머니시니, 시대를 대표하는 두 문인을 한 몸에 품고 길
러낸 분이다. 이해타산, 재물과는 거리를 둔 두 사람 아닌가. 아내
로서나 어머니로서나 여사의 삶은 어렵고 고단했을 것이다. 그래
도 오래도록 황동규 시인과 한 아파트 위아래서 오순도순 머물렀
다. 아들 내외의 효성이 늘그막까지 위안이 되었으리라.

작가 황순원은 1950년 전쟁기 세 해 동안 부산·대구에서 피란
살이를 했다. 유명 소설가였지만 늘 곤궁했다. 이를 눈치 챈 황동
규 시인이 어린 중학생 몸으로 신문팔이에 나섰다. 대구서 있었던

일이다. 황순원은 갈 곳이 없어 주로 다방에서 해를 보내곤 했다. 그러다 매일같이 신문 장수들이 거리로 나설 때쯤이면 몸을 감추었다. 아버지로서 몰래 신문팔이를 하고 있는 아들과 차마 맞닥뜨릴 수 없었던 까닭이다. 그나마 계속하는 일을 더 볼 수 없었다. 황동규 시인에게 금족령을 내렸다. 당시 문단 편모의 하나로 잡지에 소개된 애틋한 일화다. 황순원 일가가 겪었을 피란의 어려움이 뚝뚝 묻어난다.

황 시인은 어머니를 회고하면서 "아주 열심히 사셨다", "대를 이어 문학하는" 둘을 "보살피고 키우느라 힘드셨다"고 말했다 한다. 힘드셨다는 말마디에는 표현하지 못한 굽이굽이 간난이 스며 있을 것이다. 그런데 전쟁기 『주간국제』에 황순원은 콩소설(꽁트)을 한 편 실었다. 『주간국제』 6호에 올린 「무서운 웃음」이 그것이

『주간국제』 제6호, 국제신보사, 1952.

다. 아직까지 미발굴로 남아 있는 작품이다. 국제신문사는 창간 이후 『주간국제』를 두 차례 냈다. 1978년부터 1980년까지 117호에 이른 대중오락지 『주간국제』가 하나다. 1970년대 후반 굳어진 국가 사회 분위기 아래서 흥미·오락을 빌려 연성의 대중 취향 영역을 넓혀 나갔던 매체다. 많이 팔렸을 땐 36만부에 이르렀으니 호응이 컸다.

다른 하나는 부산이 임시수도를 맡고 있었던 전쟁기 때 냈다. 1952년 1월부터 이듬해 1월까지 18호까지 이어진 시사주간지 『주간국제』가 그것이다. 부산을 텃밭으로 삼고 있었던 국제신문이 전국 최대 부수를 자랑할 무렵이다. 인기 작가 황순원은 『주간국제』에도 빠지지 않고 작품을 올렸던 셈이다. 「무서운 웃음」은 초등학교 시절 마을의 민턱영감이라 불리는 이와 얽힌 일을 다룬 작품이다. 민턱영감은 수염뿐 아니라 터럭도 나지 않았다는 사람. 매사냥을 즐겼다. 여자를 몇이나 갈았으나 자식을 보지는 못했다. 소년인 나는 영감네 집을 지나치다 그가 안뜰을 들여다보고 있는 것을 우연히 발견했다. 호기심에 끌려 다가가니 홰에 앉아 졸고 있는 매를 노리고 고양이 한 마리가 살금 기어오르고 있었다.

민턱영감은 그 광경을 조심스레 지키고 있었다. 소년에게도 가만히 물러나 있으라 손짓을 했다. 드디어 고양이와 매 사이 싸움이 벌어졌다. 그런데 몇 차례 뒹구는가 싶더니 싸움은 이내 끝났다. 달려드는 고양이 눈깔을 매가 잽싸게 파버린 것이다. 붉게 물든 고양이가 달아나는 모습을 본 뒤에야 민턱영감은 수염 없는 얼굴에 만족스런 웃음을 띠고 집안으로 들어갔다. 소년은 생각했다, 민턱영감에게 자식이 없는 것은 무서운 웃음을 웃는 탓이라고. 어린 시절에 자주 겪었음 직한 무서움이라는 직접 경험을 담아낸 작품이다. 민턱영감과 그가 기르던 매에 대한 강렬한 인상이 잘 옹글었다. 황순원은 원고를 『주간국제』에 넘기기 위해 남포동 사옥에 손수 들렀을까? 원고료는 얼마나 받았던 것인가?

나는 지난해 작가 황순원이 누워 있는 경기도 양평군 황순원문학촌을 처음으로 찾았다. 잠시 학계 시빗거리로 불거진 「소나기」의 원전을 확정하고 변개 과정을 밝히기 위한 심포지엄 발표 걸음이었다. 북한강과 남한강이 한 줄기 한강으로 어울러 내리는 두물머리, 양평 전철역에 내린 때는 비 듣는 구월 아침이었다. 택시로 15분 남짓이었던가. 그곳에 황순원문학촌이 열려 있었다. 광복 뒤 내려온 북녘 작가가 한둘 아니건만 오늘날 유일하게 세워진 월남 작가를 위한 현양 공간이다. 「소나기」의 주인공 소녀가 양평읍으로 이사를 갈 것이라 했던 한 마디를 터무니로 삼아 문학촌을 세우고 작가의 묘소까지 마련한 혜안이 돋보이는 곳이다.

황순원은 2000년에 영면했다. 양정길 여사를 곁에 모셨다고 한다. 열네 해 만에 다시 만난 내외다. 초가을 볕살을 즐기면서 1950년대 피란길 부산·대구 시절 이야기도 길어지리라. 그러다 거슬러 올라가 「무서운 웃음」의 배경 장소인 평안도 대동군 고향 마을에도 오가실 게다. 이승의 볕살 넉넉히 받으며 편안한 저승살이가 되길 빌어 드린다.

경남·부산 지역과 한글 사랑 전통

　전화를 끊고 나니 아쉽다. 얼굴을 맞대지 않고 속내를 다 보일 수는 없는 노릇이다. 동래고교 교사였던 외솔 최현배를 중심으로 삼은 기념물을 부산에 마련했으면 하는 뜻이다. 그 일에 글로 거들어 주기 바랐다. 나 같은 사람에게까지 청을 넣어 준 점은 고맙지만 간곡하게 거절할 수밖에 없었다. 글 청탁을 잘 물리치지 못하는 나로서도 예외다. 그런데 내 생각은 다른 데 있는 게 아니다. 평소 국어학계 인사들이 지역 한글 사랑에 관한 전통 찾기나 그에 대한 연구가 소극적인 데 불만을 느꼈던 터다. 게다가 경남·부산이 지닌 한글 사랑 전통을 외솔 한 사람의 공으로 몰아가려는 듯한 분위기는 더 마뜩잖았다.

　최현배 고향 울산에 세운 기념관은 그렇다 치자. 그럼에도 그 이름이 경남·부산이 지닌 오래고도 두터운 한글 사랑의 전통을

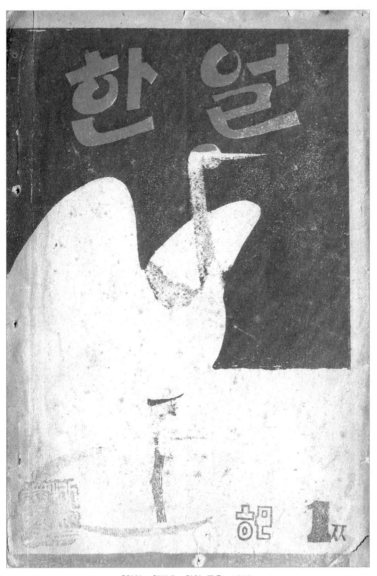

『한얼』 창간호, 한얼 묻음, 1946.

쓸어 담는 못이 될 수는 없다. 그의 학문적·대중적 명성은 나라잃은시대 연희전문 교수에서부터 시작해 광복기 미 군정청 문교부 편수국장으로서 누렸던, 국가 제도의 위세 중앙으로서 지닌 상징 권력이 큰 몫을 했다. 게다가 학연·지연이 거듭 거들었다. '조선어 학회'를 실질에서 이끌고 개인적인 고난을 마다하지 않았던 이는 그가 아니다. 의령의 실천 지식인 고루 이극로였다. 마침내 제도권에 발붙이지 못한 채 월북 국어학자로 내몰려 버린 이다. 그를 지운 채 최현배를 다룰 수는 없다.

게다가 고루 둘레에는 나라 바깥에서 고심했던 기장 김두봉이나 홍원 교도소에서 원사한 김해 이윤재까지 든든하다. 그렇게 보면 울산을 포함한 경남·부산은 근대 시기 어느 곳보다 빛나는 한글학자를 꾸준히 배출했고 그 영향 안에 있었다. 광복을 맞자 한글 맞춤법과 문법 학습은 온 나라에서 중요 과제로 떠올랐다. 그것을 지역 차원에서 가장 적극적으로 이끌었던 대표적인 곳이 경남·부산이다. 앞선 그들의 본과 가르침 덕분이었다. 도청 소재지 부산은 그 중심지였다. 한글 배움 모임과 강습회가 지식 청년에서부터 학교 교사, 시민 모임 수준에 이르기까지 거듭되었다. 그에 맞추어 교재도 몇 차례 찍었다.

산청 출신 유열이 부산수산전문학교에 적을 두고 일을 앞서서 이끌었다. 초량에다 야간 중학교 과정 배달학원을 차렸다. 부산의 초등, 중등학교 한글 교사들이 거기에 힘을 보탰다. '한얼 몰음'까지 만들었다. 한글을 닦고 갈아 넓히며 역사를 캐고 가다듬을 뿐 아니라, 다른 나라의 좋은 문화를 배워 우리 문화를 높이는 일에 이바지하기 위한 일을 목표로 삼은 모임이었다. 뒤에 영남국어학회로 발전했던 '한얼 몬음' 활동에 김천 정렬모와 이극로까지 부산 걸음을 마다하지 않았다. 부산의 첫 청소년 매체인 순간 『학생동무』에다 기관지 『한얼』이 경남·부산 한글 사랑의 빛나는 유산으로 남게 된 까닭이 그로 말미암는다.

한글촉진회 경남지부도 한글 사랑에 애썼다. 제헌 국회의원인 의령 안준상이 지부장을 맡았던 모임이다. 울산의 청년 시인 박종우도 이른바 학병에서 돌아와 힘을 실었다. 유열의 제자 장삼식에다 박지홍·정용수·김갑수와 같은 이가 나란히 팔을 걷어붙였던 시기다. 그러나 그들이 애써 만들었던 한글 배움 관련 교재나 잡지들은 아직까지 일반은 물론, 학계에서조차 전모를 알린 적이 없

박종우 엮음, 『한글의 문법과 실제』, 중성사, 1946.

1948년 진해중학교 교사 김문달이 낸 『한글 바로 쓰는 길』. 총판은 마산 무학서포에서, 인쇄는 부산에서 했다.

다. 『학생동무』·『한얼』은 물론이고, 『한글나라』·『한글 속성』·『한
글의 문법과 실제』·『용비어천가』. 이름만 들어도 가슴을 울리는
부산의 근대 출판 문화재가 아닌가. 그 실재조차 이제는 몇 사람
의 귀동냥으로만 남은 것들이다.

한글이고 한글문학이고, 기념관 세우고 빗돌 올리는 일로 개인
의 박제화, 신화화에는 성공했다 할 수 있다. 그러나 사실 구명이
나 바른 현양과는 어긋난 일처리이기 쉽다. 종교에서 말하는 신앙
선조와 마찬가지로 지역에도 한글 사랑을 실천한 선조가 있기 마
련이다. 그들의 전통을 되살리고 족적을 되짚는 일이 가장 바쁠
수 있다. 나라잃은시대 경남·부산의 한글 사랑 선조들은 한결같
이 자신의 일을 민족 항쟁으로 생각했다. 나라와 겨레의 흥망성쇠

우정구·유인권 엮음, 『한글 속성』, 한글문화보　　나진석, 『우리말 쓰기본』, 정문사, 1949.
급회경남지부, 1949.

가 말글의 흥망성쇠에 있다고 본 언어민족주의자였다. 그들을 단순 국어학자로만 다루다가는 나무를 보고 숲을 보지 못하는 잘못을 저지르기 쉽다.

오늘날 세계화 물길은 한글을 가장자리로 더욱 밀어낸다. 한글 순화의 깃발도 내린 지 오래다. 이럴 때일수록 멀리 보고 마땅한 길을 고심해야 하리라. 모든 일에는 선후완급이 있다. 게다가 남의 돈과 힘을 빌려 할 수 있을 일에만 눈을 둔다면 제대로 해내기란 처음부터 틀렸다. 내 손해 보지 않고 얻을 값어치란 보잘것없는 경우가 태반인 까닭이다. 그러니 바깥보다 안으로 눈을 돌리고, 쉬운 일보다 남들 손 놓는 일에 뜻을 둘 일이다. 경남·부산에서 이름 없이 묻힌 한글 사랑 선조의 우뚝한 전통을 제대로 되살리고 쓰다듬으며 그것을 뒤 세대의 마음에 아로새길 일에 힘껏 나설 주체는 누구더란 말인가.

시간의 독배를 깨뜨리며

그가 먼 전화기 끝에서 어깨를 쳤다. 세월호 참사로 두 철을 미루었던 늦은 답사 길, 학생들과 진주성을 거닐고 있을 때다. 이십 년에 가까운 옛날에 듣던 목소리였다. 인천 아들네 집에 얹혀 산 지가 해를 넘겼다고 했다. 손자를 보며 지내는 여느 할아버지와 다르지 않은 삶이리라. 그는 일찍이 대구 헌책방 나들이 길에서 맞닥뜨려 알게 된 이다. 별다른 일자리가 없이 대구에서 쓸 만한 옛책을 사서 부산에서 넘기곤 하는 듯싶었다. 헌책방 귀동냥으로 드문드문 만나곤 하던 그가 어느 날 반여동 자신의 집에 있는 책을 처분해 달라며 부탁을 했다. 책 몇 묶음은 내가 챙기고, 나머지는 아는 헌책방에 소개해 준 게 그와 만난 마지막이었다. 그런 그가 문득 기억 먼 바깥에서 전화를 걸어온 것이다.

어떻게 내 시집 출판 소식을 들었다며 그는 반가워했다. 나는 보내주마고 약속을 했다. 그런 다음 내친 김에 그에게 자술 이력서를 부탁했다. 뒷날 쓸 일이 있을 것 같던 까닭이다. 사실 그는 1960년대 서울 모 신문사 신춘문예에 시조가 당선되어 문학 활동을 했던 이다. 부산문인협회 회원이 50명을 넘지 않았던 무렵이다. 시조 시인이래야 고두동·서정봉·장응두·김민부가 이름을 올리고 있었다. 나라잃은시대에 문학을 시작했던 구세대가 중심이었다. 그런 속에서 김민부와 함께 드문 신진세대였던 그다. 그럼에도 1970년대 초반까지 작품을 선보이다 그는 사라졌다. 그와 교유를 나누고 있을 때 나는 그가 시인이라는 사실을 아는 체 하지 않았다. 먼 문학 선배에 대한 나름의 예를 그렇게 갖춘 셈이다.

해끝에 기다리던 그의 편지가 왔다. 자신의 처지를 "망팔십 병후 회복기"라 썼다. 1937년생이니 올해 78살이다. 무슨 몹쓸 병을 앓았던 것인가. 자신의 문학에 관해서는 "긴 긴 자득의 시단 실종"이라 적었다. 스스로 문학사회에서 잊혔음을 그렇게 고백하고 있었다. 그는 문단에 나선 뒤 지역 방송국에서 구성작가로 여러 해 일했다. 거기를 나온 다음부터 문학 활동도 접었다. 그리고 여러 일자리를 거쳤다. 상점 간판이나 문을 꾸미는 상업미술에다 철학관 운영, 종내에는 작은 골동가게까지 숨차게 쫓았다. 그의 표현대로 '십전십패'의 삶이었다. 어둡고 긴 장년의 골짜기를 거치면서 그나마 헌책만은 놓지 않았던 그다. 아마 옛날 초량 서당 터에서 자란 덕에, 서당집 할매의 손자로 불리다 익은 자연스러움이었는지 모른다.

그런데 내가 각별히 당부했던 일에 대해서 그는 다른 말을 붙이지 않았다. 그동안 발표는 하지 않았지만 가끔 작품을 썼을 수도 있다. 혹 뜻이 있다면 그것을 묶어 내게 보내 달라 한 것이다. 출판을 도울 수 있겠다 싶었던 까닭이다. 어쩌면 그 일이 그가 한때 부산 지역 시조 시인이었다는 사실을 아는, 손에 꼽힐 만한 사람임에 틀림없을 내가 그와 얽힌 연을 나름대로 푸는 바람직한 길이라 여겼던 바다. 문학사회에서 모습을 감춘 마흔 해, 시를 쓰지 못할 까닭만 무성했을 길을 흘러 왔다 하더라도 마흔 해는 참으로 길고 길다. 어쩌면 아들조차 아버지가 시인이었다는 사실을 모르는 세월을 살았을 그다. 시인으로서 창작에 대한 허기가 그에게 정녕 없었던 것일까. 희미한 친교의 끈을 놓지 않고 그가 먼 내게 전화를 준 일은 아직까지 문학을 향한 뜨거움이 남았다는 증표가 아닌가.

한 치 앞을 알 수 없는 사람살이다. 뜻대로 이룰 수 있을 일 또한 많지 않다. 그럼에도 달라지지 않는 참은 하나. 삶은 쌓는 일이며, 그것도 꾸준히 쌓는 일이라는 사실이다. 이르고 못 이르고는 다음 문제다. 최선을 다해야 한다. 아니 최선으로는 모자란다. 아예 경계를 넘어서야 한다. 예상과 기대를 벗어나야 작은 목표라도 제대로 이를 수 있다. 사실 우리 둘레에는 숱한 시간 도적이 산다. 선량한 사람을 마냥 기다리게 하고, 양식에 따라 살고자 하는 예사 사람을 애태우게 한다. 남들에게 고통의 시간을 겪게 하고 그것을 훔쳐 자신의 권력과 돈, 이름을 늘이고 불리는 이들이다. 하지만 누구보다 분명한 도적은 바로 자기 자신 아닌가. 자신의 시간을 허비하며 사는 본인이다. 자기 바깥으로만 떠밀려 도는 삶.

그러고 보니 그는 둘레 곳곳에 있다. 우리 아버지며 할아버지다. 다름 아닌 나 자신이다. 우리의 자화상인 그다. 시인이고자 했던 젊은 시절의 끈을 놓지 않았더라면, 한 해 한 편씩만 썼더라도 시집 분량은 마련할 수 있었을 세월을 그는 떠내려 왔다. 그에게 남은 삶은 앞으로 몇 해에 그칠지 모른다. 가라앉는 파도에 파도가 겹치는 짧은 시간이다. 그럼에도 열중하는 이에게는 놀라운 변화를 불러올 수도 있을 기회다. 어차피 참된 혁명은 내 안쪽의 일. 내 버릇과 내 생각머리를 넘어서는 일이다. 새해에는 그의 시 묶음을 볼 수 있을까. 작품을 위해 날밤을 새웠을 그 옛날 열정의 십분의 일만이라도 그가 되살 수 있을까. 그나 나나 허망한 시간의 독배를 깨뜨리기 위해 새해에는 얼마나 독해질 수 있을 것인가. 그 시인 이름은 김태희다.

『별나라』 동래지사와 박문하

우하 박문하(1918~1975)는 굽이 많은 삶을 살다 간 수필가다. 경술국치를 겪은 뒤, 비통을 참지 못하다 마침내 자결에 이르렀던 아버지를 둔 유복자인 그다. 아버지의 의기를 이어 받은 형 문희, 문호에다 누나 박차정 열사를 모두 광복 항쟁과 역사의 격랑 속에 떠내려 보낸 집안 막내였다. 그 또한 가난과 핍박을 버릇처럼 견디며 자랐다. 누나가 쓴 유일한 자전 소설 「철야」에서 박문하는 열사에게 밥을 달라 울며 조르다 혼이 나 잠드는 모습으로 그려져 있다.

누나는 왜경의 고문으로 만신창이가 된 몸을 끌고 1930년 문희 오라버니가 있는 중국으로 건너갔다. 동래에 남은 어린 그가 한 일은 『별나라』 동래지사 운영이었다. 주소는 동래 칠산동 319-1 번지. 오늘날 박차정 열사 생가로 복원이 이루어진 곳이다. 『별나라』는 나라잃은시대 대표적인 어린이 잡지였다. 1926년 6월부터 1935년 2월까지 나왔다. 한때 구독자가 만 천을 넘었던 영향력 큰 매체였다. 여러 차례 정간, 압수, 발매 금지를 겪었다. 발간 십 년에 여든 권 밖에 내지 못한 사실이 그 점을 잘 말해 준다.

그런데 그러한 『별나라』의 수난은 고스란히 1920~1930년대 경남·부산 지역 어린이문학인이 겪었던 것이기도 하다. 이름이 알려진 이주홍·권환·서덕출·신고송은 물론, 세상이 잘 모르는 엄흥섭·이성홍·김병호·이구월·양우정·손풍산·강로향·정상규·남대우·김형두에 이르는 이들. 그들의 주요 무대가 『별나라』였고, 『별나라』 중심 글쓴이 또한 그들이었다. 그리고 그 맨 뒷자리에 박문하가 놓인다. 폐간을 앞둔 1933년과 1934년 두 해에 걸쳐 『별나라』 지사장을 맡은 것이다.

『별나라』 4호, 별나라사, 1926. 9. 1.

게다가 그는 자신이 쓴 첫 작품인 어린이시 「우리들의 새끼기차」를 1934년 4월호에 실었다. 새끼기차란 시골 아이들이 새끼줄을 길게 두르고 기차 흉내를 내면서 타고 노는 놀이다. 거기서 박문하는 지게꾼 동무들에게 모두 모여 그 기차를 탄 채 섬나라 대판으로 가자고 했다. 그러면서 그곳을 "한 조각의 삯돈에/팔린 놈 되어/왼종일을 소와 같이/일하고 있는/우리들의 형님들/있는 곳"이라 썼다. 다른 나라에서 경제적으로, 민족적으로 극악한 차별 아래 일하고 있었던 겨레에 대한 열일곱 살 박문하의 당찬 마음자리가 담긴 작품이다. 형과 누나의 영향을 받은 그의 현실 이해가 오롯하다.

1934년, 박문하는 핍박과 감시를 견딜 수 없어 문호 형과 함께 맏형, 누나가 있는 상해로 건너갔다. 거기서 왜경에 체포되어 문호 형은 옥사하고, 그는 두 해 남짓 고초를 겪었다. 기댈 곳 없었던 박문하는 운문사로 들어가 승복을 입기도 했다. 그러다 생계를 좇아 의원 조수로 일하기 시작했다. 첫사랑과 같았던 문학을 묻은 것이다. 그런데 그가 『별나라』 동래지사를 꾸렸다는 사실이 갖는 뜻은 예사롭지 않다. 왜냐하면 그 무렵 『별나라』 지사는 해당 지역 청소년, 청년 조직 활동의 합법적/비합법적 활동 장소였기 때문이다.

『별나라』 동래지사 또한 동래 지역 청소년, 청년 조직과 그 활동가의 항거와 고통을 속살로 담고 있음에 틀림없다. 그 안에는 누나가 쓴 『철야』의 정신이 녹아 있고, 동래경찰서 유치장을 집처럼 드나들었던 형의 뒷모습이 녹아 있다. 동맹 휴교를 의논하고 결행하며 지역 항쟁의 불씨를 지켰던 동래고보 학생들의 은밀한 하부 독서회 조직 활동을 껴안고 있다. 부산포와는 다른 1920~1930년대 동래 지역 청소년, 청년이 겪은 집단적 고통과 잠행의 정신을 박문하의 『별나라』 동래지사는 표상하고 있는 셈이다.

게다가 그것은 박문하에 앞섰던 경남·부산 어린이문학인의 활동과 매체 투쟁의 마지막 매듭이라는 뜻까지 지닌다. 나라잃은시대 우리 어린이·청소년 문학사에서 경남·부산은 현실주의 어린이문학을 내걸었던 대표 지역이다. 그로 말미암아 여느 곳과 달리 많은 개인적 위해와 고초를 겪었다. 경남·부산 지역 어린이문학인이 지닌 위상과 비중이 유달랐던 『별나라』다. 그들이 겪은 고난스러웠던 걸음길을 거꾸로 찾아 들어서는 든든한 실마리가 박문하의 『별나라』 동래지사일 수 있다.

사소한 기록이고 작은 사실인 듯 보이지만 살피기에 따라 큰 진실과 무거운 뜻을 담은 경우가 적지 않다. 『별나라』 동래지사가 좋은 본보기다. 안동 이육사 형제가 떨쳤던 의로운 내력에 버금가는 자리에 동래 박문하 형제의 것이 있다. 두 집안 모두 의열단 항쟁으로 가족을 잃었고, 북으로 올라간 형제를 둔 공통점이 있다.

박문하가 지사를 맡았던 『별나라』를 오늘날 나라 안에서 가장 많이 간수하고 있는 곳은 흥미롭게도 이주홍문학관이다. 빠진 데가 있어 아쉽지만, 모두 갖추었더라면 근대 출판문화재로 오롯이 지정되었을 잡지다. 박문하가 일했던 민중의원과 이주홍문학관의 직선거리는 1킬로미터쯤 될까. 이주홍과 박문하 둘은 이승에서 친교가 두터웠다. 아마 저승에서도 같으리라.

골방 인문학

똥과 오줌은 다르다. 똥길과 오줌길도 다르다. 똥오줌 뒤섞인 꼴이 설사다. 무슨 문제가 있을 때 몸은 설사로 그것을 일깨워 준다. 이상 신호다. 고치기 위해선 원인을 알아내고 길을 찾아야 한다. 인문학은 여러 공부 가운데서도 세상 살아가는 일에 무엇이 똥인지 오줌인지 설사인지 깨닫게 해 주는 일이다. 똥길과 오줌길을 갈라 보는 눈을 갖추게 한다. 그에 따라 설사를 고칠 길을 공구하는 게 인문학이다. 똥오줌 가릴 줄 모르는 이를 뭣도 모르는 사람이라 일컫는다. 얼치기나 젖먹이다.

우리 사회에 인문학 위기론이 불거진 때는 어제오늘이 아니다. 스무 해에 가까운 1990년대 중반부터 있었다. 대학 인문학 전공에서부터 시작해 지금은 인문사회과학 모두에 걸쳐 울림이 커졌다. 이제 나라 단위를 비롯해 시군, 하다못해 지역 사회 단체까지 나서 시민 인문학이니, 거리 인문학이니 강좌를 마련하고 사람을 끌어 모은다. 대중화에서 나아가 인문학 담론 과잉이라 할 모습이다. 학계의 볼멘소리에 나라의 단기책이 맞장구쳐 사회적 멍석을 제대로 깔아 준 덕분이다.

그런데 인문학 위기론의 눈은 인문학 자체로 향한 게 아니었다. 인문학자의 위기가 중심이었다. 똥오줌이 어떤 건지 모른 채, 종이 위 먹물 같은 글발을 날리고 있는 제도권 인문학자에 대한 경고였다. 더 큰 문제는 그것이 우리 근대 학문 생태계 모두의 위기를 암시한다는 사실이다. 겉꼴만 다를 따름이다. 오랜 양적 팽창에 따른 대학 구조에서부터 학문 공동체의 엄밀성과 전문성이 느슨해진 결과다. 대학 졸업자의 취업률로만 따지면 인문학이나 자연과학이나 오십보백보 아닌가.

인문학 소양이 모자라 부패, 불공정, 파렴치, 무책임이 예사롭게 된 것인가. 다른 나라에 역사를 빼앗기고 업신여김을 당하는 것인가. 시민 인문학이라 말하지만 부드러운 식빵을 씹는 듯한 한 끼를 바랐던 것은 아닌가. 알아도 몰라도 그만인 지식을 후식처럼 고르고 있을 만큼 삶은 느슨한 게 아니다. 치명적인 문젯거리다. 울음의 인문학, 차마 받아들이기 힘든 불편한 인문학, 진실의 인문학을 대중은 견디지 못한다. 알맞게 간 친 인문학은 순기능이 있음에도 하책에 놓이는 까닭이다.

인문학은 처음부터 꾸준하고 치열한 골방의 것이었다. 사전에 이르기를 골방이란 큰방 뒤에 딸린 작은방이나 구석 방, 또는 죽다의 속된 표현이라 했다. 앞선 정의에서 골방이 지닌 공간적 예외를 알 수 있다. 사람들이 잘 드나들지 않으려는 곳, 세상과 따로 떨어져 오로지할 수 있을 자리라는 뜻이 그것이다. 뒤선 정의에서 시간적 몰입을 읽을 수 있다. 그 일 말고는 다 잊어버릴 정도의 집중을 뜻한다. 그렇다. 우리 인문학에서 시급한 것은 새삼스레 골방 의식을 되살리는 일이다.

학문적 엄밀성과 전문성은 기존 지식과 통념에 물음표를 치거나, 새 것을 더하고 파드는 일에 깃든다. 혁신과 창조가 핵심이다. 숱한 자료가 놓인 도서관도 드나들지 않으면 골방일 따름이다. 정치꾼이나 모리꾼에게 골방은 끼리끼리 모여 이익을 꾀하는 곳이기 쉽다. 그러나 인문학자에게 골방은 세상으로 나가는 문지방이다. 닫고 들어앉는 순간 거꾸로 눈과 마음은 열린다. 더 깊고 무거운 것은 골방에서 비롯한다. 거리와 다중의 화려한 폭죽 속에는 스쳐가는 자위만 무성할 따름이다.

골방 인문학을 위해 급한 일은 둘이다. 첫째, 제도권 학문의 담을 허물고 연구 주체를 넓혀야 한다. 학문 공동체의 패거리주의는 대를 물린다. 달라질 가능성이 없다. 입으로만 평생 교육, 백세 인생 떠들 때가 아니다. 그 일에 가장 많이 골몰한 이가 전문가다. 시민 스스로 수동적 소비자에서 적극적 전문가로 나설 일이다. 우리 지성사의 중요 저술인 임종국의 부왜문학론은 제도권에서 나온 게 아니다. 똥오줌 가리며 사람답게 살고자 하는 공부에 학자와 일반인의 나눔이 무엇이랴.

둘째, 꾸준한 공부를 위한 제도 개혁이다. 독일과 같이 연구를 사회 노동으로 보고 나라가 떠맡을 일이다. 왜 가장 아름답고 부드러운 ㄹ, ㄴ 같은 닿소리를 낱말 첫머리에서 죽이고 살아야 하는지 헤아리는 국어학자는 없었다. 왜 이른바 고종高宗이라 일컫는 비애왕悲哀王이 '이태왕지구李太王之柩'라는 왜왕 신하 이름의 명정을 덮고 묻혔는지 일깨워 준 역사학자는 본 적이 없다. 이른바 조선 총독부에서는 왜 퇴계를 유달리 추켜세웠던가를 파헤친 철학자도 듣지 못했다. 강단 인문학의 정신실조를 넘어뜨릴 대침이 골방 인문학에 있다.

인문학은 넓고 할 일은 많다. 인문학자여, 골방에서 골로 갈 듯 집중하자. 좋은 낯빛이나 나누는 친교 인문학으로 쏘다니다 말 일이 아니다. 인문학자가 거리로 나설 때는 혁명을 위한 경우다. 혀 깨물 각오를 한 뒤의 걸음길이다. 인문학으로 행복을 누리고 싶은 이여, 인문학을 꿈꾸는 젊은이여, 용기를 내자. 그대를 기다리는 골방은 곳곳에 널렸다. 잘 익은 똥오줌 두엄처럼 당장 사회를 이롭게 하면서 살지는 못할지언정, 딸아들을 다시 오랑캐 노예로 살게 할 순 없지 않은가.

유치환의 부왜시 「수」와 조상지 장군

　최 형. 답신을 드린 지 세 주가 지났습니다. 한 젊은 연구자가
쓴 글을 읽고 보내 주신 노기 띤 전자편지였습니다. 유치환 문학
을 두고 "전향적이고 근본적인 비판"을 한 저의 『유치환과 이원수
의 부왜문학』을 제대로 다루지 않고 첨예한 논쟁을 피해 가면서
현학만을 되풀이했다는 판단이셨습니다. 그런 모습은 어제 오늘
학계의 인습이 아닐뿐더러 그 한 개인의 문제만도 아니어서 저는
마음에 두지 않았습니다.

　그러다 지난 주 그 글을 찾아 읽었습니다. 놀랐습니다. 제 글과
생각을 비껴 간 정도가 아니라, 특정 핵심 자리에서는 제 생각의
속살을 자기 식 현란한 표현으로 바꾼 뒤 자기 것인 양 끌어다
썼던 까닭입니다. 표절이라 할 수는 없으되 도용에 가까웠습니다.
게다가 말씨는 왜 그리 일본식 번역투를 즐기는지. 마침 저는 「수」

와 관련이 있는 옛 만주국 서울 신경, 곧 장춘에 논문 발표를 위해 와 있습니다.

유치환이 「수」에서 한껏 꾸짖고 능멸했던 동북항왜연합군 총사령 조상지 장군의 머리뼈를 찾은 곳이 바로 이곳 반약사 뒤뜰입니다. 2004년 일이었습니다. 1908년 요령성 조양현 가난한 농가에서 태어난 장군은 17살에 공산당원이 되었습니다. 두 차례 옥살이를 겪고, 1931년 왜로가 본격적인 만주 침략을 꾀하자 의용군으로 참가했습니다. 1933년부터는 할빈 동쪽 주하에서 주하동북반왜유격대를 출범시켰습니다.

장군은 그것을 뒷날 동북항왜연합군 제3군으로 확대, 발전시켰습니다. 왜로와 싸움에서는 타협을 몰랐던 장군입니다. 두 차례나 당적을 빼앗기면서 북만주 대표 항왜 투사로 우뚝 섰습니다. 왜로는 항왜반만군과 일반민 사이 고리를 끊고 안정적인 군량미 공급을 위해 북만주에 이른바 '집단부락'을 만들기 시작했습니다. 1933년부터 흩어져 있던 마을을 불태우고 사람들을 안으로 불러들여 유격 근거지를 무인구로 바꾸는 꾀를 쓴 것입니다.

유치환이 씻을 길 없을 잘못을 저질러 고향을 쫓겨나듯 떠나 농장 관리인이자 협화회 간부로 처음 짐을 푼 곳이 연수현 가신촌입니다. 이른바 '토벌' 중점 지역에 마련된 '집단부락' 가운데 하나였습니다. 장군은 1934년에 이어 1938년에 다시 시작된 이른바 '대토벌'로 밀영에서 지낼 수밖에 없는 처지에 놓였습니다. 도움을 얻기 위해 소련으로 건너갔다 오히려 일 년 반을 꼼짝없이 갇히는 곤욕을 겪었습니다.

다시 싸우기 위해 흑룡강을 건너 북만주로 들어섰던 장군은 석 달 만에 밀정의 꾐에 빠져 사살되는 비운을 맞았습니다. 1942년 2월 12일. 서른네 살 푸른 새벽이었습니다. 왜로는 장군의 머리를 작두로 자르고 몸은 송화강에 던졌습니다. 유치환이 장군을 만난 때가 그 무렵입니다. 머리만 내걸린 '대비적 우두머리' 조상지 장 군을 한껏 능멸하는 시 「수」를 써, 그것을 다음 달 『국민문학』에 실었습니다. 『만선일보』에 「대동아전쟁과 문필가의 각오」를 보내 왜왕을 향한 충성을 새삼스레 다짐했던 직후 일입니다.

유치환이 쓴 「대동아전쟁과 문필가의 각오」, 『만선일보』, 1942. 2. 6.

을유광복 뒤 1946년, 장군이 항왜 투쟁의 첫 유격대를 만들었던 주하현에서는 그를 기려 이름을 상지현(오늘날 상지시)으로 바꾸었습니다. 1990년대 들어 장군의 삶이 텔레비전에서 영화에서 다루어지고 책으로 나오기 시작했습니다. 1999년 중국공산당 흑룡강성위원회에서는 당적 회복을 결정했습니다. 그리고 마침내 장군의 머리뼈를 반약사 뒤뜰에서 찾았던 것입니다. 이른바 만주국 호국 사찰이었던 곳입니다.

2004년 장춘 반약사에서 발견된 조상지 장군의 유골. 총흔이 남아 있다.

유치환은 광복 두 달을 앞두고 서둘러 고국으로 돌아왔습니다. 협화회 밀정 활동 탓에 처단 받을 것이 분명했던 까닭입니다. 만주국에서부터 익은 '애국'과 '반공'의 깃발을 고국에서 다시 쳐들었습니다. 그러나 젊은 시절부터 인이 박힌 악습은 고치지 못했습니다. 1963년에는 「수」가 부왜시임이 문학사에서 기술되기 시작했습니다. 그가 취한 채 차바퀴 아래로 들어서는 비참을 겪은 때는 네 해 뒤인 1967년입니다.

같은 해 태어나 중국인과 한국인으로 같은 하늘과 땅을 누리며 살았으나, 삶은 너무나 맞서는 두 사람입니다. 그러하니 공부를 하면 할수록 유치환은 하찮은 삶에 하찮은 문학을 놀다 간 사람임을 알겠습니다. 자신의 지난 잘못은 바로잡고 나은 점은 더욱 키워 삶을 드높이는 길과는 거꾸로 살다 간 이가 그였습니다. 삶이 하찮으니 그 글이 하찮고, 글이 부끄러우니 그 삶이 더욱 하찮아지는 이치입니다.

아마 유치환을 향한 우리 사회의 얼빠진 문학 취향이 바로 잡히기는 힘들지 모릅니다. 긴 세월 다져진 결과인 까닭입니다. 오늘도 반야사 앞길에 차들은 끊임없고 노점상들은 기념품 팔이에 눈빛을 세우고 있습니다. 이 너른 장춘의 밤자락이 어디서 그치는지는 알 길이 없습니다. 그러나 그 어디쯤 환한 새벽이 무릎을 펴며 천천히 일어설 것을 저는 압니다. 최 형, 다시 뵐 때까지 건안하시길 빌어드립니다.

연길 헌책가게 정씨

오늘도 정씨 헌책가게는 자리를 깔았다. 연길예술극장 건너 쪽 길가. 여우비 내린 뒤 한낮이었다. 늘 그렇듯이 늘어놓은 책상자들이 풀죽은 모습으로 놓여 있다. 그 뒤 계단 위에서는 장기를 두며 보며 다섯 사람이 머리를 맞대고 앉았다. 손이 갈 책은 한결같이 뜨이질 않는다. 열일곱 개 작은 종이상자에 등을 내보인 채 빼곡히 꽂힌 책은 모두 오백 권을 넘지 않을 것이다. 그 가운데 여섯 개가 한글책 상자다. 두 권을 골라 일어서니 장기판에서 몸을 뺀 정씨가 웃으며 다가왔다.

연길예술극장 자리는 본디 1924년에 만든 길림성 교도소 터였다. 1931년 만주침략을 저지른 뒤 왜로가 빼앗아 연길감옥이라 불렀다. 1935년 단오, 이곳에서 파옥항쟁이 있었다. 왜로 감옥장을 죽이고 감옥문을 열어 수감자들을 해방시킨 것이다. 지금은 극장 너른 터에 '연길감옥항왜투쟁기념비'를 세워 그 내력을 일깨우고 있다. 정씨가 이곳에 헌책가게를 편 지도 십 년을 넘었다. 일곱 해 동안 가까운 하남시장에서 노점상을 하다 더 쪼그라들어 2005년부터 지금 자리로 옮겨온 것이다.

1970년생이니 마흔여섯. 이름은 정진국. 그는 할아버지 고향이 평안도 순천인지 전라도 순천인지도 모른다. 오늘날 만주에 살고 있는 우리 재중동포는 크게 네 유형의 후손이 중심이다. 곧 19세기 후반 북한 쪽에서 넘어 왔던 농민, 20세기 초반 항왜의열 활동을 위해 건너온 지사와 그 가족, 1932년 왜로의 이른바 만주국 수립 이후 들어온 상인이나 부왜기구 하급 관리, 그리고 1937년 중국대륙침략전쟁 뒤부터 군량미 생산을 위한 대량 이주 책략으로 옮겨진 남한의 이른바 개척농이 그들이다.

소수를 젖혀 둔 그들 거의 모두는 나라가 지켜 주고 먹여 주지 못한 탓에 겪지 않아도 될 고초와 비통을 감내했던 이들이다. 그러니 우리는 재중동포에게 큰 빚을 지고 있는 셈이다. 정씨 할아버지도 이른바 개척농 가운데 한 사람이었을 것이다. 그는 초등학교 3학년에 중퇴를 했다. 뇌전증 탓이었다. 지금은 열여섯 살 딸을 둔 가장이다. 딸을 낳을 때 병을 얻어 아내도 정신이 온전치 못하다. 낙담해 술로 세월을 보내다 당뇨마저 깊어졌다. 그 탓에 왼쪽 엄지손가락을 잃었다.

정씨가 헌책과 인연을 맺게 된 것은 처남 때문이었다. 때밀이로, 양말장사로 지내다 먼저 헌책방을 하던 처남이 1998년 한국으로 건너가면서 책을 그에게 맡긴 것이다. 처남은 아홉 해만에 다시 돌아와 헌책방을 계속했다. 네 형제 가운데 둘째 형도 그의 권유로 헌책가게를 열었다. 한창 때는 이들 정씨 일가 세 사람이 연길 동포 헌책 유통의 중심을 이루었다. 요즘은 한 달에 2000위안, 우리 돈 36만 원 정도를 번다. 일반 공무원 월급의 가웃에도 못 미치는 수준이다.

나라에서 두 내외에게 주는 장애인 수당으로 전기세, 물세는 충당한다고 한다. 그러나 늘어나는 교육비에 치인 채, 그날 벌어 그날 먹을 찬거리를 해결하는 사정은 나아질 기미가 없다. 그의 몸과 그를 둘러싼 환경은 온통 덕지덕지 상처투성이다. 그런 정씨에게 아픔을 덧나게 하는 잘못을 나도 저질렀다. 관자놀이 쪽에 생긴 불그스름한 흉터가 그것이다. 지난 오월 초순 가게를 처음 찾았을 때다. 집에까지 함께 가 그동안 묵고 있었던 책 한 묶음을 내 손에 넣었다.

모처럼 꽤나 많은 책값이 그의 손에 쥐여진 날이었다. 그 다음번에 만났을 때, 얼굴에 딱지가 앉아 있었다. 무슨 일이 있었느냐고 물으니 내가 처음 들렀던 그 날 사달이 났다는 게 아닌가. 모처럼 저녁에 가족 외식도 하고 맥주까지 두 병 마시고 돌아가다 뇌전증을 일으켰다는 것이다. 그때 생긴 상처였다. 뜻하지 않았지만 나로 말미암아 비롯된 일이 틀림없었다. 도와주지 못할망정 나마저도 그를 곤경에 빠뜨린 셈이다. 그날 뒤로 미안한 마음은 나에게도 한 흉터처럼 돋아 올랐다.

세상 어느 곳이나 제 한 몸에 크작은 상처를 감거나 아로새기며 살아가지 않는 사람은 없다. 그러나 그가 지닌 상처는 너무 크고 깊다. 여름 내내 무리지어 모아산을 오갔을 한국 여행객들 눈길 닿지 않는 안쪽 길가에 정씨 가게가 있다. 거기서 철둑을 넘어 십 분을 걸어가면 낡은 아파트에 닿는다. 이 층 십오 평 남짓한 곳. 곤고한 그와 가족이 사는 집이다. 딸이 자라 유치원 교사나 할 수 있으면 좋겠다는 바람을 지닌 그다. 그런 기쁨을 그가 생전에 누릴 수 있을까.

비오는 날을 빼곤 거의 한 해 내내 아침부터 해질녘까지 가게를 지키는 그다. 제대로 된 당뇨 치료나 조섭은 꿈도 못 꿀 일. 연길감옥 옛터 맞은 쪽 한길에 그는 꼼짝없이 간힌 신세다. 아마 몸져눕기 앞까지는 그 자리를 벗어나지 못하리라. 화려한 네온사인의 시대, 어쩌면 그는 가는 불빛을 태우는 필라멘트 백열등과 같다. 한 몸 건사하기도 벅찬 그가 언제까지 아내와 딸을 밝혀줄 수 있을 것인가. 오늘은 찾아가는 걸음에 정씨를 위해 포도 몇 송이를 샀다. 알이 탱탱했다.

나라잃은시대·왕들짬·수욕녀

늘그막 역사학자들이 모여 이른바 독립문 앞에서 국사 교과서 국정화 반대 모임을 가졌다는 보도가 있었다. 다른 자리에서는 찬성 서명에 이름을 묶어 내놓은 역사학자들도 있었다 한다. 그들은 독립문을 세운 독립협회 초대 회장이 역적 완용이었다는 사실은 알고 있을 것이다. 완용의 비서가 이인직이었고, 그가 왜로 소설을 흉내 내 쓴 작품이 『혈의 누』라는 사실도. 완용의 조카가 서울대 교수였던 이병도다. 그들 가운데는 이병도의 후배, 제자, 동문도 적지 않으리라. 이병도가 우리 역사 기술에 끼친 해악을 바로잡는 일에서도 그들은 앞장섰으리라 믿는다.

왜로가 썼던 '일한합방日韓合邦'을 '한일합방'으로 고쳐 우리말 사전에 올려 퍼뜨린 사람이 서울대 교수 이희승이다. 국정화 문제로 나섰던 역사학자들만은 '한일합방'이니 '병합'이니 하는 똥말은 쓰지 않으리라. 우리 학계에서 경술국치를 학술용어로 처음 썼던 이는 짐계 려증동 선생이다. 1973년에 낸 『한국문학사』 안쪽에서다. 그때 선생 나이 마흔하나. 이어서 선생은 1986년 『한국역사용어』를 내서 우리 역사용어 일컫는 원칙을 세상에 밝혔다. 책 머리글은 "나라와 나라 사이에 있었던 일들을 적을 경우, 서로가 말을 달리하면서 자기나라를 이롭게 적는 것은 자기나라를 지키기 위하여 그렇게 하는 것입니다"로 시작한다. 국사책이 '일방통행어'로 이룩되는 이치를 환하게 일깨운 셈이다. 우리 역사의 주어는 늘 우리여야 한다. 그러나 나돌고 있는 용어 가운데는 얼빠진 말이 숱하다. 셋만 든다.

첫째, 이른바 '일제강점기'란 일컬음이다. 경술국치(1910년 8월 29일)에서 을유광복(1945년 8월 15일)까지 35년에 걸친 시대를 뜻한다. 그런데 이 말은 우리 역사용어가 아니다. '일제'가 주어로 된 말이다. '일제강점기'라는 말을 쓰면 쓸수록 기분이 좋아지는 쪽은 일본이다. 우리 겨레는 쓰면 쓸수록 열등감만 더한다. 이른바 일제강점기를 실국失國시대라 쓴 분은 로석老石 려구연呂九淵, 1865~1938이다. 완용과 같은 시대를 살면서 피눈물을 흘렸던 학자다. 그 손자가 려증동 선생이다. 나는 선생에게 배워 나라잃은시대라 풀어 쓴다.

둘째, 이른바 '대화퇴大和堆'라는 이름이다. '디지털울릉문화대전'이라는 누리집이 있다. 한국학중앙연구원이라는 나라 기관에서 나랏돈으로 마련한 일이다. 거기 독도 위쪽 바다 밑, 너르고도 높은 고원 이름을 '대화퇴'로 올렸다. '위키 백과'라는 곳에서도

'대화퇴'는 "동해 최고의 어장"으로 "동해는 깊은 바다로 간주하고 있었지만 1924년 일본 해군의 측량선 야마토大和호에 의해 발견되었다"고 썼다. 이곳을 부르는 우리 학계나 민간의 공식 이름이 '대화퇴'다. 터무니는 1924년 왜로 측량선 '야마토'가 '발견'했다는 기록이다.

모름지기 일이 그러한가? 1924년 이전, 오랜 세월 우리 어민들이 동해 바다 물밑을 몰랐고 그곳을 부르는 이름이 없었을 것 같은가. 제 바다에서 이루어진 겨레의 오랜 삶과 이름을 버리고, 기껏 1924년 왜로 측량선의 기계 측량만 잣대로 삼다니. 어리석음도 그런 어리석음이 없다. 게다가 '대화'란 이른바 '대일본제국'을 표상하는 이름 아닌가. 그러고도 독도를 우리 땅이니 동해가 바른 이름이니 내세울 수 있는가. 동해 우리 어민들이 그곳을 부르는 이름은 '왕들짬'이다. 왕들, 곧 바다 밑 큰 들이 있는 곳이라는 뜻이다. 나는 그 이름을 일찌감치 내 시에서 쓴 적이 있다. 하지만 아직 께름칙하다. 왜냐하면 '왕들'이 이른바 '대화'의 우리식 번역일 가능성도 있기 때문이다.

셋째, 이른바 '위안부'라는 이름. '종군 위안부'를 줄여 부르는 이 말 또한 틀렸다. 나라잃은시대 후기, 섬나라 왜로가 저지른 갖은 악행 가운데 하나가 우리를 그들 군대의 성노리개로 삼은 짓이다. 그로 말미암아 통분과 치욕을 겪었던 분들을 일컫는 말이 위안부란다. 누가 누구에게 위안을 베풀었다는 뜻인가. 미국 국무장관이었던 힐러리는 자국 문서에서 위안부를 버리고 '일본군 성노예'로 고쳐 적도록 지시했다. 제 역사용어를 바로잡지 못하다 나라가 부끄러움을 겪은 경우다. 위안부라는 말은 왜로가 주어로 된 이름이다. 게다가 성수탈 만행의 본질을 덮은 용어다. 우리 입장에서 제3자 용어인 '성노예'는 쓸 수 없다. 그런 까닭에 나는 '수욕녀戮辱女'로 적는다.

이름이 발라야 생각이 바로 선다. 역사용어를 틀리게 쓰면 나라 지킬 힘을 잃는다. 이른바 '일제강점기'·'대화퇴'·'위안부'는 얼빠진 이름이다. 그런 말이 굳어지게 된 데에는 역사학자들의 책임이 가장 크다. 상인은 뚫고 군인은 막고 정치꾼은 관계를 따진다. 그들의 공통점은 이해득실에 따르고, 무리를 짓는다는 점이다. 학자는 옳고 그름, 똥오줌 가리는 일을 하는 이다. 오랜만에 역사학자들이 교과서를 빌미로 끼리끼리 만났다 한다. 학생들이 나라 역사를 교과서로만 익힐 것이라 착각하지 말라. 역사학자들이 모여 하는 일에서도 보고 배운다.

소월의 묘비

　지난 2월 19일 한 현장 경매에 김소월 시집 『진달래꽃』이 올랐다. 그가 살았을 적에 낸 유일한 시집이다. 1925년 초판본, 등록문화재로 지정되어 있는 그 책은 1억 3500만 원에 낙찰이 되어 화제를 키웠다. 어떤 이는 시집 한 권에 1억 원을 넘다니 하고 놀랄 것이다. 오늘날 나라 안에서 네 권밖에 확인되지 않은 희귀본이니 낙찰가가 오히려 싸다고 여기는 이도 있겠다. 그런데 남북한 모두에서 사랑받고 있는 세 손가락에 꼽힐 겨레 시인이 소월이다. 어찌 돈의 높낮이로만 값을 잴 수 있으랴.

　소월은 1903년 10월 16일 평안북도 곽산군 남산리 농가에서 태어났다. 아버지가 왜로 일꾼에게 맞아 폐인으로 사는 모습을 어린 눈으로 익히며 자랐다. 남산학교를 졸업하고 정주 오산학교에서 공부를 하다 기미만세의거에 참가했다. 오산학교 폐교로 서울로 내려가 배재중학에서 학교를 마쳤다. 처가 도움을 받아 동경 유학을 떠났으나 오래 머물지 못했다. 이른바 관동대지진이라 일컫는 1923년 계해년 재왜동포 참변을 몸으로 겪고 공부를 접었다. "선 채로 이 자리에 돌이 되어도 부르다가 내가 죽을 이름이여!/사랑하던 그 사람이어!"라 외친 시 「초혼」은 그때 숨져간 겨레를 향한 진혼임을 밝힌 눈 밝은 비평가도 있다.

고향에 돌아와 농사에, 신문사 지국에 생계를 맡기고 시작에 골몰했다. 그러다 1935년 12월 24일 소월은 스스로 목숨을 끊었다. 좌절과 비통에서 일어서지 못했던 까닭이다. 생가가 내려다보이는 양지 바른 언덕배기에 묻혔다. 그런데 1956년 4월 5일, 소월 무덤에 묘비가 세워졌다. 해묵은 북한 잡지 『청년문학』 1956년 5월 치를 한 장 한 장 뒤적거리다 새로 알게 된 사실이다. 묘비 건립식과 추모식이 이루어진 그날, 조선작가동맹을 대표해 평양에서 시인 박세영·김북원·김우철이 왔다. 곽산의 사회단체 대표, 학교 문학모임 회원, 소월 친인척과 마을 사람이 200명 남짓 모인 자리였다.

소월의 무덤은 푸른 숲 커다란 바위를 등지고 앉아, 남향으로 서해를 내려다보는 곳에 자리 잡고 있다고 한다. 소월의 표현대로 "차 가고 배 가는" 아름다운 곳. 묘비에는 "애국시인 김소월 여기 잠들다"라 적었다. 마을 청년단원들이 무덤 둘레에 돌을 쌓아 올려 번듯한 잔디 터를 닦아 놓았다. 장차 그곳을 공원으로 가꾸겠다는 뜻을 담은 일이었다. 거기다 탐스러운 진달래꽃을 포기포기 옮겨 심었다. 감격과 흥분 속에 추모의 정을 담은 시낭송까지 이어졌다. 그날 모임 끝 순서는 시인의 둘째 아들 김은호가 친족을 대표해 나선 답사였다.

김일성 유일 체제로 바뀌기 앞선 시기였던 1950년대만 하더라도 소월은 남북한은 물론 중국 동포사회와 소련에서도 시집 출판이 이루어진 유일한 시인이었다. 존경 받는 시인이었지만 북한의 이해 방식으로 볼 때 소월 시가 지닌 한계 또한 뚜렷했다. 계급의식으로 무장하지 못했을 뿐 아니라, 겨레 항쟁에 투철한 전망을 지니지 않았다고 보았다. 그럼에도 앞날을 향한 꿈과 바람, 그의 시가 담고 있는 민중성, 형식의 다양성, 생동하는 표현, 풍부하고 아름다운 시어를 그들은 높이 샀다. 북한 시의 디딤돌로 삼기에는 모자람이 없었던 셈이다.

소월은 노래했다. "나는 꿈꾸었노라 동무들과 가지런히/밭갈이 하루 일을 다 마치고/석양에 마을로 돌아오는 꿈을" "그러나 집 잃은 내 몸이여/바라건댄 우리에게 우리의 보습 대일 땅이 있었더면!" 그러한 소월의 꿈과 바람은 이상화의 "빼앗긴 들에도 봄은 오는가!"라는 준열한 절창으로 이어졌다. 얼마나 많은 젊은이가 그의 시에 위로 받고 격려 받았던 것인가. 그런 소월을 오산학교 후배인 백석이 그리워했고, 그 백석 시를 젊은 윤동주는 서울 하숙방에서 베껴 적었다.

이른바 혁명 전통과 위대한 수령, 둘을 빼고 나면 남을 게 없을 듯싶은 게 오늘날 북한 지역 역사 기술의 현실이다. 근대 100년 긴 세월의 격동과 신산을 온몸으로 겪었던 예사 북한 사람의 삶과 땅의 기억은 그 밑에서 "산산이 부서진 이름"처럼 온데간데없이 사라졌다. 그러나 언젠가 통일이 되면 남북은 지난날을 함께 되새기며 새로운 통일 풍속을 만들어 나갈 것이다. 푸르디푸른 만산 우듬지처럼 그것들이 끓어 넘치고 해방될 새 아침이다. 그리고 그 일에 소월 시가 좋은 부싯돌 역할을 하리라.

이승을 뜬 지 스무 해가 지나 세워진 묘비였다. 오늘은 묘비가 세워진 지 다시 예순 해를 바라보고 있는 2015년 12월 해밑이다. 소월의 무덤은 아직 남아 있을까? 묘비는 어떤 키로 서 있을까? 통일 되면 처음 떠날 북녘 문학 기행 자리로 소월 무덤을 떠올릴 사람은 나뿐만 아닐 것이다. 슬픈 시대의 벽 앞에서 젊은 나이로 걸음걸이를 접었던 소월. 소란스러운 경제와 지리멸렬한 정치가 무성한 겨울 한가운데서 그는 환한 진달래 꽃길을 다시 한 번 우리 앞에 열어 보이고 있다.

부산 근대
첫 어린이청소년 잡지 『학생동무』

근대 시기 부산에서 나온 어린이청소년 매체는 많지 않다. 흔한 꼴은 각급 학교에서 낸 교우지나 소식지다. 유래 깊은 학교에서는 해마다 또는 특별한 때에 맞춰 그들을 냈다. 세운 지 백 년을 넘는 동래고의 『교우회지』, 개성고의 『금련』, 동래여고의 『일신』이 대표적이다. 그들 속에는 학생 활동뿐 아니라 문인 교사나 뒷날 문인으로 자란 동문의 작품이 실려 예사롭게 넘길 수 없다. 그런데 이들은 학교 연결망 안에 든 읽는이를 상대로 낸 것이다. 달리 학교 바깥 일반 어린이청소년까지 상대로 낸 매체는 없었던 것일까. 1920~30년대 동래소년회나 소년동맹의 회지·회람지가 있었음에 틀림없다. 하지만 실체를 볼 수 없다.

따라서 오늘날 남아 있는, 부산 근대 첫 어린이청소년 잡지는 을유광복 뒤인 1946년 3월에 나온 『학생동무』다. 사무실을 초량

동에 둔 학생동무사에서 냈다. 대표는 산청 출신 국어학자 유열이었다. 밀양에서 교사로 일하다 광복 뒤 부산수산전문학교(부경대학교)로 자리를 옮긴 그다. 유열은 서둘러 '한얼 몰음'이라는 모임을 만들었다. 한얼이란 배달겨레가 예부터 지니고 있었던 겨레 정신. 겨레를 하나로 바르고 크게 이끄는 한얼을 등대처럼 좇으며 우리 겨레가 굳센 나라를 세우고 힘차게 자라기 바라는 뜻을 담은 이름이었다. 거기에서는 여러 가지 사업을 펼쳤다. 그 가운데 가장 공을 들인 일이 한글 교육과 어린이청소년 교양이었다.

기관지 『한얼』도 냈다. 각급 학교 한글 교육을 뒷받침하기 위해 만든 것이다. 어린이청소년 교양을 위해서는 배달학원을 세웠다. 재학생뿐 아니라 학교 혜택을 받지 못하는 어린이청소년을 대상으로 과외 공부와 계몽을 위해 중학 과정의 밤배움을 마련한 것이다. 여자부 남자부로 나누고 음악대까지 만들었다. 중심에 둔 교과는 마땅히 우리 말글과 나라 역사였다. 그 일을 위해 뜻있는 교사들이 나섰다. 앞장섰던 유열에다 장삼식·박지홍·박종우·정신득·정용수와 같은 이다. 그리고 배달학원 활동을 뒷받침하기 위해 순보로 낸 것이 『학생동무』다. 『한얼』의 동생뻘 되는 잡지였던 셈이다.

오늘날 『학생동무』는 3월에 낸 제1호에 이어 4월의 제2호, 5월의 제3호까지 남아 있다. 순간을 뜻했으나 월간에 가까웠다. 재미있는 점은 유인본 제1집이 읽을 수 없는 상태였던 탓에 제3호 인쇄본에 되묶어 냈다는 사실이다. 10쪽에서 14쪽에 걸치는 얇은 잡지 『학생동무』는 표제를 가로풀어쓰기로 'ㅎㅏㄱ새ㅇㄷㅗㅇㅁㅜ'

라 적었다. 속살에는 큐리·주시경·안중근과 같은 분의 위인전을
실었다. 한글 역사 과학 지식에다 독자문예 난도 더했다. 이해타
산 밝은 이들이 왜인의 적산을 얻고자 이리 뛰고 저리 뛰는 세월
이었다. 그런 속에서도 뜻있는 교사와 어린이청소년은 광복의 기
쁨과 앞날의 꿈을 순연하게 가꾸었다.

『학생동무』가 몇 호까지 나왔는지 확인은 어렵다. 다만 1946년
12월 '한얼 몯음'은 발전적으로 해체하여 '영남국어학회'로 넓혀
졌다. 그에 앞서 『학생동무』 발간이 멈추었을 것이다. 배달학원도
마찬가지였을 듯. 『학생동무』와 비슷한 시기 서울에서는 『주간 소
학생』이 나왔다. 대구에서는 『새싹』·『아동』을 냈다. 『학생동무』
는 그들과 규모와 지속성에서 견줄 수 없을 만큼 초라하다. 그럼
에도 뜻만큼은 더 윗길에 놓인다 할 수 있다. 『학생동무』가 디딤
돌이 되어 그 뒤 전쟁기 손동인이 엮은 『꽃수레』나 김용호의 『파
랑새』와 같은 부산 지역 어린이청소년 잡지 발간의 전통이 이어
질 수 있었다.

'한얼 몯음'과 『학생동무』를 이끌었던 유열은 1947년 6월 서울
로 올라갔다 전쟁 참화 속에서 월북했다. 배달말과 대종교라는 같
은 뿌리를 일깨워 준 스승 이극로나 정열모의 뜻에 따랐던 까닭이
었을까. 다행스러운 점은 경남·부산 지역 국어학자로서 월북했던
이 가운데서 제거당한 기장의 김두봉과 달리 의령 이극로와 함께
그는 끝까지 살아남았다는 사실이다. 사회과학원 언어학연구소
교수로 북한 국어학 발전과 말글 정책 결정에 중요한 몫을 그가
맡았다. 2000년 광복절 남북이산가족 1차 만남 때 방문단의 한

사람으로 서울에 내려와 전쟁 때 헤어졌다 환갑을 넘긴 부산의 딸을 껴안고 흐느꼈던 기억도 새삼스럽다.

광복 뒤 첫 어린이날인 1946년 5월 5일, 학생동무사는 경남도 부산시 학무과와 함께 동요·동화 '콩쿠르'를 열었다. 5000명이나 되는 학생이 아침 낮 두 차례에 걸친 행사를 즐겼다. 그들이 하나로, 바르고 큰 나라 동량으로 자라기를 꿈꾸며 그 일을 거들었을 교사들은 이미 이승 사람이 아니다. 영상매체의 가벼움과 속도에 쫓기며 '한얼'은 커녕 '얼'조차 내보낸 듯한 오늘날 현실이다. 그럼에도 '한얼 몰음'의 뜻과 추억은 「학생동무」를 읽었거나 그날 행사에 참가했던 지역 어린이청소년의 삶 속에서 오래 살아 있었을 것이다. 그러고 보니 그들조차 어느새 가물가물 환한 팔순 나이를 다 넘어섰겠다.

윤세주 열사와 「최후의 결전」

폿소리가 이어졌다. 총알이 바위를 때리고 말이 산비탈을 굴렀다. 5월 28일. 석정은 적정을 살피고 있었다. 골짜기로 왜병 100여명이 나타났다. 일행을 발견하고 달려들었다. 남은 대원들을 숨기기 위해 세 사람은 숲에서 나와 다른 길로 뛰기 시작했다. 최채는 산 위로 석정은 중턱으로 진광화는 아래로. 전투가 멎자 최채는 하진동과 함께 둘을 찾아 나섰다. 진광화는 전사했고 석정은 허벅지에 총상을 입고 쓰러져 있었다. 먹지도 못하고 치료도 받지 못한 채 버티다 석정은 운명했다. 6월 3일. 두 사람은 열 손가락으로 땅을 파 그를 묻었다. 피눈물이 흥건한 흙과 돌로 위를 덮었다. 위대한 광복 열사의 마지막이었다.

1942년에 있었던 일이다. 마흔두 살. 석정石正은 중국 태항산 자락에서 순국한 윤세주 열사의 가명이다. 그는 1901년 밀양 내이동에서 났다. 열여덟 살 나이로 밀양의 기미만세의거를 이끌었다. 그가 만주로 피한 것을 뒤늦게 안 왜로는 궐석재판으로 열사에게 1년 6월 형을 선고했다. 신흥무관학교에 입학하여 석정은 체계적인 군사 훈련을 받았다. 벗 김원봉과 함께 무장 투쟁을 앞세운 직접적인 광복 항쟁을 결심하고 의열단을 조직했다. 1920년 1차 암살 파괴 계획을 세워 무기를 부산과 밀양으로 반입했다 체포되었다. 여덟 해에 걸친 옥살이를 겪었다. 1932년 가족 몰래 다시 중국으로 건너갔다. 광복 항쟁에 더 깊숙이 뛰어들었다.

태항산에 있는 윤세주 장군의 묘. 지금은 한단시 열사능원으로 유해를 옮기고 빈 무덤만 관리하고 있다.

열사는 한중합작으로 왜로에 대항해야 한다고 국민당을 설득했다. 조선민족혁명간부학교를 세우게 했다. 우리 젊은이들이 군사 훈련을 받을 수 있게 되었다. 스스로 1기 학생 신분으로 입소해 훈련을 받았다. 그 뒤 석정은 반왜 항쟁 전선의 통일과 확대, 강화를 위해 애썼다. 그 결과가 민족혁명당이었다. 1938년에는 조선의용대를 창설하고 훈련 주임을 맡았다. 1941년 북상한 조선의용대가 화북 태항산에 머물고 있을 때였다. 1942년 3월부터 왜로와 만주국 군경 20개 사단 40만 명의 총공격을 받았다. 조선의용대 40여 명이 4개 분대로 나누어 탈출을 했다. 그 과정에서 열사는 장렬히 전사한 것이다.

이즈음 한 연구자가 이육사 시 「청포도」의 "고달픈 몸으로/청포를 입고 찾아온다"고 한 "내가 바라는 손님"이 다름 아닌 열사를 뜻한다고 밝혔다. 그리하여 「청포도」는 "지치고 쫓기는 혁명가들을 맞이하는 향연을 노래한 시"라 했다. 탁견이다. 육사의 조선민족혁명간부학교 입학을 주선한 이가 석정이다. 그 또한 의열단원으로 17차례나 투옥된 끝에 원사했다. 육사 어머니는 1908년에 순국한 의병장 허위 선생의 종질녀. 동북항왜연군의 3로군 총참모장으로 이름 높았던 허형식 장군이 사촌 오라버니. 육사와 외당숙 사이다. 시 「광야」에서 "백마 타고 오는 초인"으로 표상된 이다. 육사에게 석정은 벗이자 스승이었다.

윤세주 열사는 뛰어난 지도자며 전술가, 지행합일한 웅변가였지만 예술을 사랑한 사람이었다. 대적 선전선무 활동에 역량을 발휘해 여러 격문, 논설을 발표했다. 손수 노랫말을 짓기도 했다. 「최후의 결전」이 그것이다. 이 노래를 석정은 「바르샤바행진곡」에 맞추어 씩씩하게 부르게 했다.

최후의 결전을 맞으러 가자
생사적 운명의 판가리로
나가자 나가자 굳게 뭉치여
원쑤를 소탕하러 나가자

(후렴) 총칼을 메고 결전의 길로
　　　다 앞으로 동지들아
　　　독립의 기발은 우리 앞에 날린다
　　　다 앞으로 동무들아

무거운 쇠줄을 풀어헤치고
뼈속에 사무친 분을 풀자
삼천만 동여 모두 뭉치자
승리는 우리를 재촉한다

　　　(후렴)

　「최후의 결전」은 조선의용대의 대표 군가 가운데 하나였다. 1980년대까지 지은이를 몰랐던 이 노랫말이 석정의 것이라는 사실은 연변 동포 학자가 밝혔다. 열사가 순국한 뒤 조선의용대 화북 지대는 조선의용군으로 바뀌어 중국공산당에 편입되었다. 우리의 토왜 광복 전쟁 노선은 새 국면으로 들어선 것이다. 석정이 숨지기 넉 달 앞서 동북항왜연군 총사령 조상지 장군이 절명하고,

두 달 뒤 허형식 장군도 순국했다. 만주국협화회 밀정 유치환이 조상지 장군을 한껏 조롱하고 꾸짖는 부왜시 「수」를 발표하고, 윤극영도 협화회 일로 바빴을 때다. 정부는 1982년 열사에게 건국공로훈장 독립장을 추서했다.

열사의 사람됨을 알 수 있는 글이 있다. 1943년 6월 조선민족혁명당 기관지 『앞길』의 사설 한 자리.

석정 동지는 어릴 때부터 죽을 때까지 조선 혁명을 위하여 온 힘을 다 쏟아 부으며 공헌하였다. 그의 일생은 환란 곤궁의 일생인 동시에, 분투 노력의 일생이었다. 백절불굴은 그의 용기이며, 정확 명석은 그의 이론이며, 세밀 주도는 그의 공작 계획이며, 겸허 화애는 그의 대인 관계이며, 폭포수와 같은 것은 그의 웅변이며, 불꽃 같은 것은 그의 정열이었다. 누구든지 혁명에 대하여 불충실하며, 공작에 나태하며, 민족을 위하여 희생하는 데 주저하는 자는, 석정 동지를 한번 생각할 때 자연히 참괴하게 되며 회오하게 될 것이다.

김기명 일기시와
부산·경남의 근대 증언

며칠 비 소식이 끊이지 않았다. 일터에서 돌아와 보니 탁자 위에 책이 한 권 놓였다. 두툼하다. 『송강訟岡 김기명金耆明 문집』(전망, 2016). 낯선 분이다. 아마 아내가 아는 이로부터 받은 모양이었다. 누군가의 회고기겠거니 예사롭게 생각하고 펼쳤다. 그런데 뜻밖에 시집이다. 시인 약력이 있나 살폈다. 보이지 않는다. 단출하다. 앞머리에 몇 장, 본인과 가족사진이 올라 있을 따름이다. 그마저도 풀이를 붙이지 않았다. 군더더기는 죄 빼버린 셈이다. 저녁밥을 먹으며 나도 알음이 있는 이의 선친 문집이라는 사실을 알았다.

송강 김기명(1916~1975). 세상에 이름을 뿌리고 간 이는 아니다. 삶의 곡절을 알기 힘들다. 흥미로운 점은 시 끝머리마다 쓴 날짜를 붙였다는 사실이다. 작품을 쓸 무렵 개인적, 사회적 맥락을 짐작하는 데 유효한 꼴이다. 곧 일기시다. 나날살이에서 겪은 바를 일기 쓰듯 쟁여 두는 방식이다. 그렇게 쓴 작품 가운데서 가려 뽑은 시 190편과 줄글 6편이 속살을 이루었다. 여읜 지 마흔 해가 흐른 뒤였다. 맏이 재범이 벽장 속에서 유고를 찾아낸 것이다. 새벽녘마다 글을 쓰던 아버지의 뒷모습을 기억하는 아들이었다. 유고집을 낼 용기를 다잡았다.

시집은 1940년대에서부터 1970년대에 이르는 작품을 다섯 묶음으로 나누어 실었다. 첫 작품은 1946년 일본 밀항에 실패하고 쓴 것이다. 마지막 작품이 "잎잎에 젖가슴에 가을이 오다"고 노래한 1973년 작 「포도나무」다. 이승을 뜨기 두 해 앞선 시다. 그러하니 시집에는 스물일곱 해 동안에 쓴 작품이 실린 셈이다. 시인은 십 대 어린 나이에 왜나라 동경으로 건너갔다. 고학을 하면서 "뒷골목 우동 한 그릇 대가"에 땀을 쏟았다. 열세 해 뒤 을유광복을 맞아 귀국선을 탔다. 작품은 그 뒤부터 운명할 무렵까지, 30대에서 50대에 걸친 것들이다.

이 시기 부산·경남 지역은 민족상잔을 온몸으로 겪었다. 임시 서울로서 나라를 지켰다. 부산과 경남으로 행정이 갈라지고, 울산에 공업지구가 들어섰다. 경제개발의 깃발 아래 압축적 근대의 숨가쁜 속도를 좇았다. 김기명의 일기시는 지역이 거쳤던 그러한 세월의 역동 속에서 어른으로서, 아버지로서 겪은 삶을 아프게 노래한다. "1956년 흉년" "어제는 십 환인데 오늘은 오십 환" "총알 같이 오른 쌀값"이다. "칠월의 장대비"는 매질인 양 배고픈 이를 향해 꽂힌다. "찢어진 조국의 등살"에 문득문득 "어린 참새처럼 볼볼이 떨며" 죽어간 전우들이 떠오른다.

악질 양조업자들이 날뛰던 시절이다. 서울의 정계는 한결같이 "건달들의 주지육림"만 펼친다. "고르지 못한 세상". 사람들은 무리를 지어 '황금타령에' 날을 샌다. "앉아서 봐도 누어서 봐도" 가련한 "내 나라"다. 그는 "이 나라 민족에 빵도 좋고/시제 비누도 필요하지만/헌 폐를 씻고 쓸개를 빨래할 비누가 필요"하다고 외친다. 문학인에게도 고언을 던졌다.

낙엽과 같은 문장들
허수아비 같은 수필들
골작골작마다 추악들
단맛에만 도취한 글들

자신의 것은 그와 달리 "차라리 새 출발한 지폐 모양으로 싱싱한 문장"이 되기를 바랐다. 이렇듯 결기를 세웠던 시인이었건만, 되돌아서면 고스란히 가난한 아버지일 따름이다.

아버지 돈 돈 돈
간을 끓는 고소장이다
아버지는 정말 바보?
쌀이 떨어진 지 이주일째
아버지 돈 주세요.

나이 오십 줄에도 '가난병'을 벗어나지 못한 무기력한 남편. 먼저 간 어린 딸이 오래 앓고 누웠던, "지도처럼 찢어진 냉돌방"만 그를 반긴다. "뜨겁게 흐르는 눈물"을 닦을 새도 없는 '설상가상 의' 세월이었다.

김기명의 일기시는 교과서 시들과는 거리가 있다. 거친 육성이 다. 그런데 문학이란 참되게 살아가기 위한 안간힘이 아니던가. 글이 아니면 살아낼 힘을 갖지 못한 이의 울음이며 기도가 아니던 가. 그의 작품은 내돌리기 위해 꾸민 여느 시와 다른 증언시다. 삶과 글이 하나로 옹근 생활시다. "오십의 나이에" 이르러서는 "다섯 번이나/남들을 속였느니라"고 되뇌었다. 역설적인 회한을 숨기지 않은 시줄이다. 어느 시인이 이렇듯 참된 자기 성찰에 이 른 적이 있었던가. "내 죽는 날 혼이여/꽃에서 졸지 말아라"는 또 얼마나 아름답고 단호한 순명인가.

유고집 머리글에서 시인의 아들은 "글을 쓰던 당신의 여윈 등이 너무도 그립습니다"라 적었다. 울음을 삼켰을 목소리다. 나 또한 어버이를 기억할 분들을 다른 세상으로 보내는 일이 더 잦아진 나이다. 흐트러지는 슬픔을 머리카락인 양 쓸어 올리는 버릇도 배 웠다. 어느 낡은 책을 펼치다 "나를 위해서는 땀을, 겨레를 위해서 는 눈물을, 나라를 위해서는 피를"이라 부끄러운 듯 써놓은 좌우 명을 읽고 감격에 떨었던 적이 있다. 김기명의 시야말로 그런 좌 우명을 몸에, 마음에 새기고 살았던 우리 어버이 세대의 아프나 자랑스러운 자화상이다.

요절 극작가 박재성과
일본인 아내 방자

지역 단위의 문학 연구를 조직적으로 시작한 처음은 부산·경남 지역문학회다. 학회지 『지역문학연구』 창간호를 낸 때가 1997년 8월이었다. 이듬해 대구에서도 대구경북향토문학회가 이뤄져 『향토문학연구』를 내기 시작했다. 『지역문학연구』는 2006년까지 14집까지 낸 뒤 멈추고 '지역문학총서'라는 낱책 간행으로 길을 바꾸었다. 2012년부터는 전주를 텃밭으로 삼은 한국지역문학회가 만들어졌다. 『한국지역문학연구』를 해마다 두 차례 내고 있다. 지난 2월에 나온 7집에는 부산·경남 지역문학과 관련한 흥미로운 글이 실렸다. 경남대 김봉희 교수가 쓴 「극작가 박재성의 아내 요시코芳子의 편지글에 대한 소고」가 그것이다.

박재성은 1915년 통영에서 태어났다. 가난한 집안 3남 2녀 가운데 차남이었다. 부산 동래고보를 졸업한 것으로 알려졌으나 졸업생 명부에서는 이름을 볼 수 없다. 1930년대 중반 왜국 동경으로 건너가 법정대학 불문과에 입학했다. 문학에 포부를 두었던 그는 1942년과 1943년, 해를 이어 동경제국대학교 문예지 『적문문학赤門文學』에 희곡 「만추」와 「왕관」을 발표했다. 뛰어난 재능을 한껏 떨친 셈이다. 1945년에는 서울 극단 현대에서 자신의 창작극 「산비둘기」를 공연했다. 그 일로 왜경의 소환을 받자 강원도로 몸을 피했다. 을유광복을 맞아 고향으로 돌아온 뒤 통영문화협회 결성에 앞장섰고, 통영여자중학교에서 국어교사로 일하면서 지역 연극 활동에 열중했다.

박재성의 아내는 일본인. 이름이 사미방자寺尾芳子였다. 1936년 동경 길상사 공원에서 만나 첫눈에 끌린 두 사람이다. 1947년 여름 방학을 틈타 박재성은 아내를 통영으로 데려오기 위해 밀항선을 타고 동경으로 건너갔다. 그녀와 함께 돌아오는 도중 대마도 앞바다에서 풍랑을 만났다. 배가 침몰하는 불운으로 둘은 함께 이승을 등졌다. 박재성 나이 서른세 살 때였다. 천재로까지 불렸던 그와 아내의 안타까운 죽음이었다. 이번 김 교수의 글은 그녀가 통영 남편에게 하루바삐 자신을 데리러 와 달라는 투정 아닌 투정과 박재성을 향한 사랑을 가득 담은 편지글을 소개한 것이다. 1946년 10월 1일에서 1947년 8월 25일까지 쓴 127편이 그것이다. 글 끝에다 김 교수는 그녀의 편지 세 편을 옮겨서 공개했다.

내 재성, 설령 하루밖에 살 수 없다 해도 그 목숨을 걸고서라도 당신이 계신 겨울로 가고 싶은 심정입니다.

조선에 가서 겪을 고난의 생활은 전 잘 모릅니다. 저는 일본인입니다. 당신이 힘든 생활을 할 때, 전 반 부르주아처럼 세상물정 모르고 편안히 자랐습니다. 일본이 조선에 저지른 사실을 이제야 확실히 알아버린 겁니다. 당신을 십 년하고도 하루나 괴롭혔다는 것도 저를 약하게 만드는 이유입니다. 저는 진심으로, 사랑하는 마음으로 제 진정을 알아 줄 때까지 독설에도 구타에도 견뎌낼 것입니다.

위대한 작가 재성의 아내로서 지녀야할 자격이 고통이라면 극복할 것입니다.

예술을 향한 제 동경도 순수한 열정도 모두 당신 작품에 생명을 주지 않으면 안 됩니다. 사랑하는 재성 저는 당신을 믿어요. 누가 뭐라 해도 전 견뎌낼 수 있어요.

우리들의 행복한 고통이 크면 클수록 위대한 사랑에 대한 보답이 있을 거라고 전 믿습니다.

재성 저를 믿고, 건강 생각하면서 공부하세요.

1946년 12월 30일 자 편지글 가운데 도두라진 자리를 따 올렸다. 박재성을 향한 존경과 그리움, 그리고 헌신에 찬 그녀 마음이 잘 담겼다. 아름다운 사랑을 완성하고자 하는 뜻이 옹골차다. 그 일을 행복한 고통이라 했다. 위대한 작가의 아내로서 모자람 없이 고난을 헤쳐 나가겠다는 각오가 굳세다. 박재성을 만나 함께했던 "십 년째 내면의 투쟁으로" "입과 붓으로는 표현이 다 안 될 만큼 피투성이만 남아버린 자신"이라고 쓰기도 했던 그녀. 피식민자 한국인의 여자로서, 가난한 작가의 아내로서 겪었을 상상할 수 없는 고통을 짐작하게 하는 말이다. 그럼에도 그녀는 남편이 자신을 하루바삐 한국으로 데려다 줄 날만 기다리며 그를 그리워했다. 박재성에게 그녀는 '뮤즈'와 같은 존재였고, 그녀 또한 그것을 자임했던 셈이다.

오늘날도 신종 왜로倭虜는 이른바 '일한합방日韓合邦'을 했다 우리가 '독립獨立'해 나갔으니, 다시 '합방'하면 되리라는 어처구니없는 망상에 갇혀 산다. 식민지 수탈 마지막 시기인 1940년대에는 이른바 '황민화'라는 허울 아래 '내선혼인內鮮婚姻'을 떠벌리기도 했던 저들이다. 박재성과 방자 두 사람은 그런 책략이 더럽히지 않는 드높은 곳에서 청년 예술가와 후원자로 만나 사랑을 가꾸었다. 끊임없는 침략 야욕에 서로에 대한 증오, 멸시만이 노도처럼 넘실거리는 한일관계 속에서 두 사람의 사랑과 믿음은 소중한 가치로 빛난다. 하루바삐 그녀의 편지 127편 모두가 출판되기를 바란다. 둘의 사랑을 삼켜버린 대마도 앞바다 비극은 한일관계를 고심하는 모든 이에게 한 본보기로 거듭 되새겨지리라.

북으로 올라간 경남·부산 문학인

전집 내는 일이 쉬울 리 없다. 시와 줄글, 평론에다 고전 번역까지 걸쳐 있으니 갈무리만 하더라도 예사 일이 아니다. 월북 뒤 문필 활동이 넓고도 오래 이어졌던 까닭이다. 다행히 그들 가운데 많은 것을 아내가 간수하고 있었다. 아내 류희정은 1990년대 초반부터 지난해까지 이어지고 있는, 큰 기획 '현대조선문학선집'을 거의 도맡고 있다. 60권을 넘게 낸 그들 자료를 챙기면서 남편 것에 각별히 눈길을 주었을 것이다. 게다가 처남이 미국 국적으로 두어 차례 누부를 만나 그들을 챙겨 왔다 한다. 문헌 반출이 극히 어려운 북한 쪽 사정으로 볼 때 특별한 경우다.

경남 거창 출신 시인 김상훈이 그다. 북한 체제에서 살아남은 몇 되지 않은 경남·부산 지역 문학인 가운데 한 사람이다. 그를 포함해 을유광복부터 경인전쟁기 사이에 적지 않은 역내 문학인

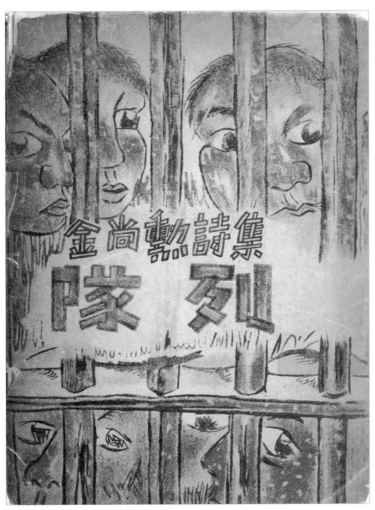

김상훈, 『대열』, 백우서림, 1947.

이 휴전선을 넘고 피아 경계를 건넜다. 그들의 월북 시기는 크게 넷으로 나뉜다. 을유광복과 더불어 일찌감치 평양으로 올라간 경우다. 1946년 하반기부터 좌파 활동에 대한 탄압이 거세지자 휴전선을 넘은 경우가 다음이다. 세 번째가 1948년 남북한 단독 행정부 수립을 앞뒤로 월북을 택한 경우다. 전쟁기 남침한 인민군이 후퇴할 때 그들을 따른 경우가 네 번째다. 김상훈은 이에 든다.

그런데 월북한 그들을 두고 통합적인 조사, 보고는 아직 이루어지지 못했다. 나라 단위로 보더라도 1987년 그들을 상대로 부분 복권이 이루어진 뒤 유행처럼 관심이 쏟아지다 사그라진 지 오래다. 지역 단위로, 그것도 알려져 있지 않은 문학인 경우에는 이름조차 묻힌 상태다. 그들은 어떤 연고로 삶의 경계를 바꿀 수밖에 없었던가. 북한에서 어떻게 살다 이승을 떴던 것일까. 전쟁 이전만 하더라도 드물지 않게 『로동신문』에 월북민, 곧 북한식 표현으로 '의거자' 환영 행사 기사와 회견담이 실리곤 했다. 명망가 경우는 자주 신문에 이름을 올려 후대를 받았다.

신고송, 『연극이란 무엇인가』, 국립출판사, 1956.

경남·부산 지역 문학인에는 어떤 이가 그에 드는 것일까. 연극 영화인으로는 밀양 박석정, 마산 강호, 언양 신고송이 금방 떠오른다. 일찌감치 북한으로 올라가 1960년대까지 북한 초기 연극 영화의 틀을 잡은 세 사람이다. 시인으로는 거창 김상훈, 합천 박산운·이성홍, 통영 장춘식·유치상을 들 수 있다. 이성홍은 이주홍 동생이다. 박산운은 북한 대표 격 시인으로 자랐다. 소설가로는 엄흥섭·이갑기가 있다. 엄흥섭은 충청도 태생이나 진주에서 문학인으로 컸다. 이갑기는 대구 출신이다. 광복 뒤 부산에서 언론인으로 활동하다 옮겨 갔다.

이들의 월북 동기는 다 다르다. 한결같은 계급주의자로서 북한을 선택한 이도 있다. 나라잃은시대 자신의 죄과를 숨기기 위해 광복 뒤 좌파 조직으로 피신했다 다시 북으로 올라간 이도 있다. 되돌아 왔지만 이원수가 그런 경우다. 어떤 이는 한 하늘을 지기 싫은 가족을 피해 넘어갔다. 유치환 동생 유치상과 누이 유치표다. 달아나거나 쫓겨가거나 넘어가지 않을 수 없었다. 정치학교와 같은 곳에서 재교육을 받고 필요 부서에 배치되었던 그들이다. 전쟁을 거치며 희생당했다. 그나마 남은 이는 박헌영 파당에 카프계 구지식인이라며, 김일성주의 체제 구축 과정에서 차례차례 제거되거나 사라졌다. 살아남은 이는 김상훈·박산운·임호권 정도다.

이들 가운데는 항왜 투쟁으로 나라잃은시대 몇 해씩 갖은 옥고를 치른 이도 있다. 박석정·강호·

박산운, 『버드나무』, 조선작가동맹출판사, 1959.

신고송이다. 왜로에 의한 이른바 징병을 벗어나기 위해 유격대로
몸을 던진 이도 있다. 박산운이다. 돌아온 내 나라에서 그들은 머
물지 못하고 다시 북으로 떠난 것이다. 그들이 겪었을 비통과 암
울, 보람과 좌절은 개인의 것이 아니다. 고스란히 우리 것이다. 월
남 문학인 못지않게 분단 시대의 질곡을 겪었던 그들이다.

그들에 관한 조사와 연구는 지역에 남겨진 필수 과업 가운데
하나다. 더 잊히고 묻히기에 앞서 서둘러야 한다. 그런 과정에서
지금껏 우리가 지역 명망가로 입에 올리고 있는 문학인들의 실체
와 위상에 대한 성찰이 아울러 이루어질 것이다. 통일 시대를 여
는 첫 마당이 문학일 수 있으며, 그 첫 디딤돌이 지역 월북 문학인
에 관한 이해라 한다면 지나친 말인가.

그나저나 김상훈 전집이 쉬 나올 수 있으려나. 2002년 거창 가
조 온천 지구에 그의 시비가 설 때 한 차례 시 전집을 냈던 나다.
그런 연고로 시인의 처남과 닿는 서울 한 연구자가 새 전집 출간
을 맡을 수 있을지 뜻을 물어 온 적이 있었다. 완곡히 물렸지만
인연이 어떻게 흘러갈지는 모를 일이다. 그런데 전집이라면 어찌
김상훈에게만 걸릴 일이랴. 장춘식·이성홍·유치상을 제쳐 둔 나
머지 경남·부산 월북 문학인은 모두 묵직한 몇 권의 전집을 감당
할 인물이다. 광복기까지 작품을 모은 『신고송 전집』만 2008년에
두 권으로 나온 바 있다. 아직 묶지 못한 채 남아 있는 재북 시기
작품도 얼추 그 정도다.

4부 초승달 시인 허민

결핵문학의 전통과 전승

대한결핵협회가 창립한 때는 세 해에 걸친 전쟁이 휴전한 1953년 11월이었다. 그 뒤 예순한 돌을 넘기며 오랜 세월 대한결핵협회가 한 일은 매우 다대했다. 경제·정치·사회·문화에 걸친 모든 부문에서 압축적 근대를 이루었던 급격한 변화와 나란히 활동 또한 바빴고 눈부셨던 셈이다. 중장년층이라면 누구나 청소년기에 몇 번은 크리스마스 씰을 산 일이 있을 것이다. 그것을 책갈피나 우표첩 속이 간직했다 먼 뒷날 아련하게 뒤적거리곤 하는 즐거움은 적지 않다. 그런 추억은 어느새 대를 물려 국민적인 것의 하나로 올라섰다. 결핵 퇴치 기금을 위해 발행한 크리스마스 씰 또한 대한결핵협회가 만들어지면서부터 본격화했다.

결핵은 결핵균 감염으로 말미암은 직접 전염병이다. 인류사와 함께한 오랜 내림을 지녔으나 그것이 세계 단위로 퍼지게 된 때는

산업사회의 도래와 맞물린다. 결핵을 근대병이라 일컫는 까닭이
거기에 있다. 결핵의 만연은 인구 밀집, 도시 발달, 사람 교류와
같은 근대 사회의 변화를 기본 조건으로 삼았다. 게다가 공업과
상업 발달은 그것을 획기적으로 부추겼다. 서양에서는 18세기 이
래로 제분·제사·방직과 같은 경공업에서부터 금속·도기와 같은
중공업에 걸쳐 자본주의 조직과 대량생산을 향한 크작은 공장이
급속히 들어섰다. 그러한 공업도시는 인근 청년 남녀를 그 일꾼으
로 흡수했다. 그에 맞추어 상업 발달도 덩달았다.

　게다가 근대 산업도시의 옥내 환경은 시민 거의 모두를 집단생
활자로 만들었다. 전등 발명으로 닫힌 상태에서 긴 시간 걸친 밤
일이 가능해졌다. 일터에서 머물고 일하며 모여 담소하는 문화가
자연스러워졌다. 이러한 집단생활 양식이야말로 고스란히 짧은
시간에 무자각성 결핵을 만연케 한 전염 경로였다. 게다가 버스·
전차와 같은 새로운 교통수단 발달이나 영화관과 같은 대중문화
소비 방식 또한 거기에 기름을 더했다. 일터와 집의 분리로 말미
암은 단거리 출퇴근 과정에서 그들은 다수를 밀착 상태로 수용함
으로써 결핵균 전염에 호기를 제공했다. 사회의 결핵이 집으로 옮
아오고 집의 결핵이 사회로 넓혀지는 계기는 이러한 생활 조건
변화와 함께했다.※

　우리 경우도 예속 근대였을망정 결핵은 근대 사회의 중심 문제
로 무게를 더해 왔다. 근대적 공공성과 군집성이 커지면서 알게

※ 近藤宏二, 『人體と結核』, 岩波書店, 1942, 118~121쪽.

모르게 결핵이 만연한 것이다. 게다가 결핵은 문학사에서 특별한 뜻을 지녔다. 낭만주의자에게 결핵은 창조적 열병의 하나였다. 가난과 고통, 정양과 격리, 고독을 바탕에 깔고 있는 결핵은 그들의 창조를 위한 기본 조건이었다. 숱한 문학인이 결핵을 안고 뒹굴었다. 을유광복 이전 문학인만 하더라도 나도향·이상·김유정·권환·이용악·현진건·채만식·허민과 같은 이는 결핵으로 이승을 떴다. 이광수·이태준·임화·지하련·백석과 같은 이는 결핵을 앓았다. 무명 문학인까지 들자면 수는 엄청나게 불어난다.

그런데 우리 근대 결핵문학 가운데서 마산은 집단 활동으로 알려진 곳이다. 마산은 근대 초기부터 침략자 제국주의 왜로倭虜의 군항이자 휴양 도시로 탈바꿈하면서 결핵과 인연을 맺기 시작했다. 일찍부터 국립마산결핵요양원을 중심으로 마산교통요양원·국립신생결핵요양소·마산제36육군병원·마산공군병원요양소와 같은 결핵 전문치료소가 마련되었다. 오늘날에도 국립 결핵 병원인 국립마산병원이 한결같이 남아 있다. 그런 곳의 결핵 환우가 작품집을 내거나, 연고 문인이 오가며 마산 지역 결핵문학을 일구었다. 그것이 꽃피었던 때는 전쟁기였다. 마산결핵요양원 환우들이 잡지 『요우僚友』를 내고 이어서 『청포도』와 『무화과』라는 시동인지를 낸 것이다.

『청포도』는 1952년 9월에 창간호를 낸 국립마산결핵요양소 요우의 유인본 시동인지다. 그들은 1집을 낸 뒤, 1954년 4월까지 두 해 동안 들쭉날쭉 4호까지 냈다. 결핵 투병 생활을 겪는 같은 처지에 놓인 문학도의 열정이라는 점에서 이채를 띠었다. 그들에게 시란 바로 완치된 삶의 미래를 향해 가꾸는 꽃밭이었던 셈이다.

시를 쓰고 시에 산다는 것은 우리에겐 시로서 생명을 기른다
는 것 외에 또 무엇이 있으랴? 시에의 귀의-그것은 주검과 대결
하면서도 오히려 미와 진실을 추구하는 우리의 지상의 시정신이
래야 하겠다

"주검과 대결하면서" "미와 진실을 추구"하고자 하는 환우의 열
망이 잘 담겼다. 그들이 동인 이름을 군이 '청포도'로 내세운 뜻도
풋풋하고 싱싱한 청포도에 자신들의 바람을 투사한 결과였을 것
이다. 『청포도』 동인은 요양소와 시내를 오가며 지역 문학인과 어
울렸다. 그 인연에 따라 평생 문학인으로 산 박철석·민웅식과 같
은 이도 있다. 『청포도』 발간에 앞장섰던 김대규 또한 오늘날까지
나오고 있는 대한결핵협회 기관지 『보건세계』의 초기 간행을 맡
은 공이 컸다. 마산 결핵문학은 『청포도』 이후 몇 해 잠잠하다
1960년 1월 무화과동인회의 『무화과』 발간으로 되살아났다.

여기 모인 동인들은 '창조의 희열'을 통해 '생의 불안'과 '인간의
부조리'를 극복하고 새로운 세계를 이룩하려는 군상인 것이다.

동인 최백산이 쓴 창간사 가운데 한 곳이다. 삶의 불안과 부조
리를 극복하겠다는 환우로서 뜻이 뚜렷하다. 『무화과』는 1961년
6월까지 6집을 냈다. 두 해에 걸친 활동에서는 『청포도』와 같았으

나, 동인 수가 10명을 넘었고 2호를 더 냈다. 50쪽 안밖의 얇은 동인지였지만 환우의 쾌유의 희망을 맑은 가포 바닷물처럼 담아 올린 작품집이었다.

> 노랑저고리 다홍치마 비단신 들
> 나 먼저 입는다고 서둘던 아이들
> 이 설은 누구 손 있어 매어 주나 옷고름
>
> —정인애, 「시조 2수」 가운데서

『무화과』 1집에 실린 정인애의 시조다. 해가 바뀌고 설이라 떠들썩한 분위기다. 가족과 떨어져 갯가 요양소에서 하루 종일 천장을 쳐다보며 지내는 몸이다. 고향 집에 있을 아이들을 떠올리니 한숨만 깊어 간다. 어느새 설빔을 입히고 신겨 줄 어미가 없는 아이들이 되어 버렸다. 집안 살림살이는 또 어떠할 것인가. 설을 맞은 여자 환우의 마음이 쓰리다. 그리움과 죄책감, 안타까움까지 객혈처럼 묻힌 작품이다.

그런데 우리 근대의 집단적 결핵문학은 항도 마산 한 곳에 그치지 않는다. 게다가 개인별로 그것도 작가를 넘어서 일반 공중에서 이루어진 것까지 갈무리한다면 양은 얼마만 할 것인가? 국문학계에서도 이제까지 나도향·이상과 같은 몇몇 둘레에 관심이 머물렀을 따름이다. 따라서 우리 결핵문학의 전통을 제대로 알기 위해서는 대상과 범위를 크게 늘려야 한다. 한정호와 같은 연구자는 결핵문학의 속살을 요양 체험, 치료 체험, 결핵환자의 교류 체험의

셋으로 묶었다.※ 결핵환자를 다룬 여러 갈래의 작품, 결핵을 다룬 언론문과 보고문학까지 더하면 범위는 훨씬 커진다. 게다가 결핵문학 작품을 임상자료로 쓰는 임상문학론까지 나아갈 수 있다.

결핵문학은 우리 근대의 중요 생활사를 일깨워 주는 전통이다. 그에 관한 발굴과 보존, 연구와 홍보를 빌린 계승은 뜻깊다. 결핵 퇴치를 향한 먼 국가적 도정에서 유효한 길잡이 가운데 하나가 될 것이다. 그 일이 어느 정도 자리가 잡히면 장차 결핵박물관까지 내다볼 수 있으리라. 특정 질병을 주제로 삼은 우리나라 초유의 전문 박물관이 그것이다. 대한결핵협회는 오랜 세월, 결핵 퇴치를 위한 핵심 역할을 도맡아 왔다. 결핵과 관련한 우리 겨레의 체계적이고도 깊이 있는 인문학 담론에도 문고리를 쥐고 있다고 해서 지나친 말이 아니다. 결핵의학과 결핵문학의 통합부터 시작해, 결핵인문학의 창발까지 걸음을 바삐 서두를 일이다.

(『보건세계』 여름호, 대한결핵협회, 2014)

※ 한정호, 「마산의 결핵문학 연구」, 『지역문학의 이랑과 고랑』, 도서출판 경진, 2011, 125쪽.

추억을 건지다, 몽골건져먹기

건져먹기의 참맛은 겨울이라야 더 빛난다. 여럿이 모여 따뜻한 국물에 건더기가 그리운 때다. 데쳐 건져내는 즐거움이 살짝살짝 살아 오르는 음식. 건져먹기에는 무엇보다 같이 누리는 즐거움이 있다. 한자리에 넣어서 따로 나누고, 나눈 것을 다시 하나로 끓인다. 게다가 건져먹기는 재료에도 특성이 있다. 쇠고기, 양고기에다 새우 낙지 온갖 해물이 거리낌 없다. 거기에 갖가지 싱싱한 푸성귀. 고단백에 저칼로리 음식이라 알려진 소문이 부끄럽지 않다. 살짝 익히니 영양 손실마저 적다고 했던가.

건져먹기는 건져 먹는 과정이 오롯이 한 꾸러미 이야기다. 스스로 이야기를 머금은 음식이 얼마나 될까. 음식이 먹는 이의 이야기를 끌어내고, 먹는 사람이 다시 음식으로 말미암아 아기자기 새롭다. 배춧잎 사이에는 산골 바람 소리가 들고, 대파에서는 어느 강가로 슬쩍 밀려 나는 물살의 심줄이 보인다. 팽이버섯 가는 줄기는 참나무 숲길로 싸륵 눈발 듣는 소리를 낸다. 어찌 건져먹기를 따로 또 같이 추억을 건져 먹는 음식이라 일컫지 않을 수 있으랴.

사람들은 건져먹기의 참모습이 이른바 몽골샤브샤브, 곧 몽골 건져먹기에 있다고 한다. 13세기 징키스항 시대, 싸움터로 나간 군병이 고기포에다 가까이 손쉬운 재료로 간편하게 먹은 데서 비롯됐다는 뜻이다. 그러나 이 점은 징키스항의 영광에 음식이 업혀 덕을 본 격이다. 그 시대 효율적인 식사법이었을 것임은 틀림없으나, 건져먹기의 뿌리는 한참 더 위로 올라갈 터인 까닭이다. 오랜 세월 유목 지대에서 곳곳에 맞게 발전해 온 음식이 건져먹기라 보는 게 설득력이 있지 않을까. 그러니 북방 유목문화의 영향을 많이 받았던 우리 상고 역사 속에서도 건져먹기 방식을 어렵지 않게 찾을 수 있을 것이다.

유목민 음식은 두 가지 특성을 띤다. 첫째, 이동성이다. 가볍고 운반이 쉬워야 한다. 끼니도 일정치 않다. 하루 세 번 꼬박 챙겨 먹는 농경문화와 같을 리 없다. 며칠씩 굶다 짬이 나면 배를 채우기도 한다. 지금도 몽골 사람은 아침 겸 점심에다 저녁을 먹는 두 끼 버릇이 흔하다. 둘째, 단순함이다. 유목 생활에서는 갖은 재료와 양념으로 조리를 즐기기 어렵다. 손쉬워야 한다. 한 자리에서 여러 해를 내다보며 곰삭히는 음식을 마련하기 힘들다. 건져먹기 방식은 유목민 사회에 널리 펴져 있었던 음식. 그런데 그 이름을 몽골이 독점하고 있다. 아직까지 유목 전통이 가장 살아 있는 곳이라는 몽골로서는 다행한 일이지만 건져먹기 전통으로 볼 때는 아쉬울 법한 일이다.

오늘날 몽골은 정작 어떤 음식 문화를 가꾸고 있을까. 1921년 세계에서 두 번째로 사회주의 혁명을 이룬 뒤 모국 소련 가까이 머물면서 몽골은 나날살이도 유목 품성도 많이 달라졌다. 음식문화도 예외가 아니다. 양배추와 같은 푸성귀를 많이 먹기 시작했으며, 젓가락은 포크로 바뀌었다. 유목민의 간편식은 전채와 본식, 그리고 후식으로 이루어진 서양식 삼분법 요리로 복잡해졌다. 게다가 일흔 해를 넘게 사회주의 학습과 적응 과정에서 몽골 음식은 그들을 찾는 서양 사람을 겨냥하여 진화하였다. 몽골건져먹기란 그 대표적인 것인 셈이다.

그럼에도 민간에서는 아직까지 유목 음식문화의 뿌리가 달라짐이 없다. 몽골 전통 음식은 '붉은 음식'과 '흰 음식' 둘로 나뉜다. 붉은 음식은 양·소·말·낙타·염소 다섯 가지 귀한 집짐승 고기다. 흰 음식은 그들의 젖이나 젖으로 만든 갖가지 유제품. 먹는 방식도 간단한 셜(탕)이나 볶음이다. 간은 소금이 도맡는다. 아니면 삶은 고기를 칼로 빚어 먹는 방식이다. 거기에 소젖차가 곁든다. 따라서 우리에게 몽골건져먹기로 알려진 것을 몽골 사람은 나날살이에서 먹기가 쉽지 않다. 고가일 뿐 아니라, 외래 관광객을 겨냥한 큰 음식점에서나 볼 수 있는 차림인 까닭이다.

몽골건져먹기의 원조는 일본이라고 알려져 있다. 우리보다 해외여행에 먼저 눈을 돌렸던 일본인이 자신들 먹기 좋은 음식으로 거듭나게 한 것이라 봄이 마땅하다. 우리나라에 이것을 만드는 음식점이 처음 생긴 때는 1970년대라 한다. 그러나 널리 알려지게 된 때는 1980년대다. 우리의 경제 호황이나 세계화 학습과 나란했던 셈이다. 오늘날에는 도심 어느 곳에서든 드물지 않게 만날 수 있다. 얇게 쓴 고기와 푸성귀를 익혀서 건져 먹는 방식은 그대로되 재료나 육수, 간은 상점별로 제조사별로 다르다. 육수 또한 일본과 달리 맵거나 진하게 만들어 요란스럽다.

우리의 몽골건져먹기는 다채롭게 바뀔 전망이다. 갖가지 재료를 입맛대로 비벼대는 우리의 성정과 유행이 이 건져먹기를 어디로 끌고 갈지 궁금하다. 살랑살랑 익히고 조곤조곤 건져내는 건져먹기를 우리 전통 용어인 전골로 일컫든 토렴이라 일컫든, 우리 안에서 우리의 몸과 마음을 가꿔 주고 나아가 세계 음식으로 거듭나기를 바란다. 떠돌고 섞이며 끝없이 진화하는 것이 유목 정신 아니던가. 그런 점에서 유목민의 초원에서 시작했을 몽골건져먹기의 앞날은 새로 새로우리라.

(『큐라인』 11월호, 대한지적공사, 2011)

우리 바다를 더럽히는 두 가지 길

1. 바다, 바다 사람

인류의 생활양식은 오랜 세월 여러 길로 달라져 왔다. 그것을 몇 가지로 묶기란 쉽지 않다. 그 가운데서 흔한 나눔이 농경민과 유목민으로 가르는 길이다. 농경민은 땅을 지키고 서서 하늘을 올려다보며 산다. 햇살과 비를 어떻게 얻고 다루는가라는 문제가 그들이 지닌 가장 큰 관심사다. 땅은 그들에게 나뉜 공간이었다. 이곳과 저곳, 우리 땅과 남 땅. 땅금 멀리 너머에는 불안과 위협이 도사리고 있다. 이에 견주어 유목민에게 공간은 열려 있다. 유목민은 움직인다. 달린다. 풀과 물을 찾아 떠돈다. 따라서 유목민은 특정 땅에 소속되지 않는다. 오히려 땅을 짓밟는 침입자와 같다. 오늘날 IT혁명의 세대를 신유목민이라 일컫는다. 많은 사람들이 이산(디아스포라)을 겪고 있다, 세계 곳곳에서 농경민과 유목민 사이 경계는 사라지고 뒤섞인다.

다른 나눔은 농민과 도시민이다. 도시는 인공적인 변형이 더해진 곳이다. 낯선 사람이 모여 들어 익명성과 군집성을 특징으로 하는 곳이다. 도시민은 고독한 군중이다. 거기에 견주어 농촌은 자연적이고 소박하다. 농민은 공동체의 일원이다. 이미 알려진 정보들이 든든하게 뒤를 받쳐 주는 고맥락 사회다. 오늘날 우리 사회는 거의 모든 곳이 도시로 바뀌어 버렸다. 참된 농촌은 어디에서도 보기 힘들다. 1960년대부터 우리 사회는 도시로 나아가는 한쪽 방향으로만 더욱 빨라졌다. 오늘날 생태 복원이나 쾌적함에 대한 사회적 요구는 그러한 도시화에 대한 반발인 셈이다.

생산자와 상인이라는 생활양식의 나눔도 있다. 생산자는 자신이 지니고 있는 것에서 힘을 얻는다. 공간 통제와 자원 소유가 핵심 요건이다. 그런데 생산이 모자랄 때 생산자는 침략한다. 제국주의가 그것이다. 그와 달리 상인은 주어진 부가 아니라 교환의 잠재성에 따라 힘이 만들어진다. 상인은 유통으로부터 부를 얻는다. 따라서 상인은 뚫는다. 상품, 돈과 더불어 유통을 막는 것은 모두 상인에게 장애물이다. 중요한 것은 교통로와 연결망이다. 지점과 창고다※ 생산자와 상인의 견줌은 공장과 상점으로 극명하게 드러난다.

육지인·해양인·공중인으로 나누기도 한다. 인류에게 육지는 바

※ 필립 모로 드파르쥐, 이대희·최연구 옮김, 『지정학 입문』, 새물결, 1997, 18~26쪽.

다와 맞서는 자연 환경이다. 육지인은 점유 논리를 따른다. 자기 소유지에서 지배자로 살아간다. 땅을 넓히고 통일하며 고정시키는 지주와 민족국가를 필요로 한다. 그런데 지구 겉의 2/3는 바다가 뒤덮고 있다. 해양인은 땅과 달리 바다가 소유로부터 놓여 있다는 사실을 안다. 정박지나 해협, 섬과 같이 땅이 제공하는 것에 따라 바다를 이용하거나 통제할 수밖에 없다. 육지는 경계를 지으나 바다는 뒤섞는다. 그만큼 넓다. 이런 까닭에 바다에 관한 생각은 늘 충돌해 왔다.

첫째, 바다를 점유에 맞서는 자유의, 자유 항해의 공간으로 생각하는 쪽이다. 한때 대영제국이 그것을 표상했다. 저들은 바다 수호자를 자임했다. 2차 세계대전 뒤 미국이 그 몫을 이어 받았다. 둘째, 다른 쪽은 육지와 같은 점유 논리를 바다에 실천하는 것이다. 오늘날 모든 민족국가의 자연스런 태도가 이것이다. 바다는 길일 뿐 아니라 개발의 보고다. 이른바 파도밭이라는 우리 조상의 표현이 이러한 생각을 잘 드러낸다. 바다는 육지가 거듭 이어진 곳일 따름이다. 대륙붕이나 배타적 경제수역 마련이 그 점을 말해 준다. 바다는 육지와 같은 소유와 주권의 논리가 더욱 넓혀진 곳이다. 그런데 아직도 세계 바다 60%는 이러한 논리에서 자유롭다.

20세기 들어 하늘과 우주에 대한 정복 관점은 사람에게 공간에 대한 새로운 앎을 심어 주었다. 지역과 지역, 공간과 공간 사이 물리적 거리는 완연히 줄어들었다. 장애물도 사라졌다. 거기다 유인 비행과 인공위성 촬영에 의해 인류는 지구 바깥에서 자신을 내려다본다. 이제 인류는 자신을 객관화할 수 있게 된 셈이다. 이른바 우주 시대다.

오늘 우리의 주제는 바다다. 바다. 오랜 세월 우리 겨레의 삶터였으며, 역사였던 곳. 그러나 아직까지 한결같이 홀대받고 버려진 곳이 바다다. 그래서 더욱 버려질 운명에 놓인 곳이다. 우리는 참된 해양인이 될 자격을 갖춘 것일까. 준비는? 이제 버려진 바다를 더욱 버려 놓을 은밀한 죄악을 저질러야겠다.

2. 바다 이름 잊어버리기

지구의 9/12는 바다가 덮고 있다. 놀라운 사실이다. 일컬어 대서양·인도양·태평양·북극해가 세계 대양을 이룬다. 나머지 3/12이 위로 돋아난 땅이다. 다시 그 2/12는 세계 섬이다. 유럽과 아시아 그리고 아프리카를 포함하는 곳이다. 나머지 1/12은 아메리카와 호주가 차지한다. 아메리카는 15세기 말 콜럼버스가 침략하기 앞서까지는 세계사에 자신을 드러내지 않았다. 호주는 18세기까지 존재를 나타내지 않은 미지의 땅이었다.

우리 또한 삼면이 바다다. 북으로만 대륙으로 이어져 있을 따름이다. 남동으로는 일본 열도가 가로 막고 있어 태평양으로 나가려면 에둘러야 한다. 서로는 서해를 거쳐 중국과 이어진다. 역사에 비쳐 볼 때 우리 겨레는 오랜 예부터 바다를 활발하게 활용하면서 살아왔다. 그러다 후대로 내려오면서 점점 바다와 멀어지는 모습을 보였다. 모름지기 우리는 우리 바다를 얼마나 알고 있는가? 바다를 얼마나 사랑하고 있는 것일까? 우리 바다를 버려 놓는 첫 번째 일이 바로 망망대해 그 바다와 기슭의 이름을 잊어버리는 일이다. 본보기 하나를 보인다.

제국주의의 침략·지배·수탈 야욕은 피식민지 영토나 인력·자원뿐 아니라 역사까지 걸친다. 땅이름 빼앗는 일은 그것을 하나로 온축한 행위다. 역사 왜곡에서 더 나아가 역사 말살이다. 땅에서 이루어져 온 시공간적 자취를 깡그리 지워버리는 꼴이다. 1910년 경술국치를 겪고 망연자실한 겨레 앞에서 제국주의 왜로(倭虜)가 재빨리 꾀했던 짓도 그것이다. 조선조 오백 년 동안 가꾼 서울 '한양'을 이른바 '경성'으로 바꿔쳤다. 35년 뒤 을유광복을 맞자 우리가 맨 처음 한 일 또한 '경성'을 들어내고 '서울' 이름을 되찾는 것이었다. 땅이름이 얼마나 무거운가를 단적으로 보여 주는 본보기다.

그런데 '경성' 못지않은 무게로 한결같이 치욕스런 땅이름이 있다. '송도(松島)', 곧 '마쓰시마'가 그것이다. 송도는 저들 섬나라에서 이른바 3대 명승(日本三景)으로 널리 뽐내는 바닷가 풍광이다. 이른바 조선총독부를 둔 지배·수탈 중심 '경성'과 나란히 그 만족감을 우리 땅에다 실천하고자 유흥·행락의 대표 경관마다 저들 고유명사 송도를 덮씌운 것이다. 부산 송도를 처음으로 인천 송도, 포항 송도에다 원산 송도가 그렇게 붙은 이름이다. 다만 원산 쪽은 한자어로 송도(松濤)를 써 슬쩍 빗겨나 있을 따름이다. 그런데 그 이름이 광복 된 지 일흔 해를 내다보는 오늘날까지 우리 땅에 아무렇지 않게 남아 있다. 분한 일이다.
　　　—「암남해수욕장 백 돌에 할 일」(『국제신문』, 2012. 7. 26) 가운데서

아직까지 우리가 씻지 못한 이른바 '송도해수욕장' 개장 100주
년 기념 행사를 한다기에 그 이름부터 바루는 일이 급함을 부산
지역 사회에 일깨우고자 쓴 글 자리. 어떤가? 쓸데없이 조그만 바
닷가 이름을 문제 삼아 헤집고 후비고 있는 것일까? 아니면 마땅
히 따르고 고쳐야 할 일거리를 이야기하고 있는 것인가? 생각에
따라, 살아온 버릇에 따라 다 다르게 받아들일 일이다.

그런데 제국주의가 맨 처음 남의 주권지에 들어와 하는 일은
자기 주권을 확인하기 위해 땅이름부터 바꾸는 것이라는 점을 강
조하고자 한다. 이것은 세계 어느 제국에서나 마찬가지로 이루어
지는 일이다. 이른바 '송도해수욕장'을 '암남해수욕장'으로라도
되돌려 부르자는 글쓴이의 제안에 해당 관계자나 해당 지역 사람
들은 관심도 없다. 오히려 이른바 100주년을 맞이했다며 나라 곳
곳 광고판에 '우리나라 최초의 해수욕장 송도'로 그 이름을 더욱
떠벌리고 있다.

이제 더 큰 본보기를 보자. 이른바 '대화퇴大和堆'가 그것이다.
『디지털울릉문화대전』에 쓴 것을 그대로 따른다.

[정의] 경상북도 울릉군 울릉읍 독도리 인근 해역에 있는 어류
서식지.

[개설] 대화퇴 어장은 울릉지역 인근의 다른 깊은 바다와는 달리

수심이 얕은 바다에 퇴적물이 쌓여, 영양염류가 풍부하여 각종
수산자원이 풍부한 곳이다.

[자연환경] 동해안의 평균수심이 1,400m 정도로 깊지만 대화퇴
어장은 평균 수심이 300~500m 정도의 수심이 얕은 바다이다. 면
적은 106만㎢ 정도이며, 남하하는 리만(Rieman) 한류와 북상하는
쿠로시오(Kuroshio) 난류가 만나는 곳이다. 대화퇴어장에서는 난
류와 한류가 뒤섞이거나 수층을 이루면서 공존하게 되어 심층수
와 표층수의 물리·화학적 변화성이 두드러지게 나타난다.

특히 영양염류는 표층으로 용출되어 식물 플랑크톤이 대량 증식
하게 된다. 이로 말미암아 어류의 먹이가 되는 동물 플랑크톤의
증식도 같이 확산되어 수산자원이 풍부한 수역이 되는 것이다.
오징어, 꽁치, 방어, 연어, 송어, 돌돔, 벵에돔, 개볼락, 전복, 소라,
해삼, 문어, 방어 등의 수산자원들이 풍부한 어장이다.

[현황] 2008년 현재 대화퇴어장은 한·일 양국이 공동으로 관리하
는 공해 성격의 중간수역에서 약 50% 정도를 차지하고 있으며,
양국 어선들이 모두 조업이 가능하다.

[참고문헌]
• 김기태, 『동해남부 해역의 연구』(영남대학교 출판부, 1992)

다음은 널리 알려진 『위키백과』에 있는 풀이다.

　대화퇴(大和堆) 또는 야마토 퇴(일본어: 大和堆 やまとたい 야

마토타이)는 동해 중부에 위치한 얕은 뱅크이다. 가장 얕은 부분에서 수심 236m이고, 동해 최고의 어장이 되고 있다.

대화퇴의 중앙부는 북동에서 남서 방향으로 깊이 2000m에 이르는 계곡에 의해 분할되어 있으며, 일본에 가까운 쪽을 '대화퇴', 반대쪽은 '북대화퇴'라고 부른다. 대화퇴는 일본의 배타적 경제수역에 포함되나, '북대화퇴' 지역은 그렇지 않다.

동해는 깊은 바다로 간주하고 있었지만 1924년 구 일본 해군의 측량선 '야마토(大和)'호에 의해 발견되었다.

유라시아 대륙 동쪽 가장자리를 따라 직선적인 형태로 붙어 있던 옛 일본열도 가 신제삼기 들어 대륙에서 분리되었을 때, 동해의 확대를 위해 발생한 해령의 흔적이다. 해령은 현재 활동하고 있지 않다.

현재 독도 위쪽 너른 바다밑 높이 돋아 오른 고원지대다. 물밑 고원지대인 이곳은 동해에서도 얕은 지역이어서 풀이와 같이 "동해 최고의 어장"이다. 그런데 이곳을 부르는 우리 학계나 민간의 공식 이름이 '대화퇴'다. 그 터무니는 1924년 왜로의 측량선 '야마토大和'가 '발견'했기 때문에 붙었다는 생각이다. 모름지기 그러한가?

독도와 울릉도가 우리땅이라 하면서 그 둘레 바다 이름은 왜로 倭虜들이 마구잡이 가져다 붙인 이름을 그대로 쓰고 있다. 오랜 세월 울릉도와 독도 둘레 바다가 우리 해역이었다면, 그곳에서 고기를 잡고 삶을 이루어왔다면 우리 어민들이 불렀던 이름이 없었을 리 없다. 그 오랜 세월 이어졌을 친근한 이름은 버리고, 기껏 1924

년 왜로 측량선의 발견만 가져다 붙였다. 앞뒤가 맞지 않은 어리석음 아닌가. 게다가 '대화大和'란 어떤 뜻인가? 바로 이른바 '대일본제국'을 표상하는 이름이다. 그러고도 독도를 우리땅이니 동해가 바른 이름이니 하고 내세울 수 있겠는가? 물론 그것은 이미 얼빠진 김대중행정부가 어떤 약점을 그들에게 잡혔는지 독도를 섬으로 인정하지도 않고 독도 바다를 배타적 경제수역으로 삼는 매국적인 짓거리를 할 때부터 자연스럽게 이어질 일이었다. 한 번 저지른 작은 어리석음은 더 큰 어리석음으로 가는 법이다.

나는 일찍이 1970년대 중반 동해 영덕군 축산항 어선신고소에서 일하면서 군복무를 마쳤다. 가을과 겨울, 봄을 지나면서 많은 일을 겪었다. 그때 내가 얻은 바다에 관한 지식은 시골 강가 마을에서 태어나 도시 부산에서 자랐던 나에게는 놀라움 자체였다. 나는 축산 바다에서 즐거웠고 행복했고 바다처럼 마구 자유로웠다. 불 꺼진 조그마한 어선신고소에서 항구가 다 잠든 뒤 쏟아지는 함박눈을 보면서 혼자 시를 생각했던 날은 참으로 뜨거웠다. 파도 치는 갯가 바위 굴 속에서 은밀하게 사랑을 나누는 물개 암수처럼 파도는 마구 뒤섞이며 바다를 때렸다. 그 갯가에서 내가 배웠던 것은 가난이며, 젊음이며, 앞뒤 재지 않고 나아가는 저돌적인 파도 기중기의 힘이었다.

그리고 내가 배운 다른 또 하나. 바로 이른바 '대화퇴'라는 곳의 우리 어민들 이름 '왕들짬'이 그것이다. 왕들, 곧 '큰들'이 있는 쪽이라는 뜻이다. 나는 그 이름을 듣고 독도 가까이 있다는 그 너른 바다 밑 초원을 그리워했다. 울릉도, 독도 민속 조사, 동해안 어민을 상대로 조사를 했더라면 금방 알 수 있었을 사실임에도 우리 학자며 공무원이라는 사람들은 오불관언이었던 셈이다. 왜인이 만든 지도와 그 위 이름을 보고 그대로 '대화퇴'라 따라 붙인 것이다. 어리석음도 이런 어리석음이 없다. 그 왕들쨈이라는 바다 이름은 일찍이 내가 쓴 시 한 편에나 슬쩍 들어 있을 따름이다.

가슴에 섬을 품은 이는
울릉군 나리분지
당귀 약꽃더미에 마음 붐빈다

왕들쨈 멀리서 밀려오는 갈매기
물가자미 덕장에는 물가자미 지린내가 독하고
문득 떠내려 오는 섬과 눈 맞춰
구멍 숭숭 돌이 된 사람들

그 옆으로 찾아 핀
개동백 한 그루.

—「개동백」(『가을 악견산』, 문학과지성사, 1989)

큰 이름이든지 작은 이름이든, 우리나라를 둘러싸고 있는 모든 바다에 우리 겨레가 뜻있다고 여긴 곳에는 이름이 있다. 『심청전』의 '인당수'를 보라. 그런데 우리는 그것을 죄 잊고 말았다. 그 자리에 피식민지 노예로 살았던 우리가 그 침략자들이 붙인, 다른 나라의 이름을 따라 앵무새처럼 외고 있을 따름이다. 얼이 빠져도 한참 빠진 짓거리다.

　　테-프 쥐고 보내는 이도 없는 초라한 출범이다
　　그래도 내해(內海)를 횡단하려든 내 모험은
　　채색기를 내걸고 이제 막 안벽(岸壁)을 떠난 기선보다도 화려
하다

　　이윽고 잔영(殘影)이 피를 토하여 구름을 물드린다
　　바다에는 산이 없다
　　해는 망설이다 해저에 떠러저 죽다
　　항구 청진은 하마 먼 후방에 있다

　　무더운 선실을 나와
　　갑판에 벌떡 누으면
　　별들이 소낙비처럼 쏘다진다
　　문득 "이렇게 무턱대고 가기만하면 '쯔루가'가 나질가" 걱정이다
　　이런 주책없는 사나이를 봤나
　　겁쟁이는 구명기고(救命器庫)나 눈역여 보아둠이 좋다

　　술을 마시어 선취(船醉)를 잊을 줄 모르는 여인들은 불행하다
　　나는 뒤웃둥거리며 매점을 찾아 것는다
　　　　　　―임춘길, 「일본해(日本海) 횡단」(『화병』, 자가본, 1941)

함북 성진군이 고향인 시인이다. 1940년대 부왜^{附倭} 문학인으로 이름을 올린 적이 있는 그는 아마 청진항에서 배를 타고 섬나라로 건너가는 모양이다. 멀미를 참으며 술을 마시기 위해 '뒤웃둥거리며' 배 안에 있는 '매점'을 찾아 가는 모습이 선하다. 그런데 보라. 그는 그 푸른 동해를 이른바 조선총독부가 가르친 대로 '일본해'라고 버젓이 붙이고 있지 않은가. 그냥 무명시인으로 살아갈 수도 있었을 그가 이렇듯 망발 같은 이름을 시에 올림으로써 두고두고 자신까지 욕되게 하고 있는 셈이다. 그런데 이런 어리석음은 임춘길 한 시인에게만 머무는 일이 아니다.

이름 드높다는 임화의 시집 『현해탄』은 또 어떤가. 아예 시집 한 권을 왜인의 바다 이름으로 채웠다. 그가 알고 있는 현해탄이란 빼도 박도 못하고 부산포에서 일본 하관에 이르는 그 너른 바다 모두를 뜻한다. 나라잃은시대 현해탄은 자연스럽게 우리 땅 제주도를 품고, 너른 대한해협을 포함해 섬나라와 우리를 이어 주는 바닷길을 뜻하는 것으로 확장되어 쓰였다. 대마도와 자기들 열도 사이의 이른바 흑조(쿠로시오)가 흐르는 바다를 일본에서는 현해탄이라 부른다. 그런데 오랜 피식민지 노예로 살면서, 우리는 그들의 가르침대로 남녘 바다 전부를 거기다 가져다 붙였다. 이른바 부산-하관 뱃길 모두를 그렇게 붙인 것이다. 그러니 동해를 일본해로 빼앗기고, 독도 위의 너른 바다를 이른바 대화퇴라 부르는 망발은 자연스럽다. 남녘 부산에서 왜나라에 이르는 그 너른 바다를 현해탄이라 부르면서 우리는 남녘 바다 모두를 잃고 만 셈이다. 그리고 그러한 잘못을 오늘날에도 지식인이나 시민이나 할 것

없이 의심 없이 거듭 저지르고 있다.

그러니 우리가 우리 바다를 더럽히는 길은 간단명료하다. 우리 갯가에 있는 왜나라 명승지 이름의 기를 더욱 살려 주고, 동해는 잊고 일본해로 굳혀 주는 길이다. 대화퇴도 학자들까지 그렇게 부르니 무엇이 문제일 것인가. 남녘 너른 바다를 대한해협, 현해탄이라 굳이 따로 부를 필요가 어디 있는가. 그저 입에 익은 대로 현해탄이라 부르며 살아가면 될 일이다. 중국과 우리 사이에 서해 위쪽 발해만에 발해라는 자랑스러운 이름이 그대로 살아 있는 일이 이상할 따름이다. 바다를 더럽히는 길은 그렇게 어렵지 않다. 무지한 채로, 어리석은 채로 살아가면 된다. 나랏돈 받아먹기 위해 눈 부릅뜨곤 하는 그 많은 해양학자, 해양 수산인이 굳이 바다 이름 되찾기와 같은 일에 돈을 들일 여유가 있을 리 없다. 우리나라 안에 여럿 마련된 독도연구소, 해양연구소에서 그런 일에 공을 들일 까닭이 없다. 그냥 날줄, 시줄에 따라 숫자로 바닷길을 밝히면 얼마나 과학적이고 손쉬운가.

3. 바다 역사 잃어버리기

바다가 이름을 잃어버리면 다음으로 그 바다에서 이루어진 모든 역사와 삶의 집단 기억을 잃는다. 그것이 민족적, 집단적 단위의 이름일 때는 파장이 매우 심각하다. 그러니 우리가 우리 바다를 더럽히는 가장 빠른 길은 바다 이름 지우는 데서 더 나아가 그 아래 갇혀 있는 역사까지 죄 묻어 버리는 일이다.

지난 인류사에서 가장 위대한 발명은 무엇일까. 그것은 아마도 말글일 것이다. 인류는 말글을 씀으로써 오늘날과 같은 인지를 발달시켰다. 그렇다면 지난 1000년 동안 인류가 발명한 것 가운데 가장 중요한 게 무엇일까? 이 물음에 대한 답은 사람마다 다를 수 있다. 그러나 나로서는 그것이 인쇄 기술이라고 말하고 싶다. 대량 인쇄의 발명, 책의 발달이야말로 오늘날 근대 문화의 기본 동력이었다. 지적 교환의 저장소와 이음매로서 인쇄의 역할은 가히 인류 삶 자체를 바꾸었다 해도 지나친 말이 아니다. 우리는 구비청각문화에서 인쇄시각문화로 옮겨간, 이러한 사람의 소통 방식 변화에 따라 배운 게 있다. 삶이란 기록이며, 그것의 교환이라는 사실이다. 바다는 그 바다에 관한 기록을 빌려 바다로 존재한다. 그만큼 바다에 관한 기록과 전승은 중요하다. 그러나 우리는 그것을 너무 등한시해 왔다. 이제 이야기를 대마도로 옮겨가 본다.

을유광복 뒤 혼란 속에서 대마도 한국 환속을 위해 발 벗고 나선 이가 수산인 정문기(1898~1996) 박사다. 소책자 『대마도의 조선 환속과 동양 평화의 영속성』을 앞세운 일이었다. 이것은 1948년도에 펴냈다고 알려지기도 했다. 사실은 그렇지 않다. 부산수산대학교(부경대학교) 교장이었던 그가 광복 두 달 뒤인 10월 15일 서둘러 펴낸 뒤 각계에 돌렸다. 본문 22쪽 세 매듭으로 짜인 짧은 것이다. 첫머리에 한글 소논문 「대마도의 조선 환속과 동양 평화의 영속성」을 싣고, 이어서 「대마도문헌고」를 붙인 뒤,

맨 끝에 소논문의 영문 번역문을 올렸다.

먼저 「대마도의……」에서는 대마도를 하루바삐 우리에게 환속시켜야 하는 까닭을 밝혔다. 말뿌리에서 시작하여 지정학적·역사적 사실에서 대마도가 우리 속령이었음을 여러 길로 짚었다. 그에 따르면 '쓰시마'라는 일컬음은 우리말 '두 섬'에서 비롯했다. 위치로 볼 때도 대마도는 우리 영향권이다. 우리 남단에서는 53km, 일본 구주에서는 그 두 배가 넘는 147km나 떨어져 있으니 마땅한 지적이다. 이어 문헌상으로 고려에서부터 조선 시대까지 대마도가 육백 년을 넘도록 우리에게 복속된 땅이었음을 낱낱으로 풀었다.

－(줄임)－

그의 회고에 따르면 잇달아 여러 차례 주요 인사들을 만나 대마도 귀속을 역설했다. 그럼에도 그때 말뿐 실질을 얻지는 못했다. 그런데 이 소책자에서 눈여겨 볼 데가 있다. 둘째 매듭 「대마도문헌고」 끝에 '참고'라 하여 백남운·황의돈·신동엽 세 역사학자의 도움을 받았다는 사실을 덧붙인 곳이다. 대마도 환속은 정문기 개인이 아니라 광복기 뜻있는 지식인의 공통 염원이었음을 알게 하는 증거다. 정 박사를 비롯한 여러 사람의 노력은 드디어 1948년 2월, 입법원 204차 회의에서 대마도의 우리 영토 복귀를 결의하는 단계까지 나아갔다. 이어서 대한민국 건국 행정부 출범 직후인 1948년 8월 18일에는 이승만 대통령이 '대마도 반환 요구'를 발표했다. 그러자 저들은 대마도 한국 관련 유적 지우기에 부랴부랴 나섰다. 지금부터 60년을 갓 넘긴, 가까운 시기 옛일이다.

—「대마도 환속과 정문기」(『국제신문』, 2013. 4. 18) 가운데서

대마도를 우리가 완전히 빼앗긴 때는 19세기 중엽이었다. 지금부터 150여 년 전 일이다. 근대 민족, 주권 국가 형성이 왜나라보다 한참 늦었던 우리가 어쩔 수 없이 맞닥뜨린 인과응보였다. 그리고 1910년 경술국치. 나라 안밖이, 나라 사람의 위아래가 하나로 뜻과 마음을 모으지 않으면 오합지졸로 마침내 나라마저 빼앗기게 된다는 사실을 뼈저리게 느껴야 했던 세월이다. 그러한 대마도에 오늘날 남아 있는 우리 역사는 얼마나 될까. 덕혜옹주라는 근세 인물 한 사람을 짐짓 발굴해 내서 떠벌이고, 면암 선생 유배지로만 알려진 속살이 너무 허무하지 않은가. 체계적이고도 지속적으로 왜나라 사람들이 지운 대마도 안쪽의 조선적인 것, 대륙적인 터무니를 찾고 되살리려는 노력을 우리는 얼마나 하고 있는 것일까. 대마도를 잃는 일은 대마도를 우리 바다요 우리 땅으로 살았던, 오랜 우리 역사를 잃어버리는 것이다. 그러나 대마도 없이 사는 데 아무런 불편이 없다. 그러니 괜스레 끄집어낼 이야기가 아니다. 우리나라 땅 안의 역사도 제대로 밝히지 못하는 주제에 이미 남의 나라 땅이 되어 버린 대마도와 그 바다 역사를 묻는 일이 어찌 합리적인가.

그러니 우리의 오랜 동해 바다 역사를 되찾기 위해 나섰다 파란 젊음을 동해 바다 밑에 묻은 한 청년, 장철수와 같은 이의 죽음은 헛되어도 한참 헛된 일이다.

1998년 '발해 1300호'를 이끌고 동해에서 장렬하게 숨져 간 장철수 대장 또한 근대 통영이 일군 한 삶의 높이를 잘 이어받은 본보기다. 그를 비롯한 길벗 네 명이 발해와 동해의 옛 진실을 증명해 보이기 위해 러시아 블라디보스톡 항구를 떠난 때는 1997년 12월 31일이었다. 울릉도와 독도를 거쳐 제주도로 향하던 그들은 배를 띄운 지 24일째인 1998년 1월 23일 이승과 마지막 교신을 했다. 다음날인 1월 24일 아침 부서진 '발해 1300호'는 일본 갯가에서 발견되었다.

　서른아홉 짧은 삶을 살다간 장철수 대장을 나는 1996년 5월, 그가 소장을 맡고 있었던 21세기바다연구소의 '해양문학의 밤' 자리에서 만났다. 바다에 미친 사람이라고 소개 받은 그를 나는 앞으로 지역 정치꾼을 꿈꾸는 야심 찬 젊은이 정도로만 예사롭게 넘겼다. 그러나 그것은 커다란 오해였다. 그리고 동해의 비보가 언론 보도로 날아들었다. 내가 지닌 부끄러움을 조금이나마 덜어낼 때는 그가 숨진 지 다섯 해 뒤인 2003년이었다. 시 「발해를 꿈꾸며 동해에 지다」가 그것이다.

　통영 옛 이름은 두룡포
　통영 사람들 퇴영이라 일컫는데

　지아비 주검 찾으러 물밑 고을로 내려간
　해평 열녀 감았던 천 발 새끼줄이
　며칠 뒤 건져 올린 두 주검에는

통영 바다 꽃인연이란 인연 죄 따라 올라왔다는

사월도 가는 가랑비
동백꽃 물밑 이야기가 낯설지 않은 오늘

그 골목 걸어 동해로 건너간 사람 있다
구름 둑길 넘어 청어 골짝 지나
개펄 속 가로등 하나 둘 켜질 때
돛대 시침은 어느 별을 가리켰던가

세병관 높은 마루에 서서
이제 막 발바닥 접는 갈매기 본다
달샘 해샘 충렬사 물빛 닮은 두 눈
엎어진다 넘어진다

넘어지면서 혓바닥 파도 깊이 묻는
퇴영 사람 장철수
바다 사람 장철수
1960-1998
칼날 파도로 깎은 묘비

발해를 꿈꾸며 동해에 지다
오 독도 하얀 용오름.

통영시 산양 미륵산 기슭에는 장철수 대장의 무덤이 있다. 열흘을 넘겨 찾아낸 그의 다리가 묻혔다. '발해 1300호 추모비'가 곁을 지킨다. 올해 2월 19일, 방의천을 대장으로 한 2차 발해뗏목 탐사대의 '발해 2005호'는 다시 동해 너른 뱃길을 탔다. 비록 길을 끝내지 못했지만 새로운 장철수들의 목숨 건 도전은 거듭 이어질 것이다. 우리는 동해에 혼을 뿌린 채 다리 하나로만 되돌아온 통영 사람 장철수와 그 길벗들에게 두고두고 갚지 못할 큰 빚을 졌다. 중국과 북방 강역, 일본과 독도 문제로 어수선한 이즈음일수록 그 빚은 더욱 무겁게 늘어나기만 한다.

—「장철수 또는 동해 용오름」(『새벽빛에 서다』, 작가와비평, 2010) 가운데서

통영 사람 장철수는 바다를 사랑하고 오랜 상고시대부터 동해 바다를 빌려 일본 열도로 드나들었던 우리 선인의 기개와 활동을 재구성하기 위해 동해 바다로 나섰다 거기서 삶을 묻었다. 그를 기억하는 이는 오늘날 얼마나 되랴. 뜻을 세우고 그 뜻을 따르기 위해 살기 얼마나 힘든 세상인가. 이 세상에 더 많은 장철수 대장이, 더 많은 장철수 청년이 나타나 우리 바다 역사를 바다의 지난날과 오늘과 내일을 채워 주면 얼마나 좋을까. 그러나 굳이 그럴 필요가 없다. 바다에서 요트나 타고, 철 따라 해수욕장 출입을 거듭하면서 바다를 즐기기만 해도 세월은 참으로 빨리 흘러간다. 장철수의 죽음은 안타깝지만 우리와 관계가 없는 일이다. 이제 잊자. 그가 창원시와 같은 남해 지역 사람이고, 창원시와 같이 항구도시 출신이라고 굳이 더 연대감을 느낄 필요가 없다. 그는 자신

의 개인 취미를 그렇게 풀어 나가다 묻혔을 따름이다. 어리석은 일이었다. 발해 2005호라니. 잊자. 우리에게는 그런 일 말고도 우리 바다를 즐길 수 있는 취미와 기회는 널렸다. 굳이 머리 아픈 역사 캐기에 나설 까닭이 없지 않은가. 괜스레 일 복잡하게 만들지 말 일이다.

4. 바다 벗어버리기

오늘날 바다는 우리에게 한결같이 자유 공간이자, 개척해야 하고 다듬어야 할 파도밭으로 남아 있다. 진화론에 따르면 인류의 고향은 바다였다. 그 바다를 향해 오늘날 국가 주권과 인류의 욕망은 넘실넘실 항해한다. 먼 뒷날 인류는 바다 속에서 아가미 가진 존재로 살아가고 있을지도 모르겠다. 영상이나 문학 속의 이야기만은 아닐 일이다. 우리 모두 물속에서 아가미로 숨쉬며, 텔레파시를 보내며 서로서로 물고기처럼 웃고 떠들지 모른다. 그때 우리의 성기는 어떻게 가릴 것인가? 아니면 보기 좋게 더 다듬어 내놓을 것인가? 이 땅 위 모든 더러운 것, 쓰레기, 지구 겉의 인공적 요소는 마침내 모두 바다로 흘러든다. 세월이 걸릴 따름이다. 이왕 더럽혀질 바다다. 더욱 더럽히고 더욱 망가뜨려야 하리라.

바다를 더럽히고, 바다를 망가뜨리기 위해 오늘도 21세기 한국인은 여념이 없다. 바다를 잊고 바다를 외면하고 무한한 쓰레기장인 바다를 쓰레기처럼 마구 더럽힌다. 부산과 창원 그리고 목포는 항구다. 우리 겨레가 바다로 나아갈 첫자리 항구들이다. 그 첫자리부터 바다에 대한 모독을 더 심하게 할 필요가 있다. 바다는 인류의 태반이라 일컫는다. 그러나 이미 더럽혀진 태반에서 무엇을 낳을 수 있단 말인가? 더 조직적이고 더 무리 지어 바다를, 갯가를 망칠 일이다. 바다를 건너다보는 수평선 너머 세계가 아니라, 살아 움직이고 함께 뛰노는 삶의 터전이 되도록 만들어야 한다느니하는 헛소리는 삼갈 일이다. 뭍에 붙어 잘 먹고 잘 사는 일에 골몰하는 것만도 숨차고도 숨찬 일 아닌가.

(창원민속박물관 개관 기념 강연, 2013. 8.)

창원의 문학 전통과 문화 정체성

1. 창원 문학을 향하여

『마산 근대문학의 탄생』(도서출판 경진, 2014)이 나왔다. 머리말에 마산문학을 향한 소회를 잠시 담았다. 내가 지녔던 마산 지역과 지역문학을 향해 빚진 마음을 조금 덜었다는 생각. 이제 다시마산을 주제로 삼은 책을 마련하기는 어려울지 모른다. 인연이 닿는다면 계획하고 있는 역내 문인 전집은 두어 권 낼 수 있을 것이다. 하지만 마산문학 전반을 향한 글을 위해 스스로 마음을 내기는 쉽지 않을 것 같다. 『마산 근대문학의 탄생』에 실린 글 가운데서 묵직한 것은 예외 없이 스무 해를 훌쩍 넘기는 마산 생활 가운데서 바깥 요구에 따라 쓴 것이다. 마산 근대 예술문화 백년, 문학백년의 흐름을 짚은 일도 그렇거니와 동양자 김광제 지사의 『마산문예구락부』를 소개한 글에다 경자마산의거 시를 따진 글 또한 마찬가지다.

글도 인연이 닿아야 쓸 수 있다. 그 인연 가운데 많은 자리가 학연이고, 정실로만 이루어질 일이라면 그런 기회가 쉬 주어질 리는 만무하다. 직업인으로서 교수가 살아가는 길에는 극단을 좇아 말하자면 둘이 있다. 스승으로 살아가는 길과 머슴으로 살아가는 길이다. 사람 살아가는 도리를 깨우쳐 주는 이가 스승이다. 내 뜻에 따르지 않고 바깥 주인 뜻에 따라 시키는 일, 주인 보기 좋은 일만 하려는 이가 머슴이다. 우리 사회는 교수를 머슴으로 만들기 위해 안달인지 오래다. 그러니 어느 세월에 뜻있는 일, 보람 있을 일을 내다보며 은인자중하겠는가. 『마산 근대문학의 탄생』에 실린 아홉 꼭지 글을 썼던 스무 해 반을 다시 넘기기에 앞서 제대로 된 마산 근대문학지나 창원 근대문학지가 나올 수 있을까?

그런데 세상일이란 인연이 닿는다고 마땅하게 할 수 있는 것도 아니다. 반대 경우가 더 잦다. 인연은 잦았으나 역량이 따르지 못해 이제껏 지역문학 담론에 발전이 없었다고 한다면 지나친 억측인가. 선연이 아니라 악연의 연속이었던 셈이다. 내게 주어진 과제는 '창원의 문학 전통과 자산, 그리고 문화 정체성 확립'이다. 길고도 무겁다. 게다가 이런 주제라면 이미 『마산 근대문학의 탄생』과 이어 낸 『지역문학 비평의 이상과 현실』 몇 자리에서 목청을 높이기도 했던 속살이다. 말하자면 달라지지 않을 벽을 향해 되뇌는 적막한 독백과 같은 모양새. 사납다. 다시 한번 요령껏 말해 보라는 당부나, 충분하게 뜻을 받들기 힘겹다. 그럼에도 그 적막의 한구석에 잠시 주저앉아 생각을 거칠게 간추려 보기로 한다. 세 가지 물음을 앞세웠다. 첫째, 창원은 무엇인가? 둘째, 창원의 문학 전통과 자산이란 어떤 것인가? 셋째, 창원의 문화 정체성 확립을 위한 방안은 무엇인가?

2. 창원 지역의 정체

창원은 무엇인가? 창원은 어떤 곳이며, 그 정체는 어떠한가? 참으로 막연하다. 게다가 세대에 따라, 지역 연고에 따라 답이 달라질 수밖에 없을 물음이다. 그런데 분명한 점은 이러한 물음을 개별적으로, 집단적으로 거듭하는 사회와 지역이 더 건강하리라는 참이다. 그런 점에서 곳곳 지역사회에서 모름지기 지역 정체와 지역성에 대한 물음을 거듭하지 않는, 다시 말해 성찰성을 잃어버린 모습은 참담하다. 그런 환경이니 지역에서는 표면적이고 피상적인 담론이나 인습적 가치가 참된 전통으로 호도되면서 지역민을 더욱 몽매하게 이끌어 왔다. 지역 선진화와는 거리가 먼 퇴행성을 보여 주는 셈이다. 그런 점에서 창원·마산·진해 지역이 정체를 말하기에 앞서 먼저 짚어야 할 모습이 있다. 그것을 빌려 거꾸로 창원·마산·진해 지역의 정체를 유추할 수 있으리라.

1) 문학 바깥의 과잉 정치성

창원·마산·진해라는 고유이름씨를 떠올리면 떠나지 않는 한 가지 물음이 있다. 도대체 창원·마산·진해 사람은 통합 창원 시민이라는 말에 거부감을, 묘한 느낌을 갖지는 않는 것인가? 통합 창원시가 된 지 몇 해 지나지 않았지만 지역 의회 수준의 정쟁에서, 언론 보도 수준에서 통합과 해체의 말들이 오간다는 소식을 귀동냥할 수 있었다. 그런데 그 뒷일은 알 수가 없다. 게다가 더 가관인것은 인문학이 세상살이의 가장 앞선 가치를 이룬다고 말하면서도 인문학계 지역 엘리트의 통합 담론에 관한 고견(?)을 들을 수 없다는 점은 뜻밖이다. 그러하니 학계에서 마창진 통합에 관한 연구가 이루어졌는지, 또는 진행하고 있는 것인지 오리무중이다. 머리에 떠오르는, 곧 '이런 얼빠진 일이?'라는 말마디가 결코 지나친 것이 아닐지 모른다는 생각이 드는 점은 어쩔 수 없다.

백 년 이상 이루어져 온 지리적, 사회적 통합과 경계 허물기가 어떤 문제인지 심각한 물음을 던지지 않는 곳에 지역 문제가 심각하게 도사리고 있는 게 아닌가. 경제, 행정 통합은 그렇다 치더라도 사회, 심리, 문화 경계와 통합은 어떻게 된 노릇인가? 근대의 폭압적인 획일화와 균질화의 굴삭기 앞에 마구잡이 찢겨진 마창진의 지역 추억과 삶은 아랑곳없이 어느 날부터 마산·진해·창원 사람들은 창원 사람으로 탈바꿈되는 것인가? 마창진 지역의 통합 현실과 통합 담론의 부재가 단순히 지역행정부나 의사결정기구의 과잉 정치성을 보여 주는 일이라고만 말하고 말 일인가. 그 일이

유토피아로 가는 상생의 길인지 디스토피아로 가는 거대 폭력인지 물을 새도 없이 창원·마산·진해의 이름 없는 장삼이사는 자신의 추억과 삶의 역사를 거짓으로 재구성해야 하는 어처구니없는 일을 겪게 된 셈이다.

　농촌인 듯한 창원에 기생의 장고 소리와 되지 안은 화장에 맑지 못한 치맛자락을 날리는 것이 나로서는 불쾌한 감을 이러키고 말앗다. 또 한 가지는 등(藤)물이 명산인 모양이다. 가정에서 남녀 막론하고 14~15세 아희나 젊은이들이 열심으로 만들고 잇는 것은 참 조흔 현상이다.

　오날 돈 만은 미국에서 긔게 제조보다 핸드메이드를 주장한다니 그곳으로 수출하엿스면 성적이 조흘 것 갓다. 김 모씨의 말에 양복용으로 카라 카우쓰 갓슨 것을 만드러 본다니 이것은 서양 토슈와 여름 목도리가 되겟다.

　조선 토수와 동삼도 의복에 땀 배지 안케 하는 데는 퍽 조코 쏘 시원하다. 녯나로다 그리 쓰이지 안언 것 갓흐나 거년 여름 동안에 약 2만원의 생산품을 내엿다니 조선서 제일이오 창원의 명산품이며 농가의 일시 부업으로 상당한 것이다.

—김대영, 「경남 남부 일대 농촌을 차저서」 가운데서※

1930년, 『농민생활』 구독자를 얻을 겸, 경남 남부 지역 농촌 현

※ 『농민생활』 6·7월합호, 평양: 농민생활사, 1930, 32쪽.

실을 살피기 위해 내려왔던 평양 농민생활사 기자 김대영의 농촌 답사기 가운데 한 곳이다. 그는 부산 김해를 거쳐 진영에서 기차로 창원역에 이르러 묵었다. 읍내로 들어가니 고을이 상당해 보였다. 면사무소를 거쳐서 여러 사람들을 찾아 창원 읍 종로를 몇 차례 왔다 갔다 하면서 보니 두 가지 '현상을' 깨닫게 되었다. 창원 읍내가 생각보다 번성하여 술집에 기녀집이 적지 않다는 점이 그 하나다. 다른 하나는 창원 읍내 농민들이 등물을 만들어 부업을 하고 있으며 그것이 다른 농촌과 다른 창원의 지역 특성을 이루고 있다는 풀이다. 중농 이상의 부농과 집성촌으로서 "소답리의 김씨 문중 잘 심은 밭을 보면서 만혼 소작인을 가진 지주로서의 후한 봉사가 잇기를 바라며" 창원역을 떠나 구마산역으로 그는 출발했다. 그런데 그가 구마산역에 내려 한 생각은 다음과 같다. "구마산은 시외는 농촌이나 시내는 산어지인 만큼 별히 농부와의 접촉이 업섯다." 평양 사람 김대영은 경남 남부 지역에 관한 이해가 엷을 것이 틀림없다. 그럼에도 1930년대 농산 지역인 창원과 상업 지역인 구마산 지역 경계와 차이를 분명히 몸으로 느끼고 있다.

작은 답사기 하나에 보이는 이러한 경계에 깃든 차이가 오랜 세월 만들었을 다양한 사회, 경제, 산업, 심리, 문화 차원의 단층과 속살이야말로 분명히 마산과 창원 지역의 지역성 차이를 드러내 주고 있는 게 아닌가. 따라서 적지 않은 세월 앵무새처럼 되풀이 했던 마산 정신, 이른바 3·15정신이라 하는 언명이 마련해 온 지역성이 그대로 창원의 것으로 통합될 일은 아닌 셈이다. 절차와 내용의 민주화를 이상으로 삼았던 경자마산의거의 정신, 그와 거꾸로 이루어진 폭력적인 지역 해체와 통합 현실. 그 숱하던 마산 정신은 다 어디로 숨어버렸는가라는 물음조차 없는 자리에 오늘 날 마산·창원·진해 지역사회의 실체가 도사리고 있다.

다른 보기를 더 들자. 이른바 '대마도의 날'이 그것이다.

(창원=연합뉴스) 이정훈 기자=경남 창원시가 조례를 정해 기념하는 '대마도의 날'이 10년째를 맞았다.

창원시는 19일 오전 창원문화원 대강당에서 제10회 대마도의 날 기념식을 개최했다.

이 자리엔 창원시 의원, 시민 등 200여명이 참석해 기념식을 축하하고 대마도가 역사적으로 우리 땅이라는 내용의 강연을 들었다.

국내 대마도 문제 전문가인 김상훈 육군 대령이 1763년 조선 통신사로 일본에 간 적이 있는 조엄 일행이 일본인들을 상대로 대마도와 독도 영유권을 주장했다는 내용으로 특강을 했다.

통합 창원시가 출범하기 전인 2005년 3월 18일 전국 시·군 의회 가운데 처음으로 옛 마산시의회가 대마도의 날 조례를 제정했다.

그즈음 동해에 인접한 일본 시마네 현 의회가 독도 영유권을 주장하며 '다케시마의 날' 조례를 제정한데 맞서기 위해서였다.

이 조례는 조선시대 이종무 장군이 대마도 정벌을 위해 마산포(현 창원시 마산합포구)에서 출정한 6월 19일을 '대마도의 날'로 정해 기념하는 내용을 담았다.

2010년 7월 옛 창원시, 마산시, 진해시를 합쳐 통합 창원시가 출범한 이후에도 조례를 계승해 매년 기념식이 열리고 있다.

기념식 때마다 이종무 장군의 후손인 장수 이 씨 종친회원들도 초청됐다.

창원시는 기념식 외에도 각종 기념사업을 추진해왔다.

시는 대마도가 역사적으로 고유한 우리 영토라는 사실을 입증하려고 2007~2010년 사이 4차례에 걸쳐 전 국민을 대상으로 대마도 학술 논문을 공모했다.

매년 대마도의 날 기념식이 끝난 뒤에는 대마도 문제 전문가를 초청해 특강을 해왔다.

창원시의회 의원들도 직접 3차례나 대마도를 찾아 우리 역사와 관련된 장소를 둘러보기도 했다.

임영주 대마도의 날 기념사업추진위원장은 "일본은 중앙정부까지 나서 독도가 자기네 땅이라고 억지를 부리고 있다"며 "모든 국민이 하나가 되어 우리 역사를 지켜야 한다"고 강조했다.

―「'대마도는 우리 땅'…창원시 '대마도의 날' 10돌」(『연합뉴스』, 2014. 6. 19)

'대마도의 날'을 마산시 의회가 열 해 앞서 선포했고 꾸준히 기념식을 벌였음을 밝히고 있는 언론 기사문이다. 그 사이 "각종 기념사업"도 추진했다. "시는 대마도가 역사적으로 고유한 우리 영토라는 사실을 입증하려고 2007~2010년 사이 4차례에 걸쳐 전 국민을 대상으로 대마도 학술 논문을 공모했다." 아울러 "매년 대마도의 날 기념식이 끝난 뒤에는 대마도 문제 전문가를 초청해 특강을 해왔다." 게다가 "창원시의회 의원들도 직접 3차례나 대마도를 찾아 우리 역사와 관련된 장소를 둘러보기도 했다." 기념사업의 속살이 잘 드러난다. 국민 대상 '학술 논문 공모'에다 대마도 문제 전문가 초청 특강, 그리고 3회에 걸친 대마도 역사 답사가 그것이다. 당사자들은 모두 뜻있는 행사들이라 의미 부여를 할 만하다. 그런데 그들이 모름지기 '대마도가 우리 땅'이라는 명제의 실질을 얻기 위한 원려와 계획 아래 이루어진 일인가? 긴 역사 투쟁을 위해 제대로 애쓸 준비를 지역사회는 지니고 있는 것인가? 정치적 발의에 따라 행사를 위한 행사 차원의 반복된 의례는 아니었던가?

왜인들은 대마도를 저들 속지로 편입한 뒤, 거기에 남아 있었던 숱한 한국의 자취를 서둘러 지웠고 마구잡이 묻었다. 지금 시기에서부터 이미 150년을 넘어선 현재, 지역의 대마도에 관한 이해는 어느 정도인가? 나아가 민족 단위로는? 앞으로 올 150년을 내다보면서 사업을 무섭게 기획하고 멀리 실천할 수는 없었던 것인가? 지난 10년 세월의 '대마도의 날' 행사가 남겨 놓은 뒷자취와 성과를 꼼꼼하게 짚어 볼 힘은 글쓴이에게 없다. 기사로만 보았을 때는 뻔하고 빤한 요식 행위만 거듭했을 따름이라는 데 생각이 머문다. 이러한 정치적 성과주의에 의한 대마도 속지 선언이 무슨 뜻이 있을 것인가를 묻지 않을 수 없다.

두 가지 본보기를 들어 모름지기 창원 지역사회가 창원이란 무엇인가? 라는 물음에 답할 준비가 되어 있는가를 짚어본 셈이다. 그런데 결론은 모든 지역사회의 의결, 판단이 피상적이고도 단기적인 정치적 이해관계에 의해 이루어지고 있는 게 아닌가라는 새로운 물음.

2) 문학사회 안쪽의 집단 천민성

이제 눈길을 문학사회 안쪽으로 들여다보자. 들기 쉬운 본보기를 두 가지만 보인다. 첫째, 몇 달 앞서 겪었던 일 하나. 평소 잘 아는 서울 사는 원로 문인으로부터 아침 이른 시각 전화가 왔다. 누구를 아느냐는 것이다. 내가 잘 알 만한 이라 대답을 하니, 어제 저녁 술이 취한 그가 전화를 걸어왔다는 것이다. 그가 주체가 되어 당신에게 심사를 맡겨 문학상 심사를 했는데, 그 결과가 자신의 뜻과 다른 결정이 나자, 늦은 시각 행패를 부린 것이다. 자신이 미는 사람이 당선되지 않으면 자신이 죽을 것이라며 떼를 쓰더라는 것이다. 그래서 그 문인은 자신이 탈락시킨 사람이 어떤 사람인가도 알고 싶어했다. 수상자로 심사위원회에서 결정된 사람이나, 전화한 주최 측 사람이 밀었다는 사람과 작품의 수준, 경향을 내가 잘 알고 있었던 까닭에, 나는 심사위원회의 결정이 마땅하고 말을 덧붙였다.

그 뒤 몇 달이 흘러 그 상의 수상 소식을 다룬 신문 기사를 볼 수 있었다. 그리고 피씩 웃고 말았다. 그러면 그렇지. 주최 측 사람이 미는 사람이 수상자로 이름을 올린 것이다. 내게 전화한 그 원로 문인은 자신의 판단을 번복하거나 할 사람됨이 결코 아니니, 그 사이 모르긴 해도 첫 심사위원회의 심사 결과를 바꾸기 위해 결과를 조작하거나, 자신들이 민 사람이 수상자로 결정되도록 심사위원회 자체를 새로 구성한 듯이 서류를 조작하는 수작을 부린 게 틀림없었다. 그런데 이렇듯 나라 돈으로 이루어진 지역자치행정부 문학행정 현장의 먹이사슬과 비리는 어디 창원 한 곳뿐이랴? 이익을 위해서라면 어떤 일도 불사하겠다는 듯이 덤벼드는 이 천민성. 촌사람이 촌놈이 되는 빠른 길로 지역 문학사회는 옴짝달싹할 수 없이 빠져 있고, 그 속에서 활개 치는 것은 문화 거간꾼이거나 문단 정치꾼일 따름이다. 이러한 천민적 문학사회의 분위기와 문학 행정의 우스꽝스러운 짓거리를 더 드는 일은 피로한 짓이다. 접자.

둘째, 창원문인협회가 있고 마산문인협회가 있다. 그들이 낸 책도 몇 권 받아 본 적이 있어 눈에 익다. 그런데 그들이 통합 창원시 이후 아직까지 두 단체로 그냥 존속하고 있다고 한다. 흥미롭다. 그러한 반통합의 기류, 또는 통합 시도조차 하지 않는 속내……. 무슨 까닭일까? 혹 줄줄이 순서를 정해 두고 있을 회장 자리, 부회장 자리, 문학상 자리, 그런 것들에 변동이나 혼란이 오는 게, 꼬이는 게 부담스러웠던 것은 아닐까? 문학사회에 단체가 꼭 필요한 일은 아닐 터이지만, 그렇게 관변단체 소속원으로서 이익에 밝은 이들이 여러 해 동안 너무 조용하지 않은가? 위임 받는 권력과 돈 그리고 쾌락이 얼마나 되는지는 모르나 나 같은 문외한 입장에서도 겉보기로 흥미롭다. 통합 창원시 일개 부처 직원이 문인 단체에 주는 한 해 예산을 대표성 있는 한 조직으로 통합하지 않으면 끊어 버리겠다고 엄포를 놓는다면 몇 달 안에 통합할 그 사람들에, 그 조직일 터인데…….

문학 바깥쪽과 문학 안쪽에서 보이는 지역사회의 현황을 일별해 보았다. 모든 일에 옳고 그름의 판단과 선택을 내집단의 역학이나 표면적인 이해관계로 수렴시키고 마는 과잉 정치성이나 이익을 위해서라면 어떤 일도 불사하겠다는 듯이 부끄럼 없이 덤벼드는 집단 천민성이 그것이다. 허약한 지역과 지역문학 생태계의 모습을 반증하는 흔한 한 본보기일 따름이라고 말해 버리고 묻어 버리기에는 너무 큰 문젯거리다. 결과에 따른 피해는 오롯이 마산·창원·진해 지역의 보통 사람들이 두고두고 입는다. 창원·마산·진해에서 오랜 세월 대를 물려가며 삶을 가꾸어 왔던 이들이다. 그들을 한칼에 뚱딴지같은 이들, 앞뒤 모르는 얼빠진 사람으로 만드는 현실 아닌가? 모름지기 창원은 무엇인가? 창원은 어떤 곳이며, 그 정체는 무엇인가? 아니 참으로 알고픈 호기심이 있기나 한 것인가?

3. 창원의 문학 전통

창원의 문학 전통과 자산에는 어떤 것이 있는가? 나에게 주어진 두 번째 물음이다. 그런데 오늘날 행정 경계로서는 마산 문학 전통, 창원 문학 전통, 진해 문학 전통을 아울러야 할 일이고 그들 사이 연관성을 따지고 높낮이와 뜻을 살펴야 비로소 보일 것이다. 그러나 마산 것도, 창원 것도, 진해 것도 어디 제대로 살펴 놓은 본보기가 없다. 그러니 그들을 통합할 수 있을 거리도, 가능성도,

그 방법도 막연히 앞날에 맡겨 둘 일로 남았을 따름이다. 그러니
순서를 바꾸어 본다. 10년 전에 내가 썼던, 마산 지역문학의 바른
전통과 자산 전승을 위해 내놓았던 글을 먼저 전제로 삼는다. 그
리고 그 10년 뒤 오늘날 이루어진 마산 지역문학의 현황을 간단하
게 견주어 보자. 그렇게 하면 통합 창원시 모두는 아니라 하더라
도 적어도 마산 지역 문학 전통이 어떤 것인가는 암시 받을 수
있을 것이다.

그 글은 2004년에 마산문학관 개관 준비를 위한 전시회의 기념
강연으로 썼던 「마산 근대문학 백 년을 읽는 다섯 가지 고정관념」
이다. 이 글은 그 뒤 『마산 근대문학의 탄생』(도서출판 경진, 2014)
을 엮으면서 그 속에 넣어 읽을 수 있도록 했다. 그 주요 자리를
아래 옮긴다.

① 그가 이룬 명성의 거의 모두는 일찌감치 서울을 중심으로
이루어진 것이다. 1909년 『경남일보』 주필로부터 시작하여 경남
지역사회와 맺었던 연고는 의의를 충분히 인정한다 하더라도,
엘리트 문인의 낙백문학적 성격이 짙다. 1910년 경술국치 뒤 이
른바 조선총독부에서 한글 신문으로 유일하게 존속시켰고, 그들
의 관보 역할을 했던 『경남일보』의 위상을 사람들은 잘 모른다.
지역사회 안밖의 적지 않은 문인이나 지인과 거듭한 친교·통교
활동이 지역 문화계에 끼친 영향은 가볍지 않을 것이다. 그럼에
도 마산 근대문학을 말하는 첫자리에서 장지연을 우뚝 세우고,
그를 강조하는 일로써 왜로 제국주의의 침탈과 그 충격 아래 이

루어졌을 지역문학의 고심 어린 모습을 서둘러 덮어 버릴 일은
아니다.

② 널리 알려져 오래도록 사랑받고 있는 「가고파」의 음악적 상
상력이나 추억과 나란하게 이은상 문학이 지닌 명성의 증폭은
한국 근대 주류사회의 정치·교육 제도의 비호가 절대적이었다.
누구보다 굵직굵직한 관변 문화단체의 장을 거쳤을 뿐 아니라,
각급 학교 교과 학습에서 오래도록 정전으로 그의 작품이 오내린
덕을 톡톡히 본 셈이다. 게다가 1950년대 이후 나라 안 곳곳에서
이루어졌던 국가적·씨족적 유적이나 문화재의 가치 재구성에 필
요한 한문 번안자·번역자·감수자로서, 또는 영남 문화권력의 주
류로서 누린 바 과장된 작품 외적 요인에 힘입은 바 크다. 이미
이은상은 너무 많은 이은상이거나, 굳어진 이은상이다.

따라서 이은상의 시조문학과 학문의 뿌리뿐 아니라, 그의 사
회적 입신에 결정적인 스승이며 조력자였던 자산(1986~1921)·이
윤재(1888~1943), 그리고 안호상(1902~1999)·이극로(1897~1982)
와 같은 창신학교의 인맥에서부터 지역 기독교계 연고를 비롯한
삶자리의 꼼꼼한 부분까지 본격적인 관심과 연구가 필요한 시점
이다. 그런 과정에서 마산의 주류작가로서 의심 없이 받아들여
지고 있는 이은상이나 이은상 계열의 미문주의 문학, 아세 기녀
문학을 향한 균형 잡힌 시각이 분명하게 드러나리라 본다. 근대
마산 지역의 지적 풍토, 문학적 풍토에 대해 구체적인 터무니를
앞세운 새로운 접근이나 혁신적인 작가 발굴은 그 과정에서 비

로소 가능할 일이다.

③ 창신학교 출신인 김원봉(1898~1958)·이극로(1893~ 1978)·
권환(1903~1954)의 대종교적 전통에서부터 이상조(1905~?)·지
하련(1912~1960)·강호(1908~1984)·김형윤(1903~1973)·김용호
(1912~1973)·정진업(1916~1983)·김태홍(1925~1985)으로 이어진
현실주의자의 모습은 바로 근대 피식민지 억압에 대한 유형무형
의 저항과 극복을 위해 고심했던 마산문화의 빛나는 모습이다.
그리고 그 꼭대기에 아연 계급문학의 열정적인 이론가며, 어린
이문학에서부터 희곡에까지 두루 걸친 진취적인 작가 권환의 문
학이 지닌 빛나는 뜻이 있다. 1920년대 중반부터 1950년 초기까
지 서울과 섬나라, 그리고 마산을 오가면서 한국 계급문학의 성
장과 발전, 그리고 피폐의 역사를 온몸에 아로새기다 잊혀 간 이
가 권환이다.

그를 빌려서 이른바 '3·15정신' 또는 마산정신은 지나간 근대
시기에 대한 반성적 고심의 첫 장막을 훌쩍 벗어 던져 줄 것이다.
나아가 장차 미래 마산 지역사회 문화의 올곧은 정향을 위한 중
요한 지남철로 작동할 것이다. 이제껏 너무 묻히고 너무 모자랐
던 권환이다. 그를 둘러싸고 얽혀 들었던 마산 지역사회의 잊힌
역사와 집단적 희생의 복원은 마산 근대 지역문화지를 새롭게
밝히는 중요한 계기가 됨 직한 까닭이다. 어느덧 제 행색을 돌보
지 않은 채 지역사회를 농단해 대고 있는 낯 두터운 문화권력이
나 토호 집단, 그로부터 이득을 구걸하며 나도는 허명 문학인의

폐부를 깊숙이 찌르는 양심의 칼날로 권환 문학은 날카롭게 빛날 것이다.

④ 국립마산결핵요양소를 중심으로 이루어졌던 문인 환우들의 드나듦이나 피란 경험, 그리고 경상도의 행정·교육 중심지였던 부산의 변두리 지역으로서 마산이 지녔던 문화적 연고는 마산문학의 특징을 이루는 데에 주요한 역할을 떠맡았다. 게다가 통영·고성·창원 지역과 오래도록 이어진 문화적·경제적 연대는 마산문학의 속살을 키우고 방위를 결정짓는 핵심적인 고리로 작용했다. 안자산·이윤재·이극로가 그러하고 김상옥·이영도·임영창·이원섭·박철석·천상병·김남조·조향·이석·김세익·박양·김대규·남윤철·김윤식이 그러하다.

오늘날 마산문단에 이른바 원로로 이름을 얹고 있는 이들이나 출향 문인의 거의 모두는 1950년을 앞뒤로 한 시기의 이입문단·피란문단과 그들의 활동에 크게 빚지고 그들로부터 알게 모르게 문학적 자양을 받아들인 세대다. 전후 1950년대의 활발했던 마산의 학생문단과 1960년대 이후 마산문학의 흐름은 그들과 얽힌 혼혈관계, 영향관계를 고려하지 않고서는 설명하기 힘들다. 마산을 대표하는 문학인인 정진업이나 김수돈 시인 또한 부산 지역과 맺은 문학적 연원을 고려하지 않고서는 실체를 잡을 수 없다.

⑤ 이즈음 주요한 지역문학 기간시설로서 마산문학관 건립을 진행하고 있다. 그 일 처리가 매우 관심을 끈다. 비로소 마산 지

역사회에 근대문학의 전통을 향한 본격적인 1차 문헌의 수집과 조사·연구의 계기가 마련된 까닭이다. 근대 시기 백 년을 넘는 동안 마산 지역 문학사회의 다종다양한 활동은 사실 거의 잊혀졌다. 지역사회는 그저 이은상이니 이원수만 들먹거리면서 그 그늘 아래 숨어 버리는 손쉽고도 얼빠진 길을 택해 왔다. 그렇지 않으면 그들 아래 빌붙어 이익을 꾀하거나, 지역 안밖의 동의와는 무관한 자격 미달의 문화거간꾼·문학호사가들이 벌이는 비문화적 작태나 모리에 놀아나는 길을 따랐다.

이제 지역 사회 안쪽에 비로소 제대로 된 문학 연구와 성찰의 제도적·행정적 기반을 마련하게 된 셈이다. 장차 마련할 마산문학관으로 말미암아 오랜 마산문학의 전통을 향한 깊이 있는 이해와 문학행정에 대한 전문적인 구성력은 마침내 마산 지역 시민사회의 문화역량으로서 고스란히 뒷세대에게 되돌려질 것이다. 지역사회에 나도는 문학 인습의 고리를 끊고 실질 있는 지역문학의 민주화, 시민사회의 문화능력 향상과 문화권 보장을 위한 주요한 매듭이 마산문학관이다. 마산음악관·마산시립박물관·문신미술관과 더불어 마산문화의 중핵 요소며 시설로서 품격 높게 출발할 수 있기를 바란다.

　　　　　　　　—「마산 근대문학 백 년을 읽는 다섯 가지 고정관념」※ 가운데서

마산은 근대 시기 100년을 넘는 동안 다른 어느 지역보다 드높

※ 박태일, 『마산 근대문학의 탄생』, 도서출판 경진, 2014.

은 격랑과 변화의 중심에 놓여 있었던 항구 도시다. 그 속에서 겪고 일구어 냈던 우리 겨레 구성원과 마산 지역민의 고통, 환희의 경험, 진실은 무엇으로 밝힐 것인가? 문학은 그러한 마산 지역사회의 좌절과 꿈의 집단 기억을 가장 잘 갈무리하고 있는 문학관습이다. 길게 옮긴 이 글에서 글쓴이가 문제 삼았던 것은 모두 5가지다. 마산 지역문학의 온당한 전통 발굴과 자산 전승을 위해서는 첫째, 장지연을 금과옥조로 삼고 떠벌이는 1910년대 마산 근대 초기문학에 대한 이해를 바꾸어야 한다. 둘째, 1920년대 문학부터 우뚝 올려 세우는 마산의 주류작가 이은상이나 뒤를 이은 이원수에 대한 시각 교정을 해야 한다. 이은상의 아세 기녀문학 행각과 이원수의 반민족 부왜문학 행각이 그 터무니였다. 지역 뒷세대에게 본보라 할 수 없을 부끄러운 문학 인습이 그들의 드높은 명망 아래 숨겨져 있었던 셈이다. 셋째, 흔히 마산정신을 떠벌리면서도 그 핵심에 핍진하지 못하고 오락가락하는 마산문학의 현실로 볼 때, 권환의 문학과 그 정신을 되살리는 일이 마산 지역문학의 맥을 바르게 잇는 길이다. 넷째, 마산문학의 바른 전통 구명을 위해서는 마산문학을 향한 순혈주의 인습을 벗어나야 한다. 마산 역내에서 이루어지는 관변단체 중심의 조직사회, 문단 주도권의 이행 과정이 마산문학의 전통일 수 없다는 뜻이다. 폭넓고 개방적으로 마산과 지연을 지닌 모든 좋은 문학을 전통으로 담아내야 한다. 다섯째, 마산문학관 설립에 발맞추어 지역문학 전통과 그 구명을 위한 새로운 연구와 비평의 기풍이 불붙기를 바라는 마음이었다.

그런데 지난 10년 세월이 흐른 지금 이 자리에서 볼 때, 일의 방향은 어떻게 흘러갔던 것인가? 첫째, 1910년대 마산 근대문학 여명기 현실 이해에 있어서는 글쓴이가 의기로운 동양자 김광제 지사와 『마산문예구락부』를 발굴, 그 됨됨이를 알림으로써 새로운 문을 열어젖혔다. 개량주의 지식인 장지연이나 이은상으로 이어지는 물줄기를 단칼에 끊고 새롭고 우뚝한 전사前史를 발굴한 것이다. 둘째, 이은상이나 이원수에 대한 시각 교정을 향한 바람은 우스꽝스러운 모습으로 그 답을 듣고 있는 형국이다. 먼저 이은상의 경우, 새로 단장한 마산역 앞의 빛나는 「가고파」 돌비와 그 곁에 초라하게 놓여 있는 '마산 수호비'가 대변해 준다. 그리고 이원수 경우는 이른바 이원수탄생백주년기념행사 운운하다 광복회를 비롯한 시민사회의 반대에 부딪쳐 뜬금없이 슬쩍 '창원국제어린이문학축전'이라는 허울 좋은 이름으로 바꿔치기에 성공했다. 몇몇 꾼들이 이익을 훈훈하게 즐기고 있다는 소문이다. 셋째, 권환 부분은 그의 절명작 세 편을 내가 그새 발굴해 기웠고 새로운 여러 논고가 다른 뜻있는 학자에 의해 쓰였다. 권환문학축전 또한 10회를 맞았다. 출범 초기에 겨냥했던바, 담론 싸움이 세상 싸움의 눈이라는 금과옥조를 살리기 위해 얇더라도 40쪽 이상(유네스코 잣대)의 꾸준한 낱책 발간 전통을 바랐으나 어느새 동네 마을 어른 위안 잔치, 어린이들 방과 뒤 걷기대회 행사가 되고 말았다. 넷째, 순혈주의 인습을 벗어난 마산문학 이해를 당부했던 부분은 기껏 『마산문협50년사』(마산문인협회, 2010) 한 권이 고스란히 답변으로 지역사회로 제출되어 있다. 지역 문학사회 자체가 연구 집단이 아니니 속살의 너비나 깊이는 그렇다 쳐도 조직지가 문학지인 양 즐거워하는 그러한 관료적 문학사랑에는 입을 다물 수밖에 없다. 다섯째, 마산 지역문학 전통 구명을 위한 새로운 학풍과 분위기는커녕, 그사이 지역문학 연구의 중요한 제도 장치라 할 수 있을 경남대학교 대학원 국문과 박사과정의 폐쇄와 대학원 교육의 실조 현상이 그 답으로 되돌아왔다. 마산문학관에서 낸 서너 권의 사료집 또한 연구로 나아가지 못한 초보 수준에 놓였다. 그나마 그런 성과도 제대로 지역문학을 연구한 전문 문학 학예사가 일하고 있었을 시기 몇 년 동안에 걸친 이야기일 따름이다. 지금은 낯부끄러운 수준의 안목으로 활자를 도배질하는 곳이 되고 말았다.

자 어떤가? 비록 글쓴이의 경험 현실에 줄거리를 둔 일들이지만, 지난 10년 사이 이루어진 마산 지역문학을 향한 바람과 기대의 몇 꼭지에다 그 진행 경과가 보여 주는 파행성, 지역 토호와 문화계 꾼들의 강고한 이해 결집, 거기다 학문적 바탕의 상실. 일이 이러한데 모름지기 창원 지역은, 마산 지역은, 진해 지역은 지난 세월은 두고서라도 가까운 근대 100년의 문학 전통과 자산을 입에 올릴 만한 노력은 한 것인가?

길게 말하지 말자. 어느 지역이고 문제는 담론 투쟁이다. 바르고 마땅한 담론이 쌓이고 제대로 전승되어야 한다. 지역문학, 지역문화 정체성이란 바람직한 담론의 생산과 재생산을 향한 역동 과정일 따름이다. 굳어진 몇 마디 문자 놀음으로 가둘 수 없을 자리에 지역의 문화 정체성은 깃들어 있다. 그런 까닭에 지역이 제대로 지역이 되기 위해서, 지역문화를 선진화시키기 위해서는 헛된 노력에 그칠지라도 담론 투쟁을 거듭하고, 담론 계발에 애쓸 일이다. 그런 점에서 지역 시민사회나 단체에서 재정 지원의 투자 효율과 파급도를 고려한 전향적인 변화가 필요하다. 지역 자치행정부에서도 이름만 화려할 뿐, 아무런 뜻도 없고 실익도 없을 외화내빈의 문학 위임 기구나 행사를 향한 지원을 재고해야 한다. 시끄러워지는 것을 두려워해 실행에는 힘이 들겠지만……. 자본 논리를 끌어오더라도 노동 생산성이 높은 곳에 나랏돈을 써야 한다. 그래서 다시 지역 문화 정체성 확립을 향해 당장 걸음을 내디딜 방안 몇 가지만 간략하게 적자.

첫째, 주요 문학인의 사료 수집과 연구, 전집 간행이다. 대상 문인은 김광제·배재황·이극로·권환·이구월·김용호·홍원·설창수가 1차로 떠오른다. 둘째, 지역 중요 매체 발굴과 갈무리다. 광복기와 1950년대 미발굴 매체나 지역 신문 문화면이 대상이다. 셋째, 『창원문학예술사전』 발간이다. 이는 사람·장소·조직·매체·작품을 포괄하는 중기 작업이 될 것이다. 이를 제대로 펴내기 위한 준비 자체가 지역문학 전통과 자산을, 문화 정체성을 발굴·연구·전승하는 일이다. 이 일들은 2년 단기에 끝날 일도 있고, 5년 중기에 끝날 일도 있다. 두렵지 않은가. 10년도 아닌 세월의 투자 결과로 이루어질 빛나는 일들이다. 지역 고위 관료나 행정가, 정치인 한 개인이 쑥덕쑥덕 해먹을 나랏돈 1년 치만 들여도 다 될 일이다. 부끄럽지 않은가. 국제니 세계니 허망한 이름 내돌리며 뚱땅거리는 지역 행사 한 차례만 거르면 이루어질 일이다. 가소롭지 않은

가. 이제 짧은 줄글 하나를 보인다.

배재황은 진영 둘레 면 지역에 '의신계(義信契)'를 만들었다. 박간(迫間)을 비롯한 왜로 대지주를 상대로 소작 투쟁을 벌이기 위한 풀뿌리 결사체였다. 김해농민조합도 앞장서 이끌었다. 피검, 석방, 벌금 부과, 재산 압류, 그리고 다시 피검을 거듭 겪었다. 왜경의 눈초리에 갇혀 엎드려 지낼 수밖에 없는 나날이었다. 을유광복이 되자 그는 우뚝 일어섰다. 진영읍에다 한글강습소를 열었다. 땅을 농민에게 되돌려 주기 위해 팔을 걷어붙였다.

그러나 이어진 좌우대립으로 더 머물 수 없었다. 1947년 배재황은 낙동강 물끝 하단 갈대밭 속으로 몸을 숨겼다. 오막살이를 짓고 부산 시민이 가져다 붓는 똥물 냄새를 밟았다. 가난과 큰물을 이불처럼 덮고 산 세월이었다. 그러다 1966년 이승을 뜬 뒤에야 웅동으로 돌아갔다. 지역 농민항쟁지에서 핵심 인물인 그의 잊힌 귀향이었다. 1996년 간행 『한국사회주의운동인명사전』의 배재황 이름 뒤에 "생몰년 미상"이라 적히게 된 내력이 이렇다.

그런데 배재황은 지역 근대문학지에서 볼 때도 뜻 깊은 이다. 최남선이 낸 종합지 『청춘』은 1914년에 창간했다 1918년에 폐간당했다. 거기 독자문예란은 피식민지 노예인 우리 청년들이 한글 작품을 투고, 발표할 수 있는 첫 마당이었다. 9호부터 현상문예로 바뀐 그곳에 배재황은 시와 단편소설, 수필이 잇달아 당선했다. 그는 근대 매체와 제도를 빌려 한글로 작품을 발표한, 경남·부산의 첫 문학인인 셈이다. 계광학교 교사 때 일이었다.

잊힌 배재황이라는 이의 초기 작품을 소개한 짧은 줄글이다. 진해 근대문학의 앞자리에 놓이는 이다. 그가 낙동강 갈숲에서 사라지고, 넋이 낙동강 거센 물살에 티끌이 되어 흩어졌지만 그의 정신은 오늘날 진해문학의 든든한 대들보로 놓여 있다. 그렇다면 마산 김광제와 진해 배재황을 잇는 고리는 무엇인가? 또 차이는? 그런 고민을 지역사회 차원에서 거듭할 수 있을 자리는 어디에도 보이지 않는다. 마산·창원·진해를 제대로 사랑하는 이들이 더욱 많이 나와야 한다. 둘레 관심이 없더라도 고행하는 마음으로 더 깊이, 더 오래 지역문학 속으로 파 들어갈 일이다. 지역문학 연구는 기존 국가 중앙의 눈길로 이루어져 온 근대문학사의 전횡이나 이론 중심의 추상적인 접근 방식에 맞선 대안 연구, 혁신 연구, 실천 연구를 겨냥한 것이다. 그리고 그 핵심 진원지 가운데 한 곳이 1990년대 후반 마산 지역이었고, 경남대학교 국어국문학과 문학연구 공동체였다. 이러한 사실이 지니는 울림과 뜻은 적지 않다.

세상 모든 아름다운 실천은 거의 모두 이기기 힘들 어려움을 딛고 이루어진다. 어찌 공식을 따르고, 예상과 기대에 기대고, 순조로운 결말만 꿈꾸랴. 그러니 마산·창원·진해 지역을 향한 문학 연구자라 해서 다른 지역과 유별난 걸림돌이 많다고 엄살이나 부리고 있을 까닭이 없다. 다만 마산 지역은, 적어도 다른 곳과 달리 오랜 세월 금과옥조처럼 달고 다닌 명분과 실질 사이의 거리가 너무나 큰 지역이라는 특성이 새삼스러울 따름이다. 그 차이가 지역 인식과 지역 문제의 심각성과 무거움을 더하게 하는 셈이다. '아, 마산정신!'과 '흥, 마산문학!' 사이의 넓고 깊은 간극을 글쓴이는 다 알 수 있을 처지가 아니다. 그럼에도 적지 않은 세월 마산에 머물며 두척산 하늘을 숨 쉰 깜냥으로 지니게 된 마음은 안타깝다. 내가 지닌 이 안타까움은 온전히 나 홀로 감당할 일이다. 하지만 내 뒷세대가 조금이라도 그런 현실에서 벗어날 수 있도록 도와주는 길은 없을까? 그런데 있다고 하더라도 그 길은 결코 문학 안에 있는 것은 아닐 것이라는 짐작. 서글픔까지 거푸 더하는 까닭이다.

(경남대학교 인문학연구소 학술세미나 발표문, 2014. 10. 24)

초승달 시인 허민

허민의 모습(1937)

1930년대 후반부터 1945년 을유광복까지는 나라잃은시대 말기다. 이 시기 우리 문학을 향한 이해에는 묵은 잘못이 있다. 한글문학이 없었던 것으로 알려진 점이 그 하나다. 사실과 다르다. 이른바 조선총독부는 한글을 두고 이중 책략을 썼다. 그들의 동원, 수탈 책략에 따르는 출판물에는 한글 사용에 거리낌이 없었다. 다른 하나는 나라 바깥 만주에서 이루어진 문학이 뜻 높은 망명 문단이나 되는 듯이 보는 잘못이다. 이 시기 만주는 이른바 '선만일여鮮滿一如'라는 허울 아래 나라 안과 다를 바 없는 왜로倭虜의 수탈지였다. 항왜 근거지를 아예 무인지경으로 만들고 그 자리에 저들의 이른바 '개척' 마을은 수를 자꾸 늘였다.

이 시기 뜻 있는 문학인은 나라 안밖에서 붓을 꺾거나 총을 들었다. 어렵사리 자신의 삶과 문학을 가꾸다 요절한 이도 있다. 윤동주·송몽규·심연수·허민이 그들이다. 사촌 사이인 윤동주와 송몽규는 1917년 만주 땅에서 태어나 섬나라 유학 중에 왜로에 의해 1945년 함께 목숨을 잃었다. 스물아홉 살. 송몽규의 습작품은 거의 사라졌고, 윤동주의 육필시만 광복 뒤 세상에 알려졌다. 심연수 또한 왜병에게 어처구니없는 죽임을 당했다. 1918년 강원도 강릉에서 나 용정에서 자란 그다. 섬나라 유학 도중 이른바 학병을 피해 집에 돌아와 있다 1945년 스물여덟에 변고를 당한 것이다. 동생이 간직하고 있던 유고는 2000년에야 공개되었다.

허민 육필 시집

이들과 달리 허민은 보통학교 졸업 학력이 모두다. 그럼에도 드러난 문학 활동은 넷 가운데 가장 활발했다. 그는 1914년 경남 사천 곤양에서 3대 독자로 태어났다. 태어난 지 사흘 만에 섬진강에서 놀다 아버지가 스물넷 나이로 요절했다. 열아홉에 청상이 된 어머니는 '구박에' '가난에' 쫓기며 살았다. 합천 해인사 비구니절 삼선암 가까이로 거처를 옮긴 어머니를 따라 허민도 열여섯 살인 1929년에 가야산으로 들어왔다. 이듬해 해인사 강원에 입학하여 불교를 배우는 한편 문학에도 눈을 떴다. 1933년부터는 해인사 사설강습소의 교원으로 일했다.

허민이 문학사회에 이름을 내건 때는 스물두 살인 1936년부터다. 『매일신문』 현상문예에 소설 「구룡산」이 당선한 것이다. 이듬해 진주로 가 『동아일보』 지국 기자로 머물렀다. 그 일도 잠시 깊어진 폐결핵 탓에 1938년 가야산으로 되돌아올 수밖에 없었다. 그러나 병중에도 열정을 다해 1940년에는 시가, 1941년에는 소설이 잇달아 『문장』에 추천되었다. 장차 큰 문학인이 될 재목임을 널리 알렸던 셈이다. 왜경으로부터 민족주의자, 반왜사상가로 지목되어 여러 차례 집을 수색당하기도 했다. 그럴 때마다 가족들은 난리를 쳤다. 병만 나으면 구속하려고 지역 왜경이 벼르고 있었던 대상이 허민이었다.

스물아홉 때인 1943년 봄, 그는 고요히 해인사 다비장으로 옮겨졌다. 다행인 점은 잃어버릴 위험 앞에서도 맏아들 허은이 어렵사리 유고 일부를 간수했다는 사실이다. 그리하여 열세 해에 걸쳐 쓴 시·소설·동화·수필 328편이 오늘날 우리 앞에 남을 수 있었다. 그 속에는 "순하고 약한 양심을 버리지 못한 채/벌레 먹는 가슴"(「고정(孤情)」)으로 쓴 피식민지 시기 우리 농촌과 농민이 겪은 아픔이 고스란히 녹아 있다. "어머니/꿈을 깨소서/몇 십 년의 고된 꿈을/여태껏 깨지 못합나이까?"(『어머니에게: 조선』)라는 외침에, "까욱까욱 까마귀가/물찬 논 우으로/저녁밥 없다고 슬피 난다."(「아픈 다리」)는 암울, 그리고 "풍년이 없고나 풍년이 없고나/이 강산 삼천

리엔 풍년은 없네/아이고 요것이 원한이라오."(「아이고 요것이」)라
는 탄식은 작은 본보기일 따름이다.

정종여가 그린
허민 어머니 초상

　글벗 손풍산은 "다재다능하고 다기다예" 했다고 허민을 되새겼
다. "글재주도 재주려니와" "사람 됨됨이 맑고 깨끗"했으며 "좋은
조국을 만나 명복을 잘 타고 났더라면 진정 대성할 작가였다"라
안타까움을 더했다. 해인사 사설강습소에서 허민에게 배운 소설
가 최인욱은 그를 초승달, "흐릿한 봄밤에 서산마루 위에 잠시 나
타났다 사라지는 줄도 모르게 사라진 초승달" 같은 사람이라 그리
워했다. 나라잃은시대 말기 우리에게는 부끄러운 부왜附倭문학만
있었던 게 아니다. 찾기에 따라 아직 세상 눈길을 받지 못하고 있
는 제2의 윤동주, 제3의 허민을 만날 수 있을 것이다. 참담한 시대
우리 문학사를 환하게 밝혀 준 뜨거운 불꽃들이다.

　　　　　(『좋은생각』 4월호, (주)좋은생각사람들, 2016)

가야산 해인사와 허민 시비

경남 합천 출신 근대 예술인으로 허민을 이름으로 지닌 이는
둘이다. 화가 허민(1911~1967)과 시인 허민(1914~1943)이 그들이
다. 둘 모두 재능을 제대로 피우지 못하고 고난스럽게 살다 갔다.
산청군 단성에서 누대로 태를 묻다 갈라진 한집안이라는 점도 같
다. 호를 예전藝田이라 쓴 화가 허민은 삼가 덕촌에서 났다. 일찍부
터 한학과 서화를 닦았다. 서울로 올라가 떠돌며 장승업을 닮았다
는 세평을 얻었다. 호방한 재능이 예사롭지 않았던 셈이다. 쉰여
섯 나이로 부산에서 세상을 떴다.

시인 허민은 본명이 창호다. 사천 곤양에서 삼대독자로 태어났
다. 난 지 사흘 만에 스물셋 젊은 아버지를 섬진강 물에다 묻었다.
열아홉 청상의 어머니는 핏덩이인 허민을 안고 십여 년 친정살이
를 굴렀다. 그런 뒤 해인사로 삶터를 옮겼다. 가사의 어려움에다

단명하리라는 아들의 명을 빌기 위한 일이었다. 1929년 열다섯 나이로 해인사로 들어온 허민은 1937년과 1938년 동아일보 진주 지국 기자로 비운 일 말고는 가야산을 벗어나지 않았다. 1943년 스물아홉으로 이승을 뜰 때까지.

그런데 머물렀던 짧은 십여 년 세월 동안 그가 이룬 일은 매우 컸다. 무엇보다 해인사를 지역 근대 예능의 텃밭으로 이끌었다. 게다가 자신을 나라잃은시대 막바지 대표 문학인으로 들어 올리는 일에 진력했다. 그가 문학 수업을 본격적으로 닦기 시작한 때는 1929년 해인사 강원에 입학해 강사였던 시인 유엽을 만난 뒤였다. 유엽은 허민 어머니의 부탁으로 그의 강원 공부와 문학열을 북돋웠다. 허민은 강원을 마친 뒤 해인사 사설강습소 해명학원海明學院에서 교원으로 일했다.

1932년부터 『불교』와 같은 데에 드문드문 투고를 줄기던 허민은 1936년 『매일신보』 현상문예에 소설 「구룡산九龍山」이 당선하여 이름을 문학사회에 내걸었다. 스물두 살 청년문사로서 자긍심과 조숙이 마음껏 날개를 단 격이었다. 1938년 8월 지병이 깊어져 해인사로 되돌아온 뒤에도 허민 문학은 거침이 없었다. 1940년 11월 『문장』에 시 「야산로夜山路」가 스승 유엽의 추천을 받은 것도 그런 결과였다.

산과 어둠이 가로막는 골에
도까비불인 듯 반딧불만 나서느냐

이 길은 북으로 큰 재를 넘어야
경부선 김천까지 사뭇 백여 리

우중충한 하늘이라 북극성도 안 보이고
그 계집애 생각마저 영영 따라오질 않아

이럴 땐 제발 듣기 싫던 육자백인들 알었더라면
소장수 내 팔자로 행(行)이 좋았으리라만

호젓한 품으로 스며드는 밤바람에
엊그제 그 주막 돗자리방이 어른거린다

너도 못난 주인을 따라 울고 싶지 않더냐
방울 소리 죽이며 걸어가는 이 짐승아

산턱엔 청승궂은 소쩍새 울고
초롱불 쥔 손등에 비가 듣는다.

—「야산로(夜山路)」

　밤길을 걷는 소장수를 말할이로 내세워 산골 마을 풍속을 담았
다. 작품에 깔려 있는 쓸쓸함과 고적함은 허민의 마음일 뿐 아니
라, 그 무렵 겨레 현실까지 암시한다. 『문장』시 추천에 이어 허민
은 1941년 소설 「어산금魚山琴」을 『문장』에 보내 이태준의 추천을

받았다. 시와 소설 두 쪽에서 추천을 받는 희귀한 본보기였다. 1943년, 허민은 세상에 작품집 하나 남기지 못한 채 원통한 요절을 맞이했다.

그러다 이름이 세상에 다시 알려지게 된 때는 1975년 『문학사상』의 '한국현대문학재정리' 자리였다. 여러 일간지가 그를 윤동주에 버금가는 민족 시인으로 소개했다. 『허민육필시선』까지 나왔다. 그리고 또 십 년, 1986년 지식산업사에서 '한국현대시문학대계 23'을 내면서 나라잃은시대 마지막 빛나는 별 같은 시로 그의 작품을 빠뜨리지 않았다. 그 뒤 허민 문학의 전모를 알리는 일은 한 과제였다. 다행스럽게 2009년 내가 『허민 전집』(현대문학)을 내 숙원을 푸는 한 계기를 마련했다.

오늘날 남아 있는 그의 작품은 시에서부터 어린이문학·소설·수필에 걸친 모두 328편이다. 스물아홉으로 삶을 마감한 청년이 얼마나 열정적인 삶을 살았던가를 잘 보여 주는 자취다. 그가 더 오래 재능을 펼쳤더라면 우리 문학은 얼마나 풍요로워졌을 것인가. 그를 중심으로 유엽·이주홍·최인욱·정종여와 같은 지역 예술인에서부터 나혜석·이기영·김범부·김동리로 이어지는 해인사 산중문학이 이채롭게 꽃피었다.

민족문학사에서 볼 때 허민은 피식민지 후기, 윤동주·남대우·심연수와 나란히 또는 더 위에서 청년문학의 기개를 지킨 이다. 해인사로서 그는 근대 대표적인 신앙 선조다. 그의 작품 거의 모두는 가야산 정기를 받아 이루어졌다. 비록 대처승으로 살다 갔지만 한 시대 민족문학의 대들보였던 허민을 위해 해인사와 가야산이 할 일은 없을 것인가. 해인사 산문 바깥 어느 곳에 세워질 「야산로」 시비 하나가 그 첫걸음이라고 나는 믿는다.

아버지 유품을 어렵사리 간직해 세상에 알린 맏아들 허은도 곧 여든 객이다. 설날 아침, 서울 김포 아파트 한 곳에서 그는 어두워 가는 눈길로 남향 해인사 골짝을 향해 긴 향연을 아끼지 않았으리라. 그러나 그 일도 몇 차례 남지 않았다. 피지 못한 함박꽃처럼 툭 져버린 허민과 근대 해인사 문학도 잿날 물밥처럼 흩어지고 말지 모른다. 가야산이 허민의 뜨거운 뼛가루를 다비의 불꽃으로 품어 주었던 때가 일흔두 해 전인 1943년 뻐꾸기 우는 봄이었다. 그의 시비가 해인사를 오가는 중생들을 뜨겁게 깨우칠 날은 또 언제일까.

(『해인』 3월호, 해인사, 2015)

권상로의 『조선문학사』와 태야 최동원

찾자고 들면 사연 없는 책이 어디 있으랴. 그것도 오랜 세월 책을 펼치고 더듬으며 살아온 데 익숙한 나 같은 '학생'인 바에랴. 때가 이르면 그런 이야기만 묶어서 책을 내도 두세 권은 좋으리라. 이저리 생각을 굴리다 권상로의 『조선문학사』로 글 꼭지를 마련했다. 모름지기 내 뜨거웠던 청년기의 갈피 하나쯤은 됨 직한 책인 까닭이다.

퇴경 권상로(1879~1965)는 근대 불교계 문서 포교의 대표 인물 가운데 한사람이다. 1910년대 『조선불교월보』와 『조선불교총보』를 거쳐 1920년대 『불교』에 이르는, 우리 불교 중심 매체의 발행인·기자·사장을 거쳤던 그다. 그가 오랜 세월 썼던 글은 『퇴경당전서』(퇴경당전서간행위원회, 1989) 11권으로 갈무리되었다. 불교에만 그치지 않고 역사·사상·문학에 이르는 너른 너비를 지닌 저술이다. 그럼에도 권상로는 경술국치 뒤 이른바 조선총독부의 부왜불교 책략을 일찍부터 좇은 대표적인 부왜승이었다. 그는 을유광복 뒤 다시 동국대 교수로 복귀했다. 학장을 거쳐, 1953년 종합대학으로 승격한 동국대학교에서는 초대총장을 맡았다.

권상로, 『조선문학사』, 일반프린트사, 1947.

그가 낸 『조선문학사』는 내 대학 시절의 긴 추억과 얽혀 있다. 내가 부산대학교에 입학했을 때는 1974년이다. 1972년 나는 고교 3학년 몸으로 문학 동인을 만들고 대학 입시 예비고사를 한 달 앞둔 10월 1일, '창립 기념 발표회'를 광복동 ESS 외국어학원에서 벌였다. 이름은 '앙늬'. 권태의 프랑스 말이었다. 그림에 소질이 많았던 정진국이라는 친구가 그 이름을 제안했다. 지금은 가톨릭

신부로 일하고 있는 조욱종과 정진국·손정란을 비롯한 부산 지역 청소년 문사 모임이었다. 이어서 『ENNUI 작품집』을 냈다. 정진국이 긁은 등사판 20쪽 짜리 A4 크기 동인지였다. 작품낭독회에 즈음하여 낸 것이다. 작품집 표지에 "73. 2. 25. PM 6."이라 덧붙였다. 『국제신문』인지 『부산일보』인지 당시 지역 신문에서 「대학생 문학동인 앙늬의 작품낭독회」라는 제목의 기사로 소개해 주었다. "25일 하오 6시 ESS외국어학원 강당에서. 정진국, 박태일의 시낭독과 조욱종의 소설낭독 외에 한찬식 씨의 문학강연"이라 적은 '안내장'이 그것이다. 참가 동인 모두 고교를 졸업하기 직전으로 장차 재수생이 될 몸이었는데, 어찌 '대학생 문학동인'이라 했는지 모를 일이다.

그렇게 재수생 생활을 시작한 나는 한 해를 보낸 뒤 다시 부산대학교 국문학과에 지원했다. 면접을 보러 갔을 때 마침 학과장이 음성학 전공 김영송 교수였다. 재수까지 하고서 왜 또 부산대학교 국문학과로 왔느냐는 물음에 나는 비평가 고석규가 다녔던 학과라 다른 대학 국문과는 뜻이 없었다고 호기롭게 대답했다. 요절한 고석규와 그가 친한 사이였다는 사실을 알고 있었던 나다. 등록금이 싼 거주지 부산의 국립 부산대학교 말고는 딱히 다른 곳으로 갈 처지가 못 되었던 자기 합리화였으나, 뜻밖의 내 답변에 김영송 교수는 놀랐을 것이다.

부산대학교 국문학과 입학은 그런 철없는 호기에 날개를 단 격이었다. 국문과 상급생이 만들었던 『귀성』 동인에 들고, 앙늬 활동도 거듭해 12월에는 광복동 시민다방에서 7인 시화전을 열었다. 이듬해 2학년 때였던 1975년 5월, 국문과에서는 개교 기념행사 가운데 하나로 도서전시회를 갖기로 했다. 본관 강의실에다 1950년 이전 근대 시집 123종을 펼쳐 놓는 전시회였다. 국문과 교수와 국교과 류탁일 교수, 그리고 소장가 박정상에다 나를 포함한 모두 열여섯 사람이 내놓은 시집이었다. 그 행사에 관한 소개 글 「한국 현대시집 전시회를 가지면서(1950년 이전)」를 내가 써서 『부대신문』에 싣기도 했다.

나는 2학년을 마친 1976년 봄 전투경찰로 입대했다. 논산에서 시작해, 대구와 영덕, 그리고 축산항을 거쳐 1978년 여름 제대를 했다. 9월 복학해서 내가 입대해 없는 동안 국문과의 도서전시회는 두 차례 더 열렸음을 알았다. 2회 『활자본소설전시회』, 3회 『한국잡지창간호전시회』가 그것이다. 국문과의 4회 도서전시회는 1979년에 열렸다. 『국문학 연구서 전시회』였다. 그때 내가 내놓았던 국문학 연구서 가운데 하나가 바로 권상로의 『조선문학사』다.

그 무렵 국문과 원로 교수는 태야台也 최동원(1923~1988) 교수였다. 호 태야는 고향 김해 녹산의 낙동강 곁가지 태야강에서 따온 것이다. 선생은 1941년 부산제이공립상업학교(현 개성고)와 부산대학교 국문학과를 졸업했다. 고전문학사를 전공하고 각별히 고시조 영역에 연구가 깊었던 분이다. 1963년부터 모교 전임강사로 자리를 옮겼다. 선생은 고전문학을 전공하면서도 권상로의 『조선문학사』를 가지고 있지 않으셨다. 전시회가 끝난 뒤 얼마 지나지 않은 때였다. 태야 아래였던 젊은 제자 모 교수가 연구실로 나를 불러 놓고 넌지시 물었다. 『조선문학사』를 바꿀 생각이 없는지.

태야 선생이 지니고 있는 김억의 『오뇌의 무도』와 임화의 『현해탄』 가운데 필요한 것을 줄 터이니 『조선문학사』와 바꾸었으면 하는 뜻이었다.

그런데 나는 그 말을 단호하게 끊어 버렸다. 교환할 수 없다는 말 대신에 곧 여름 방학이니, 방학 중에 그 책을 베껴 드리겠다며 한 발 더 나간 것이다. 요즘처럼 복사가 자연스럽지 못했던 때다. 나로서는 완곡하면서도 확실한 거절 표시였다. 어린 재학생이 그것도 학과 원로 교수와 맞물린 청에 하기 힘든 답변이었다. 나는 『오뇌의 무도』나 『현해탄』은 언젠가는 구할 수 있을 거라고 생각했다. 탐 낼 일이 없을 책임을 젊은 제자 교수는 몰랐던 것이다. 물론 책 교환 제의가 태야 선생의 직접적인 뜻에 따라 이루어진 일인지, 아니면 제자 교수가 스승을 위해 한 발 앞서 냈던 생각인지는 지금으로서 확인할 길은 없다. 어쨌든 그 일 뒤부터 나는 책 욕심이 많고, 시나 쓰면서 돌아다니는 학생에서 더 나아가 교수의 말까지 듣지 않는 못된 학생으로 미움 받을 처지에 놓였다. 그 사실은 완곡한 교환 제의에 이어 내 단호한 답변을 듣고 난 그 제자 교수의 화난 표정에서 충분히 짐작할 수 있었던 일이다.

권상로의 『조선문학사』는 광복기에 나왔다. 국어국문학 관련 주해서와 연구서, 교과용 도서, 독본이 봇물 터지듯 나왔던 때다. 나라 세우기에는 필연적으로 겨레 말글 세우기가 따르는 일이니 당연한 모습이었다. 『조선문학사』 차례는 '제1장 문학의 정의와 사의 범위'에서부터 '제59장 근대 현대문학'까지 장을 넓게 펴서 이끌었다. 거기다 부록까지 붙은 238쪽 짜리 책이다. 펴낸날은

1947년 11월 25일. 임시 정가 350원에, 일반프린트사에서 냈다. 등사판이어서 당시로서도 흔하지 않은 모습이었다. 널리 판매할 것을 염두에 두었다기보다 동국대학교 학내 교재용으로 쓸 것을 먼저 뜻한 저술로 보이는 까닭이다. 책 뒤 저작권지에는 내가 언제 샀는지 표시가 있다. 1972년 12월 10일이라 적은 뒤 중학교 때부터 썼던 한글로 된 둥근 날인이 그것이다. 1972년이라면 내가 동래고 2학년 때다. 어디서 샀는지는 떠오르지 않는다. 지금도 남아 있는 동래고 아래 골목의 작은 헌책방일 가능성이 높다.

그런데 책 안쪽 표지에는 '양외득楊外得'이라는 이름이 찍혀 있다. 책의 본디 주인이다. 그는 1914년 경남 창원 출신으로 1950년 전쟁기 때 납북된 이다. 1939년 중앙불교전문학교(동국대학교 전신) 불교과를 졸업하고, 일본대학 척식과까지 거쳤다. 을유광복 뒤 경남 밀양제이초등학교 교장과 건준 밀양군 위원장을 거쳤다. 아울러 1945년 12월에 만들어진 불교청년당 밀양지부 위원장, 중앙본부 조직부장까지 맡았다. 광복기 불교 혁신을 맨 처음에 이끈 모임이 불교청년당이었다. 그때 불교청년당 앞에는 부왜승 청산과 왜풍 말소, 이른바 사찰령 철폐, 적산 처리와 같은 여러 문제가 쌓여 있었다. 대표적인 부왜승 권상로가 개혁 세력이었던 양외득에게 책을 건넸던 것이다. 권상로와 양외득은 사제의 연에다, 권상로가 동국대학교 교수로 복귀해 『조선문학사』를 낼 1947년 무렵 양외득은 서무과장으로 같은 일터 사람이었다. 불교 혁신이 어려웠을 것임을 보여 주는 전형적인 연고 관계다. 양외득의 책은 어떤 길로 떠돌다 1972년 내 손에 들어온 것일까.

태야 선생이 돌아가신 때는 1988년 11월이다. 내가 지산간호보건전문대학 조교수에서 경남대학교 전임강사로 일터를 옮긴 첫해였다. 선생이 남긴 책은 유족이 부산대학교에 기증했다. 도서관 서고 한 곳에 '태야 최동원 기증도서'로 갈무리된 것이다. 그때 선생의『현해탄』이나『오뇌의 무도』와 내『조선문학사』를 바꾸었더라면,『조선문학사』는 지금 부산대학교 중앙도서관 서고에 있어야 할 책이다. 게다가 그 기증 도서 서가는 그 뒤 1990년대 후반 도서관 변동 과정에서 죄 흩어지고 말았다.『조선문학사』는 더 몰골사나운 모습으로 꽂혀 있거나, 아예 사라졌을 책인 셈이다.

『조선문학사』는 1992년 보고사에서 한차례 영인본을 냈다. '한국학연구총서'라는 이름의 여러 권 가운데서 17번을 달았다. 영인본을 마련하면서 책의 앞뒤 표지를 새로 만들어 붙이는 바람에 책 원형이 오롯하지는 않았다. 그런데 1979년 도서 교환 제의 이후 오늘날까지 나는『조선문학사』원본을 헌책방에서 본 적이 없다. 그러나『오뇌의 무도』와『현해탄』은 뒷날 어렵지 않게 구한 터였다. 원본만 놓고 보자면『조선문학사』를 다시 구하기 어려울 책으로 본 내 판단이 옳았던 셈이다.

태야 선생은『고시조연구』(형설출판사, 1977)를 냈다. 그것을 다시『고시조론』(삼영사, 1980)으로 기웠다. 그리고 선생 사후 유고집으로『고시조논고』(삼영사, 1990)가 나왔다. 어느 날 대학원 수업 시간에 시조에 관한 당신의 글을 누군가 표절했다며 평소와 달리 화를 내신 적이 있었다. 흥미롭게도 그 당사자는 권상로와 같은 동국대학교 교수였다. 나는 선생이 돌아가시고 난 뒤에야 당

신이 광복기 경남상업학교 교사로 있을 때 좌파 활동으로 운신이
조심스러웠고, 그 탓에 교수 임용에도 어려움을 겪었다는 사실을
들었다. 어느 때였던가. 이주홍·조순 시인과 동래 온천장에서 술
을 마시다 나를 불러 영특한 제자라 인사를 시켰던 이도 선생이었
다. 그리고 대학원 석사 1학년 때인 1982년 9월, 내 주례를 맡아
주셨다.

안타까운 점은 당신이 이룩한 고전문학이나 고시조에 관한 식
견을 이어 받을 제자를 두지 못한 점이다. 시조 창작이며 연구며
선생 가까이 제자라 나돈 이들이 적었던 것도 아니건만 세월은
그리 무심했다. 나는 선생의 고향이자 묘소가 있는 김해 녹산 생
곡 가파른 언덕배기를 장례식 때 한 번, 그리고 그 뒤 1990년 4월
경 모비 제막식 때 가보고 다시 밟지 못했다. 내가 헌시를 올렸던
자리다. 당신의 직접적인 전공 제자들도 찾지 않는 세월인데, 내
가 굳이 갈 일이 아니라 마음먹은 까닭이다.

선생께 드리지 못했던 『조선문학사』를 나는 오늘까지 몇 차례
뒤적거려 보았을 따름, 완독한 일은 없다. 앞으로도 그럴 것이다.
그러니 나는 '학생' 가운데서도 분명 책 욕심만 많은 학생임이 틀
림없다. 『조선문학사』는 엷은 갈빛 단색 표지를 지녔다. 표지와
그 속 등사판 가는 글씨를 보노라면 태야 최동원 선생과 이어진
여러 사연이 떠오른다. 문득 방에 들었으나 내보내지 못한 봄날
호박벌같이 잉잉잉 마음을 밟는다.

(『근대서지』 제10호, 근대서지학회, 1914)

김윤배, 그 뜨거운 시를 향하여

보내 주신 글월 잘 받았습니다. 어떻게 지내실까 궁금했었는데, 하루하루 바쁜 나날임을 알겠습니다. 거처로 정하셨다는 안성 금광 호숫가는 모르긴 해도 풍광이 넉넉한 곳이리라 생각합니다. 물길이 물길을 물고, 기슭 마을이 도란도란 한식구처럼 물그림자를 키우고 있을 곳. 머무시는 집 시경제詩境齊 세 글자를 마음에 새겼습니다. 시, 경, 제, 그윽한 이름이 김 시인의 모습을 그대로 닮았다 싶어 새삼 고개를 끄덕입니다. 둘레 풍광을 한눈에 시로 껴안았으니 시인된 이로서 무엇에 견줄 행복이겠습니까? 언젠가는 한 번 들릴 수 있을 것입니다. 그때에는 김 시인의 득의한 장시집『사당 바우덕이』의 주인공 바우덕이 무덤이며 청룡사, 칠장사, 석남사까지도 둘러볼 수 있을 것입니다.

저는 잘 지내고 있습니다. 보내 드린 기행문『몽골에서 보낸 네 철』은 오랜만에 낸 것이었습니다. 아우라도 한참 아래 아우뻘일 이에게 그동안 베풀어 주신 후의에는 못 미치지만 기껍게 거두어 주시기 바랍니다. 저를 황강 시인이라 불러 주셨습니다. 감히 고향 강 고향 땅 이름을 얹을 깜냥이 아닌 터라 면구스럽기만 합니다. 오래 정진하라는 뜻으로 알겠습니다. 그리고 보니 김 시인이야말로 경기도 시인을 한참 넘어서 높고 너른 자리에 계심을 저는 알고 있습니다.

> 머리가 벗겨지기 시작한 아우를 데리고
> 아침, 감은사지 간다 경주교육문화회관 조리팀장인
> 아우는 계란 반숙을 주문하고
> 나는 아우가 주문하는 대로 나이프를 들었다
> 아침, 감은사지에 오르며 아우는 작아진다
>
> 혈육은 작은 슬픔이다
>
> 어린 날의 가출은 두려움도 무엇도 아니었다
> 감은사지는 오랜 세월 가출했었다
> 마주 보는 삼층석탑은 가출하지 않았다
>
> ―「감은사지를 가다」 가운데서

가끔 학생들에게 바람직한 장소시의 본보기로 들곤 하는 김 시인의 작품입니다. '큰' 슬픔을 '작은' 것이라 한 데서 슬픔이 더욱 깊습니다. 감은사 옛터라는 공공적이고도 무거운 장소 머그림을 '혈육'의 '슬픔'이라는 가족지와 교묘하게 엮어 새로운 장소성을 이끌어 내는 데 성공한 작품입니다. 아마 제가 제대로 된 황강 시인이 되자면 이런 활달함에는 가까워져야 할 터입니다.

어느덧 저도 갑년을 맞았습니다. 보고 싶은 이를 곁에 두고 사는 삶의 고마움을 속 깊이 알 나이에 이르렀습니다. 제가 알고 있는 김 시인은 세월을 더할수록 작품이 더 좋아진, 우리시에서 드문 본보기를 보이시는 분입니다. 그 과정에 내비치지 못했을 개인적인 각고와 고심이 얼마만 했으랴 짐작하기조차 어려운 저입니다. 사람 나이 예순 일흔이 결코 자랑도 훈장도 아님을 뼈저리게 새기며 살겠습니다. 그나마 올려다 볼 수 있을 몇 되지 않는 김 시인과 같은 분이 계시니 든든합니다.

김 시인을 알아온 지 벌써 오랜 세월입니다. 얼굴을 맞대기에 앞서 작품으로, 시집으로 이미 가까웠습니다. 문학사회에 이름을 내거신 지 서른 해에 열다섯 권의 빛나는 시집들이 안두에 가지런합니다. 1986년에 첫 시집 『겨울 숲에서』를 낸 뒤 1994년 『굴욕은 아름답다』와 2001년 『부론에서 길을 잃다』를 거쳐 어느새 긴 강물을 이루었습니다. 칙폭칙폭 쉼 없는 흐름이었습니다. 그리고 그들 가운데 뜻 높은 두 권의 장시집, 2004년의 『사당 바우덕이』와 2014년의 『시베리아의 침묵』이 함께합니다. 별이 별을 밟고 흘러 넘치듯 도도한 시의 역정이었습니다.

저는 어제 한낮 버릇대로 집 뒤 금련산 길을 한 바퀴 돌다 내려왔습니다. 450미터 나지막한 도심 산자락에도 숨겨진 굽이굽이가 새삼스러웠습니다. 아래 비알로 무너진 옛 담벼락, 우체부 없이 버려진 편지통, 사람 밟은 지 오랜 산번지 옛길의 가난과 고단함이 듬성듬성 햇살을 받고 있었습니다. 저도 이제 육십 줄을 담담하게 그러나 씩씩하게 감당하겠습니다. 김 시인께서 본보기로 보여 주신 바가 그것입니다. 무엇보다 시인은 시로서, 그리고 더 멀리 이름이 고스란히 시가 되는 아름다움. 김윤배, 그 뜨거운 걸음걸이를 조용히 느낍니다. 고맙습니다. 오래도록 건안하시길 빌어 드립니다. 이곳 남녘 갯가는 어느새 여름빛입니다. 안성 시경제 환할 물빛 푸름이 벌써 그립습니다.

(『월간 에세이』 6월호, (주)월간에세이, 2014)

비애왕 치루왕

홍선대원군 이하응 아들이 이명복이다. 1852년 12살에 임금에 올랐다. 그는 조선을 지키지 못했다. 나라를 **빼앗겼음**에도 왜로倭虜 왕의 귀족으로서 '이태왕'이라는 부끄러운 이름을 얻어 수저를 들었다. 죽은 뒤 명정에 '이태왕지구李太王之柩'라 덮고 묻혔다.

그는 나라 이름을 '대한제국大韓帝國'으로 바꾸었다. 속국을 지닌 것도 아니면서 '제국'이라 거짓을 떠벌렸다. '대'라고 허풍을 떨었다. 오백 년 사직을 제 손으로 허문 것이다. 1905년 을사늑약 뒤 1906년 병오년 서울 남산에 이른바 통감부, 곧 왜성대가 섰다. 나라가 이등박문 손으로 넘어갔다. 조선왕은 허수아비가 되었다. 이명복은 스스로 목숨을 끊어야 했다. 그러지 않자 스승 송병서가 나섰다. 임금을 잘 가르치지 못해 죽어 마땅한 죄를 지었다며 독약을 마셨다.

이명복이 죽은 때가 1919년 3월이다. 죽은 뒤 붙인 묘호廟號가 이른바 '고종高宗'이다. 나라를 팔아 제 배를 불린 매국 역적 완용 무리가 위세를 한껏 부릴 때다. 이 일컬음이 부당하다고 상주 사람 로석老石 려구연呂九淵(1865~1938)이 「비애왕사기悲哀王史記」에서 밝혔다.

나를 지키지 못한 임금에게는 사호史號를 붙여야 한다. 왜로에게 나라를 넘겨 버린 임금을 높을 '高고'로 일컬어서는 안 된다. 고라는 글자는 나라를 일으킨 왕에게 붙이는 이름. 한 고조가 그렇고 당 고조가 그렇다. 로석은 이명복의 사호를 '비애왕悲哀王'이라 붙였다. '비悲'는 나라 이름 조선을 지키지 못한 데서 온 비통이고, '애哀'는 왕권을 지키지 못한 데서 받은 애통이라 했다.

1906년 그의 아들이 허울뿐인 왕에 올랐다. 1910년 8월 29일 경술국치로 나라 땅을 왜로에게 넘긴다는 것을 공포하고 자신은 실위했다. 그 또한 자결할 만한 그릇이 아니었다. 죽은 때가 1926년 병인년 4월이다. 그에게 붙인 묘호가 순종純宗이다. 순수할 '純순'이다. 나라 땅을 지키지 못한 왕을 '순'으로 불러서는 안 된다. 로석은 그의 사호를 '치루왕恥淚王'이라 붙였다. 나라를 잃고서도 분격함이 없는 것이 부끄럽고(恥), 나라 땅을 왜로에게 넘긴 것이 눈물이로다 하는 뜻이 루(淚)다.※

나라를 지키지 못하고 나라 땅을 지키지 못한 왕에게 '고高'니 '순純'으로 일컫는 일은 얼이 빠져도 한참 빠진 미친 짓거리다. '고'

※ 려증동, 『배달겨레 문화사』, 삼영사, 2004, 270쪽.

니 '순'이라는 높고 알뜰한 이름을 붙인 주체는 왜로다. 이른바 조선총독부와 매국 역적이다. 일제강점기라는 말을 쓰면 그 주체가 '일제'가 되는 이치와 같다. '일제강점기', '고종', '순종'이라는 말은 우리 쪽에서 쓸 수 없는 말이다.

'비애왕', '치루왕'과 한 하늘 아래 살면서 그런 사실을 눈 부릅뜬 채 밝힌 이가 로석 려구연이었다. 그리고 그 사정을 꼼꼼하게 일깨운 책이 짐계 려증동의 『배달겨레 문화사』(2004)다. 그 첫머리 「읽어 두기」는 아래와 같이 이어진다.

통치자는 준엄한 업적 평가를 받아야 한다. 나라를 지키지 못하고 나라를 망하게 한 왕을 '고종(高宗)'이라고 부르고 보니 부르는 사람 스스로가 바보로 되는 느낌이 들었다. 초등학생이 '고(高)'라는 글자를 '높을 고'로 배운다. '숭야(崇也)', '상야(上也), 존야(尊也)가 고(高)라는 글자 뜻이다. 임금 가운데서 '고종(高宗)'이 가장 크고 가장 훌륭한 왕으로 된다. 나라를 일으킨 왕을 '고조(高祖)'라 부르기도 한다. 조선 임금 가운데서 '고(高)'를 차지할 임금이 '세종대왕(世宗大王)'이다. '세(世)'라는 글자는 명사이기에 평가로 되지 않는다. 세종이 대왕이었으나, 신하들이 인색해서 평가없는 '세(世)'라는 글자로 얼버무렸다. 일본제국 조선총독과 부왜역적 완용놈이 총독부 회의실에서 묘호로 정한 '고종(高宗)'이라는 소리를 광복 후 60년 동안 불러왔다. 부끄러운 일이었다. 학자가 없으면 나라가 또 망하게 된다.※

을유광복 뒤에도 겨레의 참된 광복은 이루어지지 못했다. 그 첫 슬픔이 분단이요, 겨레얼 바로 세우지 못한 슬픔이 둘이다. 짐계의 이 단락은 바로 그러한 겨레얼 세우기가 얼마나 중요한 일인가를 짧게 일깨워 주는 사자후다. 이미 지나간 일이 되어버린 옛 임금 묘호 하나 바로잡는 일이 얼마나 무거운 오늘과 내일의 일인가를 밝혀 준 사표다.

려구연 문집 『로석집老石集』 1·2·3이 세상에 나온 때가 2001년이다. 그 뒤 『로석집』 4, 5와 『로석집 부록』, 『로석집 1부附 왕산집만旺山集挽』이 2014년에 나왔다. 짐계는 로석이 1933년 예순아홉에 얻은 유일 손자다. 로석은 구월 구일 중구절에 태어나 일흔넷 초파일 날 별세했다. 두 차례 『로석집』을 낸 데는 모두 진주 가람출판사다.

해마다 많은 한문본 번역 책이 나오고 있다. 하지만 『로석집』 일곱 권이 한글로 옮겨져 세상에서 널리 읽힐 날은 언제일까. 눈 밝고 심지 굳은 한문인이 뜻을 세우리라. 그 뒤를 『짐계 려증동 전집』이 이을 것이라 나는 굳게 믿는다.

로석학과 짐계학은 고스란히 조선학이며 배달학이다. 할아버지 공부가 손자로 이어지고 넓어졌다. 가학이 국학으로 올라선 근대의 유일한 본보기다. 나는 오늘도 마음을 일으켜 멀리 진주 쪽을 올려다본다. 여든다섯, 짐계 려증동 선생이 청년 시절부터 계신 곳이다. 올해 이 더위, 이 세월을 당신은 어떻게 넘기셨을고.

※ 려증동, 앞에 든 책, ⅳ쪽.

5부 대담

지역에서 지역으로 달리는 무궤열차, 박태일

이순욱: 오랜만에 뵙습니다. 『오늘의 문예비평』이 선생님과 대담을 제게 의뢰한 데에는 각별한 이유라 있으리라 여깁니다. 아마도 시인으로서 연구자로서 선생님의 삶과 문학 활동, 학문의 거점과 지향을 비교적 잘 안다고 여긴 까닭이겠지요. 또한 제 학문의 바탕이 선생님과 강한 연대와 결속 속에서 이루어지고 있다는 나름의 인식에 기초하고 있는 듯 보입니다. 이러한 선입견을 벗어나야 그야말로 선생님의 시작詩作과 연구 활동을 객관적으로 짚어낼 수 있을 텐데 말입니다. '박태일이라는 상징자본'의 속살에 깊숙이 다가서고자 하는 점에서 저와 『오늘의 문예비평』 동인의 생각은 크게 다르지 않을 것이라 봅니다.

작년 9월에서 최근에 이르기까지 벌써 6권의 책을 내셨습니다. 6시집 『옥비의 달』(문학동네, 2014. 9)과 백석의 번역시편을 묶은

『동화시집』(도서출판 경진, 2014. 9), 지역문학의 현장을 다룬 『지역문학 비평의 이상과 현실』(케포이북스, 2014. 9), 그리고 연구서 『마산 근대문학의 탄생』(도서출판 경진, 2014. 9), 『시의 조건, 시인의 조건』(케포이북스, 2015. 1), 『유치환과 이원수의 부왜문학』(소명출판, 2015. 2)이 그것입니다. 이들은 독자적인 아우라를 내뿜고 있으면서도 연구자와 시인으로 살아온 세월을 증명이라도 하듯 서로 관련을 맺고 있습니다. 몇몇 글들은 30년 묵은 세월을 헤아리기도 합니다. 올해 들어 벌써 갑甲으로 되돌아 온 연치를 살고 계신데, 이렇게 가파르게 책을 발간한 데는 '정리'의 뜻이 강하게 느껴집니다. 선생님의 학문의 뿌리에 대한 애정, 시와 시인에 대한 인식, 지역문학의 존재방식과 방향, 한국문학사에 대한 반성과 성찰 등 삶과 학문을 가로지르는 글들을 마주하면서 뒷날 누군가 쓰게 될 '박태일론'의 일차자료를 마주한다는 느낌 또한 지울 수 없습니다. 이렇게 한꺼번에 출간한 뜻이 있으신지요. 혹시 지금이 아니라면 내일은 없다는 식의 어떤 절박함이나 조바심이 작용한 것은 아닌지 모르겠습니다.

박태일: 반갑습니다. 어려운 대담 자리를 허락해 주셔서 고맙습니다. 지난해 9월부터 올해 2월까지 모두 6권의 책을 냈습니다. 올해 1, 2월에 낸 2권은 사실 지난해 낼 계획으로 원고를 넣었던 것인데, 출판사 사정으로 해를 넘겼습니다. 이렇게 책들이 몰리게 된 것은 각별한 절박함이나 조바심이 있어서 그리 된 결과는 아닙니다. 저 같은 지역 조그마한 대학의 문학 교수가 무엇을 얻고자 조

바심을 치겠습니까? 게다가 당장은 읽히지도 않을 책인데. 그런데 절박함이라는 쪽에서는 몇 마디 거들 게 있습니다. 지난 십 년 남짓 공부하고 관심을 가져온 결과들을 일부나마 정리할 시점에 이르렀던 까닭입니다.

지난 세월 거듭 마음을 다졌던 생각은 사람 나이 오십을 넘어서면 남에게 이래라 저래라 할 입장이 되지 않으리라는 금과옥조였습니다. 살아오고 쌓은 그대로 삶이 고스란히 세상에 훤하게 드러나는 마당 아닙니까. 그러니 제 깜냥의 길을 걸을 도리밖에 없다 생각했던 것입니다. 그나마 뒷날 제가 제 자신을 비웃고, 돌아보며 후회하는 참담함을 겪지 않기 위한 일이었습니다. 그래서 지난 오십대 십 년은 공부에 더 방점을 찍으며 살고자 했습니다. 기본적인 역할과 업무 외에는 각별히 소모되지 않기 위해 경계를 했습니다. 그리고 그 결과물 가운데서 지금쯤 내야 마땅하리라 여겨지는 것들로 한 매듭을 지었습니다. 한꺼번에 공부 결과물을 낸 경우는 2004년 한 해 연구서 세 권을 냈던 때에 이어 두 번째군요. 다음 단계로 넘어가기 위한 징검돌은 놓은 셈입니다.

이번에 낸 책들은 그간 공부 결과물 가운데서 경남·부산 지역문학 연구의 후속 작업이 핵심입니다. 2004년 『경남·부산 지역문학 연구 1』에 이어 『마산 근대문학의 탄생』이 2, 『유치환과 이원수의 부왜문학』이 3입니다. 이들 곁에 다시 지역문학 비평 담론 『지역문학 비평의 이상과 현실』과 일반 시비평 『시의 조건, 시인의 조건』이 놓입니다. 본디는 『경남·부산 지역문학 연구 4』도 이어 낼 계획이었는데, 잠시 출판을 뒤로 미루고 숨을 고르기로 했습니다. 결과적으로는 지난 십 년 제 자신과 했던 약속을 제 식으로 점검하는 한 계기였습니다. 아마 앞으로 집중적으로 모아 낼 경우 또한 지역문학 연구와 관련될 터인데, 몇 해 뒤에나 이루어지리라 생각합니다. 한국 지역문학 연구, 북한 지역문학 연구, 1950년대 남북한 문학과 같은 논의들이 중심 뼈대가 될 것 같습니다.

이순욱: 우선, 예상과 달리 늦게 나온 시집을 잠깐 이야기하겠습니다. 제14회 최계락문학상 수상작인『옥비의 달』에서 역시 선생님 특유의 가락과 말맛을 느낄 수 있었습니다. 선생님 시는 먹빛 황강과 의령댁 할머니가 품고 키웠지요. 이번 시집 또한 그러한 그늘이 강하게 느껴집니다. 사람에 대한, 그들의 삶에 대한 그리움과 슬픔의 정서가 바로 그러합니다. 특히 이번 시집에서는 김창식(「12월」), 김상훈(「저녁달」), 장철수(「발해를 꿈꾸며 동해에 지다」), 표문태(「두 딸을 앞세우고」), 이지은(「문산 지나며」), 김종길(「시인의 손」), 김병호(「별나라」) 등 잊고 살았으나, 결코 잊을 수 없는 이들의 삶들로 굽이치고 있습니다. 저도 쉽게 잊고 만 이름들이라 그립고 안타깝기는 마찬가지입니다. 선생님과 학문마당을 함께 일군 이들이거나 지역문학 연구의 현장에서 마주친 사람들이지요. 황강의 흐름이나 고향 문림 뒷산 호연정 뜰의 휘어진 은행나무 또한 어찌 굴곡이 없으랴마는 이들에 비할까 생각됩니다. 시력詩歷 30년을 넘으면 시세계가 변할 법도 한데, 선생님께서는 끈질기게 꿋꿋하고, 또 꿋꿋하게 새벽에 길을 나서 이 땅 곳곳 시의 길을 열어 제칩니다. 7시집 또한 황강에서 시작하여 저 연변의 어느 헌책방

을 지나 만주의 고토에 묻힌 기왓장에 숨은 내력으로 출렁일지도 모를 일입니다. 이처럼 변하지 않는 시작詩作의 힘과 가락은 어디에서 비롯되는지, 이를 지독하게 고집하는 까닭이 무엇인지 여쭙습니다. 또한 선생님 시를 어렵다 하는 독자들도 적지 않은데, 아마도 끝 간 데 없는 상상력보다는 특유의 언어 사용에서 비롯된다 하겠습니다. 다소 폭력적인 질문입니다만 시인 박태일에게 언어는 도대체 무엇입니까? 시 자체인지, 아니면 특유의 취향에서 비롯되는 부차적인 요소인지요?

박태일: 이번 시집 『옥비의 달』은 2013년 12월에 낸 『달래는 몽골 말로 바다』와 함께 시기적으로 많이 늦어졌습니다. 4시집 『풀나라』를 2002년에 낸 뒤, 다시 2012년에 시집을 한 권 낼 준비를 했습니다. 몽골 기행시와 『옥비의 달』 시편들이 그것입니다. 그런데 출판 사정이 예상과 달랐습니다. 이왕 늦어질 시집을 제 시간 계획에 쫓겨 급하게 내버릴 일이 아니라고 생각을 바꾸었습니다. 두 권으로 나누어 내는 쪽으로 생각을 굳히고, 깁는 작업을 더했습니다. 그리하여 『달래는 몽골 말로 바다』와 『옥비의 달』을 이어서 낸 것입니다. 결과적으로는 색깔이 더 뚜렷해진 두 시집을 얻은 셈입니다. 시집 출판이 잦지는 않았지만 저에게는 그 동안 시도 꾸준히 써왔다는 방증이었습니다.

이제 질문에 대한 답변을 드려야 하겠습니다. 말글이 제 실존 근거라 말하면 너무 큰 과장과 수사가 되겠군요. 그런데 저는 문학으로 업을 삼겠다는 생각을 일찍부터 지녔습니다. 다행스럽게 그 생각을 좇아 아직까지 글밥을 먹고 있으니 참으로 다복을 누리는 셈입니다. 게다가 시쓰기와 아울러 논문/비평 글쓰기를 같이 할 수 있으니 또한 홍복입니다. 제가 꾸준히 시를 쓸 수 있었던 것은 역설적이지만 시 창작에 최선을 다하지 않았던 까닭입니다. 좋게 말하면 당장의 조바심이나 문학적 성취를 들내기 위해 좌고 우면하지 않았던. 단기 문학이 아니라 장기 문학이라고나 할까요. 저는 시를 위해 제 삶을 남달리 많이 손해본 사람이 아닙니다. 부끄러운 말이지만 그것이 아마 제가 오래도록 시를 쓰도록 이끄는 힘일 수 있었다 생각합니다. 앞으로 생리적 나이로 80까지만 더 사회 활동을 할 수 있다면 평생 10권 정도의 창작 시집 간행은 가능하리라 생각합니다.

저는 시인이면서 연구자입니다. 공부 방향이나 방법도 사실 시 창작과 비슷하게 시적인 상태를 겨냥하곤 합니다. 적어도 남이 차려 놓은 밥상에 숟가락을 얹지는 않겠다, 내가 납득하기 전까지는 세상에 널린 기지의 통념이나 권위에도 쉽게 엎어지지 않겠다……. 그런 생각들입니다. 오롯한 창조적 상태를 즐긴다는 점에서 시쓰기와 논문글 쓰기는 같은 바탕 위에 놓인 다른 두 모습이라 할 수 있습니다. 그리하여 꾸준하라, 눈앞의 뻔한 이해관계에서 벗어나 우직하게 걸어라, 무엇보다 너는 너답게 살아라, 이런 소박한 격언들을 마음에 새기고자 애쓰는 쪽이었습니다. 시로 보자면 1980년 중앙일보 신춘문예로 세상에 나온 지 어느새 35년에 이르렀습니다. 그럼에도 저는 여전히 습작기의 초조함, 오리무중의 고통과 즐거움을 되겪고 있습니다. 아마 그런 긴장은 더 쓰지 못할 나이 때까지 지녀야 할 것입니다.

　그리고 제 시는 한편으로 제 삶에 대한 한 알리바이이기도 합니다. 『옥비의 달』에서는 이 선생께서 말씀하신 대로 제가 살아오면서 겪었던 적지 않은 지인이 얼굴을 내놓고 있습니다. 이른바 헌시, 또는 기명시입니다. 이 선생과도 직접, 간접으로 얽힌 이들도 많군요. 그만큼 저와 나누었던 시간의 부름켜가 컸다는 뜻이겠습니다. 여느 시인에게도 기명 헌시는 잦은 편입니다. 보기를 들어 황동규 시인도 기명 헌시를 적지 않게 쓰신 분입니다. 저에게 주신 시가 3편입니다. 시인께서 생존한 이에게 준 시로서는 아마 가장 많을 축에 들 겁니다. 한 편 한 편을 읽을 때마다 황 시인과 함께 나누었던 짧은 시간의 속살과 장소 풍광이 아련합니다. 그러나 정작 황 시인이 저에게 기명시를 준 본뜻은 그런 회고의 즐거움이 아닐 겁니다. 지역에 묻혀 살면서도 기죽지 말고 열심히 강건하게 살아라는 당부. 그런 점에서 제가 내놓은 기명시들 또한 각별한 이에 대한 추회에 머물지 않고 그들에게 빚진, 그들의 삶까지 일정하게 짐 진 제 자신에게 건네는 격려의 전언이기도 합니다. 마침내 시는 가까웠던 이나 장소의 기억에 관한 추모의 방식, 또는 자신의 묘비명일 수밖에 없습니다.

　이제 다소 폭력적이라는 이 선생의 물음에 폭력적으로 답하겠습니다. 시인은 말글을 남달리 잘 다루는 훈련을 거치고 그런 취향을 키운 사람이라 여겨지는 이들에 지나지 않습니다. 하찮을 따름이지요. 예컨대 직접 생산하는 농사꾼이 아닙니다. 그럼에도 농사꾼들에게 제 말글이 값어치 있는 것인 양, 설득하고 매달려야 할 입장입니다. 그러니 그의 마음가짐과 뱉는 말글이 처음부터 어떻해야 할지는 자명하지 않습니까. 저는 비록 말글로 순교하거나 한 판 야무지게 말놀이하다 갈 만한 그 어느 쪽 재목도 아니지만 글밥 먹고 사는 이가 지닐 나름의 소박한 기본 윤리만은 지키려 애썼습니다. 말 따먹기 하지 않기, 글조차 쓰지 못하고 살아가는 세상에 대한 부끄러움, 그런 점들이 오히려 앞으로도 오래도록 시작을 할 수 있도록 밀어주는 힘이라 생각합니다.

이순욱: 그동안 선생님께서는 지역의 문학 공동체, 학문 공동체에 대한 쓴소리를 마다하지 않으셨습니다. 지역문화예술의 최전선에서 적극적으로 발언해 왔던 셈입니다. 칼럼이든 비평과 논문의 형식이든 학계나 문학사회에 던지는 반향이 적지 않았습니다. 한 글에서 시인 이응인 형은 선생님의 『지역문학 비평의 이상과 현실』을 인용하면서 밀양 지역문학의 바람직한 길을, 지역에서 시인으로 산다는 일의 엄중함을 고민하기도 했지요. 뜬금없는 질문으로 들릴지 모르겠으나, 산문과 달리 선생님의 시는 당대 우리 삶의 문제에서 비켜 서 있습니다. 세월호 참사나 밀양 송전탑 건설 반대투쟁과 같은 국가 폭력이나 국가 공동체의 위기 속에서 소외된 사람들의 문제를 직접적으로나 즉각적으로 다루지 않는 편입니다. 이상하리만큼 그렇습니다. 시쓰기의 자세나 스타일과 관련된 문제인지 아니면 특별한 이유가 있으신지요? 최근 나온 비평집 『시의 조건, 시인의 조건』에서 백석 시의 명성과 영향관계를 진단하면서 "좋은 시인은 시대와 불화를 꿈꾸는 창조적 인자"(230쪽)

라 하셨지요. 그렇다면, 이 시대 시인의 역사적 소명의식이란 어떠해야 하는지요.

박태일: 공적/집단적 시간 장치인 역사와 사적/개별적 시간 장치인 시는 날카롭게 맞서는 것입니다. 역사는 사적 시간에 대한 폭력이고 횡포입니다. 그러나 그 둘이 만나는 밑자리는 말글이라는 점에서는 한가지지요. 그런 뜻에서 역사와 시는 운명적 동질성이 있고, 말로서 말 많은 문자 놀이의 특권, 엘리트주의의 산물입니다. 담론이라는 쪽에서 볼 때 다만 시가 말의 기표 놀이에 더 기댄다면 역사는 말의 기의 놀이에 더 기댄다는 차이가 있을 따름입니다. 따라서 시인은 고스란히 믿어 주기를, 사랑해 주기를 강권하는 불가사리 같은 역사와 거리를 띄우거나 맞서지 않는다면 참된 시성詩性을 얻기가 어렵다는 게 제 생각입니다. 그런 점에서 시가 손쉬운 현실 재현론의 머슴이 되거나 먹잇감이 되지 않도록 조심해야 합니다. 시는 시일 따름입니다. 그 나머지는 시를 누리거나 활용하는 향유사회의 이해관계, 정치경제의 문제입니다. 그것까지 시인이 떠맡으려 한다면 만용을 부리는 것입니다.

게다가 시는 근본주의자의 산물이 아니라 생각합니다. 현상주의자의 것이지요. 결코 당대적, 일상적 현실을 벗어날 수도 없고 벗어나려는 자세 자체를 늘 경계해야 합니다. 다만 그것을 언어적 현실로 되돌려 줄 수밖에 없다는 확연한 한계와 의의를 늘 잊지 않는 게 중요합니다. 세월호 참사라는 국가적 현안을 본보기로 들어 보겠습니다. 한 개인으로서, 사회 구성원으로서 제가 겪는 참담과 고통이야 어찌 없겠습니까. 그러나 그러한 현실의 사건 경험과 시라는 구성 담론으로서 겪는 것은 엄청나게 다른 일입니다. 경험 가치와 표현 가치가 같을 수 없다는 사실은 글쓰기의 초보라도 알 수 있을 일 아닙니까?

그런 전제 위에서 세월호 참사에 관한 시를 쓴 이들에게 물음을 던질 수 있을 것입니다. 모름지기 당신이 쓴 세월호 참사 관련 시가 언론 기사문보다 더 나은 정보력과 공론성을 지녔는가? 유가족의 비통과 울음소리보다 더 깊은 울음과 비통에 젖게 이끄는가? 유가족 둘레를 오가는 정치꾼들의 간지러운 위로의 말보다 더 공교로운 말솜씨를 보여 주고 있는가? 만약 답변이 어느 것 없이 부정적인 쪽으로 기운다면 시로서 표현하고자 하는 욕망은 거두는 것이 바람직할 것입니다. 시인이 기자 노릇 넘보고, 유가족 대신하려 하고, 정치꾼 흉내 내서는 곤란합니다. 시답잖은 세월호 추모시 한 편 목청 드높이는 일로 참된 현실에 참여한다고 착각하지 말 일입니다. 게다가 현실도 역사도 주체의 입장에 따라 한없는 층위와 속살을 지닙니다. 그 밥에 그 나물인 현실 이해, 말재주로 무엇을 하겠다는 것인지요. 섣불리 당대 특정 현실에 복무하여 이익을 탐한다는 점에서 시인이 주류 권력이나 거시 이념의 사냥개가 되거나 비렁뱅이가 되기 십상입니다.

그러니 차라리 시인 스스로 비유적으로는 자신이야말로 세월호 선장과 같은 놈이 아닌지, 그처럼 살고 있지 않은지 반성해야 합니다. 그리하여 자신의 이름값을 다하는, 공적 역사가 아니라 자신의 마땅한 사적 역사에 제대로 골몰하는 것이 소임을 다하는 길입니다. 죽음을 바쳐 싸울 자신이 없으면 겸손하게 자신이 할 수 있을, 해야 할 바에 최선을 다하고 정명을 실천할 일입니다. 싸움은 여러 범위, 여러 대상, 여러 차원으로 가깝게 멀리, 크게 작게, 숱하게 열려 있습니다. 문제는 그 어느 쪽으로 전선을 단일화해 가면서 총력전을 벌이는가라는 선택의 문제에 있습니다.

이순욱: 연구서로 눈길을 돌려보겠습니다. 『마산 근대문학의 탄생』을 받아들고 제일 먼저 든 생각은 문학의 '탄생'이라 말을 되새김질하듯 음미했습니다. 처음에는 쓴맛이더니 미묘한 맛으로 버무려져 있더군요. 이즈음 재발굴이니 재발견이니 하는 수사의 과잉과 미망 속에서 선생님의 삶터에 대한 애정, 마산이라는 소지역 문학현실에 대한 영광과 모멸의 기록을 담고 있었습니다. 이전의 감각으로는 '발굴'이나 '발견'을 제목으로 삼았을 터인데, 각별히 '탄생'이라 한 연유가 있으신지요. 지역문학사 서술의 본보기로 삼을 이 책을 통해 무지와 왜곡으로 점철된 지역문학 연구의 현실을 벗어나기 위해서는 어떤 관점과 방향이 필요한지 궁금합니다.

박태일: 『마산 근대문학의 탄생』은 마산 지역 근대문학 백 년을 두고 처음으로 이루어진 연구서입니다. 모두 9편에 이르는 글을 4부로 나누어 실었습니다. 1907년 정미국채보상의거를 대구에서 발의하고 이끌었던 동양자 김광제 지사가 엮은, 마산 근대문학 매체의 효시 『마산문예구락부』를 발굴, 소개하는 글을 처음으로 마산 근대 예술·문학 백 년의 흐름을 개괄한 글에다, 경자마산의거

시의 됨됨이를 따지는 글까지 이어져 있습니다. 책 표사에다 저는
『마산 근대문학의 탄생』이란 두 가지 뜻을 지닌다고 썼습니다. 마
산 근대문학지를 향한 바탕을 비로소 마련했다는 안도감이 하나
였습니다. 마산 지역에서 생업을 오래 이어온 사람으로서 지역사
회로 향한 빚진 느낌을 조금이나마 제 식으로 갚은 셈입니다.

거기다 앞으로 제대로 된 마산문학지, 창원문학지가 머지않아
탄생하기를 바라는 즐거운 바람이 두 번째였습니다. 제 책이 그
일로 나아가는 데 한 든든한 디딤돌이 될 것이라 생각했습니다.
그런 점에서 관변 문인단체 조직사지 문단 야사와 다르지 않은
마산 소지역 문학에 관한 본격적인 이해의 뼈대를 갖춘 셈입니다.
몇 가지 중요한 징검돌은 이런 것입니다, 첫째, 제국주의 수탈의
상징 장소 가운데 하나로 자란 마산 근대문학의 첫자리는 의열지
사 김광제의 뜻과 문학이 놓인다. 그것을 출발지로 삼아 배재황,
권환, 정진업 들로 이어지는 겨레문학, 현실주의 문학이 있다는
사실이 하나입니다. 지역사회나 우리 문학사는 이들이 개인으로
겪은 집단적 고통과 비통을 향해 추모와 고마움을 제대로 표시해
본 적이 없었습니다. 이들과 맞선 자리에 이은상으로 대표되는 아
세 '기녀'문학과 이원수로 대표되는 부왜문학이 놓입니다. 이들은
자신이 세상에 저지른 씻지 못할 허물에도 오히려 문학으로부터,
사회로부터 자신이 이룬 것보다 훨씬 더 많은 보상을 받고 있습니
다. 이러한 정신 실조와 부조리를 바로잡기 위해 새로운 마산문
학, 창원문학의 정신과 흐름을 되살리는 길을 후학들이 제대로 열
어나가기를 바라는 뜻을 담았던 셈입니다.

310

앞으로 『마산 근대문학의 탄생』을 본보기로, 경남·부산의 소지역 문학지 곧 진주문학, 밀양문학, 울산문학과 같은 이름으로 단일 성과물이 이 선생을 비롯한 지역문학 연구자들 손으로 이어서 나오기를 바랍니다. 그런 결과를 바탕으로 경남·부산 지역문학의 특이성과 일반성을 제대로 가늠할 수 있을 것입니다. 그 일은 공장에서 마구 찍어 파는 퍼즐 풀기가 아니라 내가 설계하고 내가 흩었다 다시 짜 맞추는 퍼즐놀이처럼 고통스런 즐거움일 터입니다.

그리고 어떤 대상, 작가, 지역을 문제 삼든 지역문학 연구가는 연구가 지니고 있는 근본적인 혁신성, 대안성, 실천성을 염두에 두어야 할 것입니다. 우리 근대문학의 많은 성과나 통념은 개방적 이해의 결과라기보다 정치적, 이념적, 학문적 억압과 자의 속에서 강화되어 온 인습의 결과물이라는 인식 조건을 잊지 말 일입니다. 바닥부터 의심하고 가로지르면서 현실 정합성을 고심하지 않는 공부는 사회적 낭비일 따름입니다. 거기다 점점 국가 단위의 학문 장 관리와 평가의 사슬마저 더욱 두터워지면서 걸음걸이를 막는 형국입니다. 그런 가운데서도 좋아하는 놀이에 빠진 어린 아이처럼 암중모색과 열중을 잊지 맙시다. 그런 모습으로 꾸준히 쌓고 나아가 '지역문학총서' 100권을 내다볼 수 있다면 그것도 아름다운 성취라 생각합니다.

이순욱: 선생님께서는 문학의 실체와 명성의 뿌리를 제대로 파들어 가는 일을 지속적으로 수행해 오셨고, 그것이야말로 근대문학사의 뼈대를 바로 세우는 일이라는 믿음으로 굳건한 분이지요. 그

런 점에서 『유치환과 이원수의 부왜문학』은 시사하는 바가 적지 않습니다. 익숙하게 알려진 이광수를 제외하고는 특정 문학인을 표제로 내세운 저작이 발간된 적이 없었고, 무엇보다도 이들이 문학제도나 교과서제도에서 작가정전, 작품정전, 해석정전으로서의 지위를 한껏 누리고 있는 까닭입니다. 이전의 장지연과 이은상, 김정한에 대한 논의도 같은 맥락에서 이해할 수 있습니다. 단순히 이들 명망 있는 작가들의 위상이나 작품의 위의威儀를 훼손하는 데 목적이 있지 않고 보면, 문학의 바른 자리에 대한 논의는 여전히 부족하다고 봅니다. 청마의 북방행에 대해서는 소상하게 언급하지 않은 부분도 있는 것 같은데, 이와 관련하여 부왜문학 연구의 현실과 이를 가로막는 걸림돌이 있다면 간단하게 짚어 주십시오. 그리고 이들뿐만 아니라 김소운이나 이주홍을 포함한 경남·부산 지역 부왜문학 연구의 방향 설정, 이제껏 연구 대상에서 비껴나 있는 근대 한문학으로의 갈래 확대 등 부왜문학 연구가 나아갈 바에 대해서도 말씀해 주시지요.

박태일: 『유치환과 이원수의 부왜문학』은 개인적으로는 두 가지 뜻이 있습니다. 임종국 선생이 『친일문학론』을 낸 뒤 그것을 이어받아 개인 부왜 작가의 이름을 내세운 첫 번째 낱책이라는 점이 처음입니다. 제 기억에 이경훈의 『이광수의 친일문학 연구』(1998)가 있지만, 이광수의 부왜문학을 더 큰 맥락에서 용인하자는 개량적 역사주의의 입장에 서 있습니다. 임종국 선생이 『친일문학론』을 통해 당대 문학사회와 날카롭게 맞섰던 정신과는 벗어난 자리

에 놓이는 성과입니다. 『유치환과 이원수의 부왜문학』은 지난 십 년 이상 이루어지고 있는 경남·부산 지역 예술문화 현장 비판론이 라는 당대적 정합성을 지닌 책입니다. 대중적으로는 부왜문학과 거리가 있다고 알려져 왔던 유치환과 이원수에 관한 문제 제기는 책 발간 자체로 논란을 일으킬 것입니다. 다음은 지역 시민사회건 학문 공동체건 저에게 제대로 된 답신을 주서야 할 일입니다.

다른 하나는 '부왜'와 '부왜문학'을 책 제목으로 내세운 첫 낱책 이라는 점입니다. 짐계 려증동 선생이 부왜를 학술 용어로 널리 공간한 때가 1980년대 초반입니다. 그 뒤로도 바로 잡히지 않았습 니다. '국민학교'가 '초등학교'로 바뀌는 작은 변화 밖에 없었습니 다. 어쨌든 '부왜'와 '부왜문학'이 이름으로 제출되었으니, 그에 대 한 용어학 문제는 공론을 벗어나기 어려울 것입니다. 물론 우리 사회의 정신 실조 현상이 그것을 원할지는 의구심이 들지만. 이른 바 조선총독부가 만든, '경성+부산=경부'를 옮긴 '경부선'이라는 얼빠진 말을 아무렇지 않게 광복 뒤 70년 동안이나 잘도 쓰고 있 는 어리석은 나라 아닙니까.

이제 유치환으로 말을 옮기자면, 그에 대한 논란은 이번 『유치 환과 이원수의 부왜문학』으로 한 단락 지은 셈입니다. 2007년 통 영에서 있었던 유치환의 부왜 논란을 주제로 한 토론회, 그리고 이듬해 경남도민일보에 실었던 정과리 교수의 반론을 거치면서 우리 지식사회의 정신 실조를 다시 한번 느꼈습니다. 지금은 고인 이 된 김열규 씨는 자신이 1940년대 어린 '소학교' 학생이었는데, 이른바 국어인 왜어로 부산일보에 작품을 싣기도 했다고 자랑스레 말하면서 아연 물타기하는 짓거리를 보이기도 했습니다. 우리 지식사회의 정신 실조는 너무 오래고 깊었던 셈입니다.

유치환의 경우, 연구자가 아니라도 그의 작품에 조금만 들어서면 이른바 생명파니 아나키스트니 하는, 그에 대한 명성과 평가에 큰 문제가 있다는 사실을 금방 알 수 있습니다. 그런데도 학문한다는 이들이 아무런 의심이 없었습니다. 시 「수」에서 보이는 증오와 권력 복무는 1950년대 전쟁기 인민군을 향한 것으로 고스란히 확대, 재생산됩니다. 나이 40도 이르기 전에 우리 민족시의 대가라는 우스꽝스러운 정치적 수사를 받으며 명성이 증폭되었던 사람입니다. 생명, 생명하는데 사람 죽이고 증오하는 일이 생명파의 일입니까, 사람 살리고 생명 섬기는 일이 그러합니까. 참으로 뿌리부터 허깨비 같은 말장난에 허깨비 같은 명성만 막무가내 자라왔던 셈입니다. 그런 가운데 몇 해 전부터 유치환 현양 단체는 국내의 논란을 피해 슬쩍 유치환의 원죄 장소 가운데 하나이기도 한 옛 만주국 고토인 중국 연변 동포사회에 가서 돈을 풀어 놓고 문학상 장난질을 치고 있습니다. 창원의 이원수 현양사업 주체가 이원수를 내걸지 못하다 국제아동문학축전이니 뭐니 씨나락 까먹는 세금 잔치 벌이는 짓거리와 다를 바 없는 우회 전술입니다. 지역의 정관언 상층부와 거기에 기생하는 예술문화계 잡식 거간꾼, 머슴들을 물리치지 않는 한 바람직한 지역 가치의 창출과 확대, 전승은 물 건너간 격이라 하겠습니다.

유치환 자리의 중심은 각별히 세 가지 논란에 관한 해명입니다. 첫째, 통영 출향 이유. 지식인 탄압으로 말미암은 지사형 도주가 아니라 개인적인 문제를 저질러 도망치듯 떠났다는 개인형 도주설입니다. 둘째, 만주국 체류의 실상. 만주국의 이른바 개척·협화 이념에 복무했던 그의 반민, 반민족적인 삶을 밝혔습니다. 셋째, 부왜 작품에 대한 온전한 풀이. 부왜산문 「대동아 전쟁과 문필가의 각오」와 시 「수」를 비롯한 5편을 따져 유치환의 허상을 실증한 점이 마지막입니다. 그 가운데서 제가 제대로 공개하지 않은 자리는 그의 개인형 도주설의 속살입니다. 내용이 너무 참담해서 공론장이 마련되지 않는다면 제가 나서서 공개하기는 어려운 일입니다. 아마 뒷날 문학 작품으로 에둘러 재구성한다면 모를까.

이원수 자리는 나라잃은시대 우리 어린이문학에 끼친 경남·부산 지역 어린이문학인의 활발하고도 고난스러웠던 활동상을 1920~1930년대 대표 어린이 매체를 중심으로 살폈습니다. 그런 바탕 위에서 이원수 문학이 지닌 상대적인 가벼움과 그의 의도적인 기억 훼조 현상을 꼼꼼하게 다루었습니다. 2002년부터 이루어졌던 저의 이원수 부왜문학 발굴, 보고에서 한 단계 더 나아간 성과입니다. 이원수의 부왜문학이 을유광복 이후 그의 변신 활동과 어떻게 얽혀 있는지 그 상관성을 새로 밝혔습니다.

제 생각에 경남·부산 근대 지역문학인 가운데서 유치환과 이원수야말로 나라잃은시대의 민족적 쟁투와 관계없이 한 몸 이득을 꾀하다 광복 뒤 변신에 성공한 대표 인물입니다. 바람직한 지역 가치의 재생산과 전승을 위해 정의롭지도 공정하지도 않은 일입니다. 이들 문학의 실체와 명성의 뿌리를 제대로 파 들어서는 일이야말로 경남·부산 지역문학뿐 아니라 우리 근대문학사의 뼈대를 세우는 일이라 감히 말씀 드릴 수 있습니다.

말이 길어졌습니다. 이제 줄이겠습니다. 오늘날 지역 부왜문학 연구의 큰 걸림돌은 무엇보다 연구자들의 직무유기에 있습니다. 제가 2002년 처음으로 경남·부산 지역문학의 부왜 문제를 개괄했을 때, 거기에 이름을 올린 이는 유무명을 비롯해 40명 남짓이었습니다. 그 뒤 그들에 대한 규명이나 관심을 보여 준 글은 명망가 두세 사람에 그칩니다. 직무유기가 심각한 셈입니다. 저는 일찍부터 대학 과정에 '부왜문학론'이 개설되어야 한다고 믿어온 사람입니다. 지속적인 담론 생산, 보급, 홍보를 위해 필요한 제도 장치인 셈입니다. 그럼에도 부왜문학에 부분적인 관심을 가진 연구자마저 전국적으로 손에 꼽힐 정도입니다.

경남·부산 지역문학을 두고 볼 때, 지역문학 연구 쪽에서 가장 시급한 쪽은 이주홍이나 김소운과 같은, 어느 정도 밝혀진 한글문학 쪽이 아니라 오히려 지역의 근대 한문학 쪽입니다. 거기에 깊게 걸쳐 있는 계층이 불교계와 유교계 지식층입니다. 그 가운데서 유교계의 부왜는 더욱 광범하고 구조적입니다. 뜻있는 한문학 연구가들이 근대 한문학으로 눈을 돌리고, 훈고주석 놀음은 다른 이에게 맡기고, 근대 지역 정신지에 직핍하는 정공법을 보여 주면 좋겠습니다. 그리고 그것은 씨족 집단의 부왜문제와 이어져 있습니다. 파급도나 논란의 정도는 한글문학의 부왜와 견주기 힘들만큼 커질 수도 있습니다. 『경남 지역 부왜 한문학과 씨족적 대응』과 같은 논저가 무망하지는 않을 것입니다. 뜻있는 청년 연구자를 기대합니다.

한 어린이문학 연구자가 있습니다. 여자 몸에 그것도 늦깎이 연구자입니다. 제가 개성 지역문학 공부를 하다 만난 어린이문학가 이영철을 두고 맨 처음 논고를 쓴 이였습니다. 개성 지역문학으로 보면 마해송의 후배로서 1930년대부터 본격적으로 작품 활동을 한 작가가 이영철입니다. 광복기에는 윤석중과 나란히 활동했으나 주류 어린이문학사회와 거리를 둔 채 잊힌 이입니다. 그녀가 어렵사리 대학원에 진학하여 학위 논문을 준비하면서 마해송과 이영철을 대상으로 견주며 물었던 적이 있었습니다. 저는 당연히 이영철 쪽으로 격려에 격려를 더했습니다. 그렇건만 그녀는 마해송 쪽으로 학위를 받았습니다. 그것도 작품 개작 과정이라는, 마해송의 본질과는 다소 벗어난 자리의 구명이었습니다. 세상 사람다 아는 명망가의 문학에 숟가락 더 얹는 글로 자신이 학문 공동체에 용인 받는 길로 간 셈입니다.

왜로 경찰에 짓이겨진 발로 평생 다리를 끌고 살면서도 그 사실을 묻은 채 세상의 어떤 보상도 바라지 않고 살았던 이영철 선생의 문학적 심지를 그녀나 그녀를 둘러싼 학문 공동체가 감당하기는 어려웠을지 모릅니다. 이영철 문학을 제도권 학문에서 복원하는 일이 지니는 무거운 뜻을 헤아릴 연조가 되지 않았을 수도 있습니다. 그럼에도 나는 학위를 잘 받았다는 그녀의 전화 연락을 받는 자리에서 이영철 선생에게 빚진 마음 잊지 마세요라고 웃으며 한 마디 거들 수밖에 없었습니다. 어떤 문학 연구든 그것은 마침내 연구자 개인의 소박한 내면 윤리에 맞물려 있습니다. 누구나 할 수 있을 공부, 보통 사람도 다할 일에 힘과 돈을 쓰면서 학문인 채 나돌지는 않겠다는 자기 다짐과 기개.

이순욱: 지역시단의 현실이나 문화행정, 근대문학 연구에 대한 생산적인 토론이나 논쟁이 부재한 현실에서, 선생님의 몇몇 저작들은 논쟁을 통해 한국문학의 현실을 새롭게 조망해 왔던 결과이기도 하지요. 부왜문학 연구는 이러한 논쟁이 가장 잘 드러난 자리입니다. 문학행정에 대한 관심이 증대되는 현실에서 통영시가 마련한 공론장을 통해 대중들에게 문학 연구의 학문적 시민권을 강화하는 계기가 되었을 뿐만 아니라 바람직한 지역 가치를 창출하는데도 일정하게 이바지했다 여깁니다. 어느 학회를 가더라도 발표자와 토론자는 마치 연애하듯 격려와 칭찬으로 너무나 화기애애합니다. 물론 발표자, 토론자, 사회자, 동원된 몇몇 대학원생을 제외하고 발표주제에 관심 있는 일반 대중이 참가하는 경우를 발견할 수 없습니다. 학문 공동체나 문학사회에서 학술적인 논쟁이 필요한 까닭을 지역 학문의 발전 방향과 관련하여 말씀해 주십시오.

박태일: 자기 공부는 하지 않고 남의 공부나 곁눈질로 흉내 내고, 해야 할 고민은 하지 않고 다른 곳이나 기웃거리다 보면 제대로 아는 데, 본 데, 쌓은 데가 없기 마련입니다. 그렇다 보니 얼마 가지 않아 말문이 막힙니다. 그럼에도 아는 척, 본 척, 있는 척하자니 끼리끼리 부드러운 낯빛으로 말 따먹기로 화기애애한 분위기를 연출할 수밖에 없는 노릇입니다. 저 또한 경계한다고는 하지만 학문인 체 하기 위한 학문, 교수 노릇하기 위한 글쓰기, 시인인 체

나돌기 위한 시쓰기로부터 얼마나 자유로운지 의심스럽습니다.

이즈음 학계의 유유상종을 잘 볼 수 있는 본보기는 제대로 된 연구사 검토가 사라진 일일 겁니다. 그저 필요한 만큼만 깔짝깔짝 대는 수준이 주류입니다. 그만큼 공부하는 이들이 자신의 놓인 자리를 더 큰 학문 생태계 속에서 조망하고 거리를 띄워 검증하고 제대로 된 문제 인식을 갖출 역량이 모자란다는 뜻입니다. 자기 공부가 없으니 남의 것이 제대로 보일 리가 있겠습니까. 다르게 보고 다르게 생각해야만 최소한 나라도 제대로 설 수 있으리라는 쉬운 참을 깨닫기 어렵지요. 그렇듯 공부를 향한 뜻도 힘도 없는 이들이 자리를 고르고 돈을 나누고 울타리를 쳤다 걷었다 하며, 공부를 친교 놀음과 비슷한 것쯤으로만 알고 있는 형국입니다. 문학사회 학문 생태계가 더 나아질 가능성은 없다 하겠습니다.

그렇건만 저는 개인적으로 시끄러워져야 세상이 바뀐다는 참을 오래 전부터 믿어 왔습니다. 다행히 상대가 논란을 좋게 받아들여 자신의 잘못을 바로잡는 쪽으로 나아간다면 그것이 바로 바른 발전일 것입니다. 그와 달리 상대가 논란을 옳게 받아들이지 않고 고집을 피우다가는 끝내 깡그리 망하게 되는 이치. 그것도 세상이 변화하는 방법이기도 합니다. 어쨌든 세상은 더 나은 쪽으로, 더 바른 쪽으로 나아가리라는 사필귀정을 굳게 믿을 일입니다.

이순욱: 선생님께서 지역문학 연구의 마중물 역할을 해 주신 덕분에 저를 비롯하여 많은 이들이 최근까지 지역문학 연구에 전력하고 있습니다. 선생님께서는 경남의 여러 소지역에서 출발하여 대

구, 목포, 광주, 제주 지역문학을, 최근에는 영역을 넓혀 평양과 개성 지역문학으로 방향을 돌렸습니다. 소지역, 국내지역, 국외지역으로 확장하면서 한국문학사 서술의 새로운 길을 보여주고 있습니다. 멀지 않은 날에『한국 지역문학의 논리』나『경남·부산 지역문학 연구』1~3을 잇는 후속편이 출간되겠지요. 지역 '안'의 문제가 아니라 지역 '밖'으로 동심원을 그리면서 확산되는 선생님의 이러한 작업은 한국문학사뿐만 아니라 동아시아 문학사에 대한 새로운 도전으로도 읽힙니다. 기존의 방식과는 다른 자리에서 북한 지역문학이나 해외 지역문학에 대한 선생님의 논의가 갖는 차별화된 지점과 유용한 참조가 될 만한 사항이 있다면 말씀해 주십시오.

박태일: 예, 아마 앞으로 경남·부산 지역문학에 관한 연구서는 4, 5권으로 이어질 것입니다. 4권은 이미 마무리 된 상태입니다. 계획대로 된다면 북한 지역문학사에 대한 관심을 더욱 넓고 깊게 가져갈 것입니다. 그러니까 제 지역문학 연구는 경남·부산 지역에서 시작하여, 한국 지역문학으로, 다시 북한 지역문학으로, 재외 지역문학으로 확장되고 있는 과정입니다. 재외 지역문학으로서는 1930~1940년대 동경 지역 간행 한글 시집에 관한 연구물을 두 차례 다루었습니다. 첫 번째 작업이 1930년대 초기 동경의 사회적 아나키스트 시인 전한촌과 그의 시집『무궤열차』를 발굴, 보고한 것입니다. 이제까지 이름뿐이었던 아나키즘 시에 우뚝한 실질을 올려 세울 수 있었습니다. 디아스포라니 뭐니 유식한 척 말

다듬기나 즐기며 남 뒤나 따르는 유행 공부로는 눈에 들기 힘들 우리 문학의 보석입니다.

아마 저의 재외 지역문학 쪽 관심은 중국동포의 것에 집중될 것 같군요. 기존 중국 동포문학사에서 놓쳤던 매체와 사항들을 구상하고 있습니다. 올 2월에 발표한 「북한문학 연구와 중국 번인본」이 그 첫 자리를 열었습니다. 광복기부터 1980년대까지 이어졌던, 북한 출판물의 중국동포 사회 재간물인 150종 남짓 번인본이 지닌 중요성을 따지고 그것의 의제 가능성을 검토한 글입니다. 북한 문학과 재중동포 문학 사이의 상관성이 친선 교류 활동 차원에 머물고 있었던 기존 논의의 대상과 수준을 새로 열어젖혔다 하겠습니다.

북한 지역문학 쪽은 소지역 단위의 접근으로 평양과 개성을 중심으로 줄거리를 잡아나가고 있습니다. 두 지역의 밑그림이 마저 그려지면 다른 곳으로 확대할 수 있을 것입니다. 이른바 조선민주주의인민공화국의 문학과 북한 지역의 근대문학을 연속적으로 이해하는 눈길을 확보할 수 있게 된 셈입니다. 그 둘이 만나는 가장 크고 너른 못자리가 1950년대 문학입니다. 1960년대부터 북한문학은 지역문학적 요소가 문학사의 추이에 큰 뜻을 지니지 못합니다. 그런 점에서 1950년대 북한문학의 1차 사료의 대폭적인 확대와 이해 관점의 다채를 통한 온전한 북한문학사 부름켜 확보야말로 다른 연구와 다른 제 공부의 변별점일 것입니다. 먼저 올해 당면 과제는 1950년대 전쟁기 어린이문학 가운데서도 동시 자리입니다.

이순욱: 최근 몇 해 동안 연변 지역 서점과 도서관을 뒤지고 다닌 것으로 알고 있습니다. 역시 자기가 좋아서 하는 학문이야말로 가장 윗길이지요. 3월에는 연구년이라 연변대학교로 가시는 것으로 알고 있습니다. 이러한 행보가 북한문학 연구를 겨냥하고 있음은 분명해 보입니다. 선생님께서는 2010년경부터 북한 지역문학으로 나아가 뜻 깊은 성과를 여럿 내고 있습니다. 백석의 『동화시집』만 하더라도 『백석 번역시 선집』(정선태 옮김, 소명출판, 2012)에서는 언급되지 않은 마르샤크의 번역시를 갈무리하여 백석 문학연구의 외연을 한껏 넓혀 놓았습니다. 단순히 백석 문학의 총량을 늘리는 것이 아니라 1950년대 북한문학사에서 백석의 문학적 행보와 위상을 살피는 디딤돌을 놓았다 생각합니다. 한국연구재단의 지원으로 수행한 '북한 지역문학사 연구' 4편이나 한국전쟁기 임화에 관한 글들도 같은 맥락에서 이해할 수 있습니다. 이러한 작업을 통해 우리의 북한문학 연구에 대한 재평가, 북한문학과 러시아문학과의 관계를 실증적으로 조망할 수 있었다고 봅니다. 문학사회 형성의 핵심기반인 매체를 중심으로 기존의 북한문학 연구가 지닌 한계가 무엇인지, 향후 선생님의 연구 주제와 방향이 어떠한지 궁금합니다.

박태일: 발품에 견주어 얻은 성과는 많지 않습니다. 그런 가운데 제가 떠맡아야 할 북한 지역문학 연구에 걸맞은 사료는 어느 정도 확보한 상태입니다. 연구년으로 연변을 가게 된 일은 그 점검뿐 아니라 숨을 고르기 위한 걸음입니다. 60대 십 년을 뜻한 대로 달

리기 위해 저도 잠시 걸을 생각입니다.

앞에서도 말씀 드린 바와 같이 한국 지역문학 연구의 밑그림을 그려 나가면서 북한 지역문학으로 머리를 둔 지도 몇 해가 지났습니다. 연구사 검토를 하면서 살피니 북한문학 연구는 남쪽 문학에 견주어 1차 사료의 빈곤이 견줄 데 없을 정도였습니다. 어린이문학 담론의 경우, 전쟁기 3년에 걸친 것을 잡지 1권으로 감당하는 현실이었습니다. 게다가 논의 수준이나 방향 또한 북한 학계에서 이미 제출된 성과를 연구자 나름으로 엮는 추수주의 경향에서 벗어나지 못했습니다. 1980년대 후반 북한문학 소개와 연구 열기가 달아오른 뒤부터 오늘날까지 1차 사료 부분은 크게 보아 제 자리를 맴돌고 있었던 셈입니다. 그리하여 북한문학 연구의 사료 확보가 자연스레 제 핵심 과제가 되었고, 그 점을 집중적으로 몇 해에 걸쳐 기웠습니다.

그런데 1차 사료의 태부족을 온몸으로 겪고 있는 자리가 지역문학 연구 관점에서 볼 때 북한문학 형성에서 가장 중요한 고리이기도 한 1950년대였습니다. 이런 사정은 오늘날 북한 학계 또한 마찬가지입니다. 이미 북한에서는 김일성 유일체제 수립 과정에서 숱한 사료에 대한 은닉과 분서, 개작이 국가 단위로 꾸준히 일어났습니다. 게다가 앞에서 말씀드린 바와 같이 북한 지역의 문학이 한 자리에 모이는 못 같은 지점이 1950년대입니다. 따라서 1950년대 북한문학을 향한 매체 발굴과 점검이 더욱 중요 과제가 되었습니다. 1차 문헌을 제대로 검토하지 않았던 탓에 문학사의 실상 접근이 사실상 물에 뜬 기름 같은, 북한의 2차 담론에 기댔던 현실에 새 돌파구 찾기가 그것입니다. 적어도 어린이청소년문학과 시 갈래의 1950년대 자리에 있어서만큼은 북한 쪽 연구자들이 오히려 우리 쪽의 성과를 참조할 수 있도록 이끄는 데 한 몫을 할 생각입니다.

다른 하나는 이웃 소련, 중국과 얽힌 북한문학의 영향 관계 자리입니다. 이번에 발표한 「북한문학 연구와 중국 번인본」에서도 운을 뗐습니다만, 제 조사에 따르면 소련문학의 북한 번역물은 1950년대까지만 하더라도 600여 종에 이릅니다. 중국문학의 영향보다도 더 직접적이고도 대규모로 이루어진 자리가 사회주의의 모국 소련의 것입니다. 러시아어나 소련문학에 관한 이해가 없는 저로서는 접근 한계가 분명하지만, 그럼에도 제 나름의 번역문학 쪽을 향한 이바지가 가능하리라 생각합니다. 당장 지난해 백석이 옮긴 마르샤크의 『동화시집』 소개도 그런 일 가운데 하나입니다.

제 공부는 당분간 북한문학과 중국 동포문학을 떠돌다 다시 경남·부산 지역문학으로 되돌아오는 걸음걸이를 좇을 것이라 생각합니다. 그때는 제가 앞서 나가기보다 이 선생이나 다른 경남·부산 지역문학 연구자들이 이룩한 곳에다 제가 더 기워야 할 일을 떠맡는 후발 형식이 될 것입니다. 이루고 이루지 못하고는 제가 관여할 문제가 아닙니다. 노력하고 나아가다 보면 쌓이는 이치입니다. 이 선생께서도 일신우일신, 앞으로 죽죽 벋어나가시기 바랍니다. 2015년부터 새로운 환경에서 학문적 포부와 보람을 펼치리라 생각합니다. 삶의 길을 몸으로 일깨워 주는 교수로, 좌고우면하지 않는 실천 비평가로 성큼성큼 성장하시길 빌어 드립니다. 사람과 다투지 말고 제도와 다투고, 제도와 다투지 말고 역사와 다투며, 멀리 그리고 꾸준히 이순욱의 삶을 오롯이 태우시길……. 긴 시간 중언부언 즐거웠습니다. 고맙습니다.

이순욱: 말씀 잘 들었습니다. 이 짧은 지면을 통해 저를 포함한 후학들이 누구든 무디지 않은 학문의 칼날을 벼리며 묵묵히 소걸음으로 걸어 나가야 한다는 것, 이러한 자세야말로 개별 연구자뿐만 아니라 지역의 학문 공동체를 든든하게 다지는 밑거름이라는 생각을 가졌으면 합니다. 고맙습니다.

(『오늘의 문예비평』 96호, 산지니, 2015)

글쓴이: 박태일

박태일은 1954년 경남 합천에서 나서 부산대학교에서 학사, 석사, 박사 학위까지 마쳤다. 1988년부터 경남대학교 국어국문학과 교수로 일하기 시작했다. 2006년 몽골 인문대학 초빙교수, 2015년 중국 연길 연변대학교 객원교수를 거쳤다. 1980년『중앙일보』시부문에「미성년의 강」이 당선하여 시단에 나섰고, 열린시 동인으로 활동했다. 그사이 낸 시집으로는 6권이 있다.『그리운 주막』(문학과지성사, 1984),『가을 악견산』(문학과지성사, 1989),『약쑥 개쑥』(문학과지성사, 1995),『풀나라』(문학과지성사, 2002),『달래는 몽골 말로 바다』(문학동네, 2013),『옥비의 달』(중앙북스, 2014)이 그들이다. 그리고 산문집『몽골에서 보낸 네 철 : 이별의 별자리는 남쪽으로 흐른다』(도서출판 경진, 2010),『시는 달린다』(작가와비평, 2010),『새벽빛에 서다』(작가와비평, 2010)를 냈다. 연구서로는『한국 근대시의 공간과 장소』(소명출판, 2000),『한국 근대문학의 실증과 방법』(소명출판, 2004),『한국 지역문학의 논리』(청동거울, 2004),『경남·부산 지역문학 연구 1』(청동거울, 2004),『마산 근대문학의 탄생』(도서출판 경진, 2014),『유치환과 이원수의 부왜문학』(소명출판, 2015),『경남·부산 지역문학 연구 4』(도서출판 경진, 2016), 비평집으로는『지역문학 비평의 이상과 현실』(케포이북스, 2014),『시의 조건, 시인의 조건』(케포이북스, 2015)을 냈다. 그밖에 편저로『두류산에서 낙동강까지: 가려뽑은 경남·부산의 시 1』(경남대학교출판부, 1997),『크리스마스 시집』(양업서원, 1999),『김상훈 시 전집』(세종출판사, 2003),『정진업 전집 1 시』(세종출판사, 2005),『허민 전집』((주)현대문학, 2009),『무궁화: 근포 조순규 시조전집』(도서출판 경진, 2010),『소년소설육인집』(도서출판 경진, 2010),『동화시집』(도서출판 경진, 2014)을 엮었다.

지역문학총서 26

지역 인문학
: 경남·부산 따져 읽기

© 박태일, 2017

1판 1쇄 인쇄__2017년 11월 05일
1판 1쇄 발행__2017년 11월 15일

지은이__박태일
펴낸이__양정섭
펴낸곳__작가와비평
　　　등록__제2010-000013호
　　　블로그__http://kyungjinmunhwa.tistory.com
　　　이메일__mykorea01@naver.com

공급처__(주)글로벌콘텐츠출판그룹
　　　대표__홍정표　편집디자인__김미미　기획·마케팅__노경민 이종훈
　　　주소__서울특별시 강동구 천중로 196 정일빌딩 401호
　　　전화__02) 488-3280　팩스__02) 488-3281
　　　홈페이지__http://www.gcbook.co.kr

값 18,000원
ISBN 979-11-5592-211-8 93810

※ 이 도서의 국립중앙도서관 출판예정도서목록(CIP)은 서지정보유통지원시스템 홈페이지(http://seoji.nl.go.kr)와 국가
　자료공동목록시스템(http://www.nl.go.kr/kolisnet)에서 이용하실 수 있습니다.(CIP제어번호: CIP2017028186)